KB134016

아이린

아이린

이재익 장편소설

황소북스

차례

나는 한 여자를 사랑했네. 물푸레나무 한 잎같이 쬐그만
여자, 그 한 잎의 여자를 사랑했네. 물푸레나무 그 한 잎의
솜털, 그 한 잎의 맑음, 한 잎의 영혼, 그 한 잎의 눈 그리고
바람이 불면 보일 듯 보일 듯한 그 한 잎의 순결과 자유를
사랑했네.

— 오규원, 〈한 잎의 여자〉 중에서

1부 캠프 험프리스에 오신 것을 환영합니다

금이 누나

1990년 10월 28일 새벽 1시. 경기도 동두천시 보산동 기지촌의 낡은 주택. 얇은 유리창 밖으로 쏟아지는 빗소리가 총 쏘듯 좁은 방 안에 울렸다. 천둥소리는 악마의 망치처럼 벽을 쳤다.

"미쳤어!"

금이는 비명을 지르며 알몸으로 방문을 향해 달려갔다. 미 2사단 소속 케네스 이병의 두툼한 손이 금이의 머리채를 낚아챘다.

"어딜 도망가? 이 암캐야!"

케네스는 테이블 위에 놓여 있던 콜라병을 집어 금이의 머리를 찍었다. 유리와 뼈가 만나는 둔탁한 소리와 함께 금이가 쓰러졌다. 케네시의 손에 들린 콜라병은 멈추지 않았고 계속해서 금이의 얼굴 위로 날아들었다. 금이의 코뼈가 부러지고 입술이 터지고 눈 주변의 피부가 찢어졌다. 의식이 점점 몽롱해졌다.

이상해. 뭔가가 잘못됐어. 더없이 달콤하던 케네스였는데. 이러지 마. 케네스. 제발. 빨라면 빨고 넣으라면 넣고 엎드리라면 엎드리고, 시키는 대로 다했잖아.

천둥소리가 들리고 번개가 쳤다. 유리창에 흐릿한 빛이 머물던 짧은 순간에 금이는 어떤 반짝임을 보았다.

내 생에 봄날은 언제였을까? 행복했던 날도 있었나? 나를 진정으로 사랑해준 사람도 있었을까? 그렇다면 고마워요. 안녕.

금이는 곧 의식을 잃었다.

"겟업, 비치! 겟업!"

케네스는 콜라병을 거꾸로 들어 금이의 얼굴을 내리찍기 시작했다. 광대뼈가 깨진 금이의 얼굴은 진흙더미처럼 찌그러졌다. 스물여섯. 보드랍던 피부 조직이 뭉개졌다. 이가 톡톡 부러지고 입술이 찢어졌다. 뼈에 부딪히면서 콜라병의 앞부분도 깨졌다.

케네스는 아랑곳하지 않았다. 더 힘을 줘서 병을 휘둘렀다. 날카롭게 쪼개진 유리병 단면이 금이의 얼굴을 난자했다. 코와 입에서 흘러나온 피가 방바닥을 흥건히 적셨다. 케네스는 팔에 힘이 빠지고서야 콜라병을 내려놓고 눈앞에 펼쳐진 낯선 광경을 내려다보았다.

창백한 형광등 불빛 아래 금이가 누워 있다. 갈아야 할 시기가 지난 형광등이 껌벅일 때마다 금이의 몸이 움찔거리는 것처럼 보이지만 착시현

상일 뿐이다. 금이는 더는 움직이지 못한다. 파티는 끝났다.

'할렐루야. 루시퍼가 강림한 밤이군.'

케네스는 몸에 소름이 돋았다. 그러면서 기괴한 흥분에 사로잡혔다. 그는 축 늘어진 금이의 팔다리를 큰 대자로 펼쳤다.

"기분 좋게 해줄게."

케네스는 맥주병을 집어들었다. 병을 잡은 손에 꾹 힘을 주며 중얼거렸다.

"더러운 한국년."

좁은 골목은 아침부터 북적였다. 전날 내린 큰 비로 흙바닥이 철퍽거렸다. 아직 하늘에는 비를 머금은 구름이 몇 가닥 걸쳐 있다.

수사구역 접근금지 선 주변으로 호기심 가득한 시선이 모여들었다. 형사들이 심각한 얼굴로 금이의 방을 드나들 때마다 동네 사람들은 고개를 내밀어 방 안을 엿보았다.

"아이고, 세상에! 양공주댁 큰 변 당했네!"

"금이가 심성은 그리 고왔는데. 우짜면 좋노!"

소년도 동네 사람들 속에 섞여 있다. 열여섯. 사춘기의 절정을 경험하고 있는 나이. 아직 솜털이 남아 있는 피부에는 거뭇한 수염이 막 돋고 있었다. 눈망울이 큰 눈에는 불안의 그늘이 렌즈처럼 씌워져 있다.

"잠깐만요. 저기 조금만 비켜주세요."

소년은 기를 쓰고 사람들 틈을 비집고 들어갔다. 결국 노란색 접근금지 선 바로 앞까지 왔다. 소년은 까치발을 하고 방 안을 보려고 애썼다. 형사 한 명이 방에서 나오며 문을 여는 사이, 소년은 방 안의 모습을 보았다.

벌려진 다리, 그 사이에 꽂혀 있는 맥주병과 우산대. 그리고 검붉은 색의 장판처럼 방에 쫙 깔려 있는 피.

"어, 누나."

소년의 입에서 신음이 새어나왔다.

사진을 찍는 카메라 플래시 빛이 방에서 번득일 때마다 펑, 펑, 소년의 눈앞이 아득해졌다. 그 순간 소년의 인생행로는 방향을 틀었다. 어린 시절의 사건은 충격의 크기에 비례해 지렛대처럼 운명을 바꾸어 놓는다. 그날 소년이 느낀 충격은 열여섯 길지 않은 세월 동안 직면했던 가장 끔찍한 절망이었다. 세상 어떤 열여섯 살 소년도 감당하기 힘든.

막 해가 넘어가는 저녁이었다. 소년의 식구는 여느 때처럼 마루에 펴진 작은 상에 앉아 밥을 먹었다. 오래된 스테인리스 공기에 담긴 밥 세 그릇과 함께 먹는 김치찌개, 햄구이와 멸치볶음이 전부인 단출한 밥상이었다.

같이 앉은 누나와 엄마는 부지런히 수저를 움직였다. 소년은 첫 술을 뜬 후 그다음부터 밥을 먹지 못했다. 그의 시선은 거실 한쪽에 놓인 낡은 TV 화면에 가 있었다. 뉴스 앵커가 뉴스를 전하는 중이다.

— 지난주 경기도 동두천시에서 발생한 윤금이 씨 살인사건의 유력한

용의자로 미 2사단 소속 케네스 이병이 검거됐습니다. 케네스 이병은 술집 여종업원이었던 윤 씨를 잔인하게 살해하고 사체를 훼손한 혐의를 받고 있습니다. 소파 규정에 의해 케네스 이병은 미 헌병대로 신병이 양도되었습니다. 다음 뉴습니다. 오늘 오전 10시경 경부고속도로 상행선에서….

"니 모하노?"

엄마의 목소리에 소년은 흠칫 놀라며 고개를 돌렸다.

"밥 안 묵나?"

소년은 억지로 밥을 입에 떠 넣었다. 수저를 든 소년의 손이 덜덜 떨렸다. 소년은 기계적으로 입에 든 밥을 꾹꾹 씹었다. 자꾸 목이 메어 밥을 넘기기 힘들었다.

금이 누나는 1년 전에 이 동네로 이사 왔다. 골목을 하나 둔 바로 앞집으로 항상 입가에 빙그레 미소가 머물던 여자였다. 그리 크지 않은 키에 이마가 드러나도록 머리띠를 자주 했다. 여름에는 청반바지와 흰색 면 셔츠를 자주 입었고, 겨울에는 손으로 뜬 분홍 목도리를 항상 목에 감고 다녔다.

동네 사람들은 금이를 양공주라고 불렀다. 소년도 그 말이 무슨 뜻인지 대충은 알았다. 그런데도 금이 누나가 좋았다. 누나에게선 항상 좋은 향기가 났다. 누나는 마주칠 때마다 말을 걸어주던 따뜻한 친구였고, 부끄럽고 비밀스러운 자위행위의 대상이었다. 사람들이 알면 비웃을지도 모르지만, 소년은 누나를 지켜주고 싶었다.

이제 금이 누나는 이 세상에 없다.

뉴스를 보던 엄마는 나지막하게 한숨을 내쉬며 숟가락을 내려놓았다.

"니미럴, 동네 어수선해서 못 살겠네. 에이 염병."

엄마는 주머니에서 담배를 꺼내 물고 불을 붙였다. 낡은 소반 위로 담배 연기가 후우 번졌다.

한 달 뒤. 소년의 집 앞에 푸른색 트럭이 도착했다. 짐꾼들은 얼마 되지 않는 이삿짐을 좁은 트럭 짐칸에 빽빽하게 실었다. 엄마와 누나가 트럭 앞자리에 타고 소년은 짐꾼들과 함께 이삿짐이 실린 트럭 뒤쪽에 올라타야 했다.

소년의 시선은 10년 넘게 살아온 집 대문을 향했다. 그리고 골목 맞은편, 금이가 살던 집 대문을 응시했다. 며칠째 대문에 붙어 있는, '세놓습니다'라고 적힌 종이가 바람에 펄럭거렸다.

트르릉, 소리를 내며 트럭에 시동이 걸렸다. 골목을 떠난 트럭은 곧 큰길로 들어섰다. 트럭이 동두천역 앞에 이르렀을 때 소년은 주머니에서 사진 한 장을 꺼냈다.

금이 누나가 변을 당하기 불과 며칠 전이었다. 망설이고 또 망설이다가 결심을 한 소년은 친구와 함께 골목에서 금이 누나를 기다렸다. 막상 목욕탕에 다녀온 금이 누나가 나타났을 때 소년은 기분이 아득해지면서 아무 말도 하지 못했다.

금이는 하얀색 트레이닝 바지에 푸우가 그려진 후드 집업 차림이었다. 손에는 목욕용품들이 담긴 바구니가 들려 있고 머리는 아직 물기가 남아 촉촉했다. 금이는 소년을 발견하고는 천천히 다가와 섰다. 언제나처럼 좋은 냄새가 나는 손으로 소년의 머리를 쓱쓱 쓰다듬었다.

"뭐하니? 여기 서서?"

소년은 입안이 바짝바짝 말라왔다. 입을 연 쪽은 소년의 친구였다.

"저기요, 얘가 누나랑 사진 찍고 싶다고 해서요."

친구의 말에 금이 누나는 소리내어 웃었다.

"그래? 나도 한 장 뽑아줘!"

금이는 소년을 담장 앞으로 이끌고 나란히 서서 팔짱을 끼며 포즈를 잡았다. 두근두근, 소년은 심장이 터져버릴까봐 두려웠다. 팔꿈치에 꾹 눌리는 금이의 젖가슴. 말랑말랑한 느낌에 현기증이 났다. 친구가 카메라를 들고 둘 앞에 섰다.

"자, 그럼 찍을게요. 하나, 둘, 셋!"

찰칵, 그렇게 두 사람은 사진으로 남았다.

사진 속의 소년은 쑥스러워서 고개도 제대로 못 들고 있다. 옆에 선 금이는 그날 오후의 햇살처럼 환하게 웃고 있다. 참 좋은 날이었다. 하지만 이제 금이는 없다.

사진 위로 소년의 눈물이 툭 떨어졌다. 사진 속 금이가 웃는 얼굴 위로 소년의 눈물이 번졌다.

"안녕, 금이 누나."

소년은 고개를 푹 숙이고 혼잣말을 했다. 사진을 주머니 속에 넣은 후 고개를 들었다. 이삿짐을 부리던 인부 두 명은 짐에 기대어 졸고 있었다. 소년은 한 번 더 마음속으로 인사했다.

이제 편히 쉬세요.

캠프 험프리스

1996년 11월 1일 새벽 1시, 평택역 앞.

일반 승객들의 발길이 완전히 끊긴 플랫폼에 군용 열차가 들어왔다. 열차는 군복을 입은 한 떼의 무리를 토해냈다. 모두 젊고 건강한 남자들이었다. 142개의 심장은 보통 때보다 조금 더 빠르게 뛰었다.

"더블 타임!"

큰 체구에 콧수염을 기른 미군 중사가 구령을 내렸다. 말뜻을 알아들은 몇몇은 달리기 시작했지만 대부분은 계속 같은 속도로 걸었다. 4열로 줄을 맞춰 걷던 커다란 대형은 금방 엉망으로 흐트러졌다. 미군 중사가 고함을 질렀다.

"유 스투핏 애스! 겟 다운!"

"멍청한 새끼들! 엎드리란 말이다!"

미군 중사 옆에 서 있던 한국군 교관이 매서운 목소리로 소리쳤다. 우왕좌왕하던 이들이 재빨리 시멘트 바닥에 양손을 깔고 엎드렸다.

논산훈련소에서 배출된 142명의 카투사 병력이 미군의 지휘권 아래로 들어오는 순간이었다. 새로운 교육시설로 옮겨지기 직전에 미군과 카투사 교관들의 길들이기가 진행 중이었다. 일부러 눈이 보이지 않게 푹 눌러쓴 모자 아래로 각진 턱이 강조되어 보이는 카투사 교관이 잔뜩 힘을 준 목소리로 겁을 줬다.

"너희같이 한심한 놈들은 처음이다. 오늘 단단히 각오해. 짐승처럼 대해주겠어."

새벽 1시가 넘은 시각 평택역엔 그들 외 다른 사람들의 모습은 보이지 않았다. 밤하늘은 맑고 바람은 몹시 차고 거칠었다.

모두 손이 시려 죽을 지경이다. 팔굽혀펴기 자세로 줄지어 엎드린 이들의 땀 흘린 몸에서 김이 모락모락 피어올랐다. 그들은 앞날에 대한 두려움과 기대, 오랫동안 떨어져 있었던 사람들에 대한 그리움에 사로잡혀 있었다.

그 속에 정태가 있다.

정태의 눈빛은 142명의 젊은 남자들 중에서 가장 빛이 났다. 검게 그을린 얼굴에 체격이 당당했다. 잘 웃지 않는 얼굴의 중심에 우뚝하게 콧날이 솟아 있었다. 말이 별로 없어 입술은 굳게 다물어진 모습이 보통이었다. 정태는 다른 카투사처럼 잠시 손바닥을 바닥에서 떼거나 자세를 바꾸며 요령을 피우는 일도 없다. 꼿꼿하게 각을 세운 몸을 움직이지 않았다.

주변에서 다른 훈련병들은 슬쩍 무릎을 땅에 대기도 하고 목소리를 낮춰 잡담을 나누기도 했다.

"괜히 교관들이 빡센 척하는 거야. 논산훈련소에 비하면 천국이래. 일단 변기부터 수세식이잖아. 술, 담배도 맘대로 즐기면서!"

"운 좋으면 백마도 타볼 수 있겠지."

"진짜?"

정태는 그 어느 때보다 복잡한 심경이었다. 그전까지 인생의 어떤 이벤트도 별 감흥이 없었다. 언제나 쓸쓸하고 그늘진 마음으로 환경의 변화를 맞이했다. 생일을 맞거나 학교를 졸업하고 또 다른 학교에 입학할 때도 그랬다. 심지어 아직 연애를 해본 적도 없었다. 가슴이 뛰지 않았기에. 어쩌면 그의 마음은 뿌리 깊은 바위 같았다. 비바람으로는 움직이지 않는.

스스로도 그런 고민을 할 때가 있었다. 사람이 누구나 마찬가지로 그또한 쓸쓸하고 그늘진 정서를 품고 평생 살아가고 싶지는 않았으니까. 남자라면 누구나 마찬가지로 그 또한 사랑하는 여자를 만나고 가슴 뛰는 연애를 하고 싶었으니까.

나는 이렇게 무덤덤하게 살아갈 운명을 타고 태어났나? 마음 깊은 곳의 고통과 아픔이 치유되면 운명이 바뀔까?

정태로서는 중요한 순간이다. 정태의 마음을 짓누르고 있던 기억과 대면하려는 도전이기도 했다.

이제 2년 동안 미군들과 함께 지내야 한다. 그토록 이 갈리는 증오와 혐오의 대상이었던 놈들과.

차가운 밤공기를 뚫고 빗방울이 툭툭 떨어지기 시작했다.

미군기지 캠프 험프리스(Camp Humphreys)는 경기도 평택시 팽성읍 안정리(安亭里)에 있다. 기지 주변의 마을은 군사시설 인접지역이라는 이유로 개발이 제한되어 1970년대의 서울 모습 같은 분위기에 머물러 있다.

기지 앞으로 뻗은 도로는 수십 년 동안 캠프 험프리스의 찌꺼기로 자라난 음울한 거리이다. 낡은 건물에 조악한 간판을 달고 지아이(미군을 지칭하는 속칭)들을 유혹하는 술집이나 옷가게가 대부분. 거리는 미군기지 주변에서만 맡을 수 있는 특유의 냄새를 풍겼다. 휘발유 냄새와도 닮은 낯설고 위험한 냄새. 스산함이 물씬 풍기는 기지 길을 따라 걸어가다 보면 캠프 정문이 나왔다.

수십만 평의 대지를 둘러싼 철조망 한 줄을 경계로 안과 밖은 완전히 다른 세계로 구분된다. 철조망에 붙어 있는 경고문이 그 사실을 잘 말해준다.

― 이 시설은 미 육군의 소유물이므로 일체의 촬영 행위를 금한다. 정문 통과 시에는 100퍼센트 신분 확인 절차를 요한다.

철조망 안 세계는 미합중국의 질서를 따랐다. 잘 닦인 도로와 비행장, 사무실을 비롯한 군사시설과 수천 명의 미군과 카투사가 살고 있는 막사 건물들, 교회, 실내 체육관, 도서관, 극장, 비디오 가게, 패스트푸드점, PX….

그곳은 군사기지라는 삭막함과 긴장보다는 자본의 축복을 받은 풍요로움이 넘쳐났다. 그곳으로 들어가는 정문을 통과하기 위해서는 '허가'가 있어야 한다. 허가 받지 못한 자는 안으로 들어올 수 없다.

정태는 다른 훈련병들과 함께 캠프 험프리스 안에 위치한 KTA(Katusa Training Academy)라는 곳에서 미군과 카투사 교관들에게 교육을 받았다. 논산훈련소 시절에 비하면 다방면에서 훨씬 더 풍족하고 편안했다. 훈련이랄 것도 별로 없고 실내 수업이 대부분이어서 무료함을 토로하는 훈련병들이 많았다.

3주 동안의 훈련기간은 별 탈 없이 지나갔다. 마지막 날 부대 추첨이 있었다. 일단 성적순으로 행정병과 전투병을 나눈 다음 그 안에서 번호를 뽑았다. 그 번호에 따라 전국 각지에 흩어져 있는 수많은 미군부대로 배치받았다. 정태는 행정병으로 가는 성적권 안에 들었고 캠프 험프리스의 23지원단으로 배치되었다.

햇살 맑은 초겨울 아침. 신병 카투사들은 잘 다려진 군복을 입고 KTA 연병장으로 집합했다. 각기 다른 곳의 미군부대에서 온 수송용 차량이 자기 부대로 배치받은 신병 카투사들을 실어갔다. KTA가 있던 평택의

'캠프 험프리스'로 배치를 받은 카투사들은 차를 탈 필요가 없이 각 부대 선임병장들이 와서 데려갔다.

보통은 두세 명이 함께 한 부대로 배치를 받았는데 정태는 다른 훈련병 한 명과 함께 연병장에서 픽업을 기다렸다. 장난기가 다분한 얼굴을 가진 그는 훈련소에서는 모르던 사이였다. 군복에 붙은 명찰에서 이민성이라는 이름을 확인했다. 그가 먼저 인사했다.

"반가워. 나는 민성이라고 해."

"나는 박정태라고 해."

주로 민성이 묻고 정태가 대답하는 식으로 대화가 이어졌다. 이야기를 나누다보니 둘은 과는 달랐지만 같은 대학교 학생이었다. 정태는 민성의 수다가 반갑지 않았다.

대체 처음 보는 사람에게 무슨 할 말이 이렇게 많은 걸까?

민성이 말을 이었다.

"들었냐? 우리 부대 꽤 편한 편이래."

정태는 대답 대신 조용히 고개를 끄덕였다. 민성이 계속 말했다.

"서울에서 주말 보내고 일요일 밤까지 돌아오면 된대. 한국 휴일, 미국 휴일 전부 다 서울에서 보낼 수 있고, 우리가 기대했던 카투사 라이프가 펼쳐지는 거지."

"잘 됐네."

"정말 땡큐 베리 마치지. 동두천이나 파주 같은 데 배치받았으면 완전 좆 되는 거잖아. 사실 좀 편하게 군 생활 하려고 카투사 온 건데 괜히 전방 전투부대로 가봐. 그게 무슨 거지 같은 경우냐."

민성이 말을 이어가는데 누군가 앞에 와서 멈춰 섰다.

"23지원단 본부 중대 신병들인가?"

낮은 목소리에 민성이 고개를 들었다. 병장 계급장을 단 사내가 서 있었다. 호리호리한 체격에 길쭉한 얼굴을 가졌다. 민성이 반사적으로 일어나면서 대답했다.

"네, 그렇습니다!"

정태도 일어섰다. 선임병장은 정태를 보며 물었다.

"내가 23지원단의 카투사 선임병장이다. 박정태?"

"네. 이병 박. 정. 태."

"이민성?"

"네! 이병 이! 민! 성!"

"좋아."

선임병장은 무료한 표정으로 고개를 끄덕였다.

"따라와."

선임병장은 천천히 테니스장을 빠져나갔다. 정태와 민성은 그의 뒤를 따라 걸었다.

이제 본격적으로 시작이구나.

정태는 묵묵히 걸음을 옮겼다.

둘이 가게 된 23지원단은 카투사와 미군을 합쳐 80명 정도의 병력을 가진 중대였다. 막사 건물은 옅은 갈색으로 칠해진 3층짜리 직사각형 건물이었다.

그들보다 1개월 먼저 온 김승훈 이병이 막사 안내를 했다. 승훈은 그리 크지 않은 키에 얼굴은 주먹만큼 작았다. 귓불에 귀를 뚫은 자국이 선명했다. 하이톤의 목소리로 막사 곳곳을 설명해주었다.

"1층에는 중대장실을 비롯해 중대 생활에 필요한 사무실과 방이 있다. 2, 3층은 모두 병사들 방이야. 보통 미군과 카투사가 2인 1실로 한 방을 쓰지. 각 층에는 세탁실과 공동 샤워실이 있고… 아, 샤워실 얘기를 해주고 넘어가야지."

승훈은 1층에 있는 화장실로 정태와 민성을 안내했다. 수십 개의 세면대와 변기가 갖춰진 커다란 화장실 안쪽에 공동 샤워실이 보였다. 샤워꼭지가 열 개쯤 붙어 있는 샤워실 앞에서 승훈이 말을 이었다.

"샤워할 땐 바짝 긴장해야 해. 특히 비누가 땅에 떨어질 때 말이야. 비누를 주우려고 허리를 굽혔다간 당장 똥구멍에 양놈들 페니스가 쑥 박힌다구. 미군부대에 얼마나 많은 호모가 득실거리는지는 금방 알게 될 거야."

민성은 표정이 굳으면서 침을 꿀꺽 삼켰다.

승훈은 부대의 나머지 시설들을 간단히 설명해준 후 자기 방으로 돌아갔다. 정태와 민성은 방 배정을 받기 전까지 임시로 둘이 지내는 방에 들어왔다. 민성은 침대에 털썩 주저앉으며 개탄했다.

"내가 세상에서 제일 싫어하는 두 가지가 뭔지 알아? 호모랑 모기야.

둘 다 우리가 방심할 때 덮치거든. 젠장, 차라리 그냥 현역 육군으로 갈 걸 그랬어. 아, 존나 짜증나. 이게 무슨 세기말적 카오스 상황이냐."

며칠 뒤 둘은 각자 방 배정을 받았다. 정태는 피터스라는 백인 병사와 한 방을 쓰게 됐고, 민성은 갠디라는 흑인 병사가 룸메이트였다.

정태는 별로 신경을 안 썼지만 민성은 미군과 같이 샤워를 하지 않으려 했다. 밤 늦게까지 기다렸다 샤워실이 비게 되면 이용했다. 어쩌다 미군과 같이 샤워할 때는 비누를 손에 꼭 쥐고 두 눈을 부릅뜬 채 벽에 엉덩이를 붙이다시피 하고 샤워했다. 그뿐 아니었다. 민성은 잘 때도 팬티를 두 장 겹쳐 입고 잤다. 게이 공포증 때문이었다.

다행히도 승훈의 이야기가 농담이었음이 며칠 뒤 다른 고참의 해명으로 밝혀졌다. 오래전부터 전해 내려오는 카투사 부대 특유의 신병 겁주기 전통이었다. 민성은 몹시 분노하며 승훈을 저주했다.

"이런 불법 게시판 까나리 액젓 같은 새끼! 진짜 호모한테 후장 털리고 피똥이나 싸라!"

일과는 규칙적이었다. 매일 기상 직후에 포메이션(Formation, 일종의 점호)이 끝나고 한 시간 정도 PT(Physical Training)를 했다. PT 유니폼은 'ARMY'라는 글자가 가슴에 새겨진 회색 트레이닝복이었다. 중대원 전체가 건물 뒤에 모여 팔굽혀펴기와 윗몸일으키기 등의 운동을 함께하고 캠프의 순환도로를 달렸다.

보통은 2~3킬로미터 정도 거리를 달렸다. 가끔 캠프를 빙 둘러싼 순환도로를 한 바퀴 도는, 소위 텐 케이 런(10K Run)을 돌기도 했다. 10킬로미터가 넘는 거리를 달린다고 붙여진 이름이었다. 미군과 카투사 모두 텐 케이 런을 부담스러워했다.

달리기를 좋아하는 정태에게는 평소에는 잘 갈 일이 없는 다른 부대도 구경하는 기회였다. 기지 대부분의 풍경은 아파트 단지 같은 막사 건물이나 사무실 건물들이었다. 잘 관리된 잔디밭이 건물 주변을 감싸고 있었다. 그런 모습을 보면서 한참 뛰다보면 군대에 와 있다는 사실을 종종 잊곤 했다. 그러다가 수십 개의 바퀴가 달린 트럭들이 즐비한 수송 부대, 아파치 헬기가 늠름하게 줄지어 서 있는 비행단 부대 등 군사시설을 보면서 자신이 있는 곳이 군사기지라는 사실을 깨달았다.

달릴 때에는 중대 전체가 대열을 맞춰 구호를 불렀다. 한 명이 선창을 하면 나머지 중대원이 복창을 했다.

"PT는 몸에 좋아요. 너에게도 좋고, 나에게도 좋고, PT는 정말 몸에 좋아요."

"나는 자랑스러운 미 육군. 무서울 게 없네. 정글 속의 악어도 나를 보면 겁을 먹지."

미군들의 케이던스(Military Cadences, 군가)는 여러 가지가 있었는데 대부분 별 의미가 없는 단순한 내용이다. 카투사들에겐 역시 딱딱한 군가보다는 만화 주제가를 부를 때 호응이 좋았다. 23지원단 최고의 인기 케이던스는 단연 〈뽀뽀뽀〉였다.

"우리는 귀염둥이 뽀뽀뽀 친구. 뽀뽀뽀, 뽀뽀뽀, 뽀뽀뽀 치인구우!"

대표로 나선 카투사가 한 소절씩 선창을 하면 전 중대원이 따라 외쳤다. 물론 미군들은 내용이 뭔지 모르면서 열심히 따라 불렀다. 한국 군가는 참 멜로디가 명랑하구나, 말하는 이들도 있었다. 거구의 흑인들이 뽀뽀뽀 노래를 부르며 달리는 모습은 꽤나 볼만했다. 웃음을 참지 못하는 카투사들도 많았다.

PT 체조 뒤엔 서류작업, 훈련, 사역 등으로 채워지는 업무시간이 이어졌다. 오후 5시면 일과는 끝났다. 그때부터 완전히 자유시간이었다. 딱히 할 일이 없는 기지 안에서는 무슨 일을 해야 할지 고민할 정도로 많은 자유시간이었다.

전방에 위치한 미군 캠프에서는 한국군보다 더 힘든 스케줄로 돌아간다는 믿기 힘든 말도 들려왔지만, 후방인 평택 '캠프 험프리스'에 있는 카투사들의 가장 큰 적은 분명 권태였다. 정태는 일찌감치 사법고시 공부를 시작했다.

1년 동안의 이병, 일병 생활은 적당한 속도와 깊이로 굽이치며 흘러갔다. 정태는 어느새 상병으로 진급했다. 중대장도 새로 부임했다. 보기 드문 여자 장교, 그것도 외모가 출중한 대위였다. 캡틴 제니. 빳빳하게 다린 군복도 그녀의 볼륨 있는 몸매를 숨기지 못했다. 카투사는 모두 그녀를 '금발의 제니'라고 불렀다.

제니는 카투사들에게 매우 우호적이었다. 업무시간이 끝나면 친구처럼 편하게 대화를 나누었고 종종 같이 맥주를 마시기도 했다. 그 기회를 가장 적극적으로 이용한 사람은 민성이었다. 그는 여자친구가 있었음에도 불구하고, 언젠가 제니와 잘 수 있으리라는, 최소한 키스 정도라도 하게 되리라는 기대를 갖고 남은 군 생활 1년을 보낼 계획이었다.

정태는 안도감도 실망도 아닌 묘한 감정으로 군 생활 후반기에 접어들었다. 미군들에 대한 뿌리 깊은 적대감은 크게 바뀌지 않았지만 복잡하게 널뛰던 마음은 일상의 평온함이 이어지며 차분하게 수그러들었다.

정태는 아직 모르고 있었다.

어떤 가혹한 운명이 그를 기다리고 있는지.

제니의 편지 1

사랑하는 패트릭에게

마이 달링. 지금 당신은 피츠버그에 있겠죠? 사랑스러운 강아지 울피는 잘 있나요?

당신을 마지막으로 본 지 정확히 한 달이 지났네요. 한 달 동안 당신을 보지 않고도 저는 잘 지내고 있답니다. 이 문장이 당신을 기분 나쁘게 하진 않겠죠? 샘이 많은 당신.

한국이라는 나라는 아직 낯설답니다. 캠프 내의 모습은 미국에 있는 캠프들과 다를 게 없지만 정문만 벗어나면 유령의 도시처럼 암울한 풍경이 펼쳐져 있습니다.

물론 한국의 모습이 다 그렇게 어둡지는 않아요. 한 번밖에 안 가봤지만 서울이라는 도시는 뉴욕이나 시카고의 도심과 별반 다를 것 없을 정도로 번화했답니다. 얘기만 들었는데, 한국에는 몇백 년씩, 심지어는 천년도 더 된 궁궐이나 탑, 고분 같은 것들이 많다더군요. 한국의 역사가 무려 오천 년이라니, 믿어지세요?

주말마다 시간을 내서 한국을 돌아보고 싶어요. 저는 여행광이잖아요. 잊지는 않았겠죠? 다음에 편지를 쓸 때는 훨씬 더 재미있는 얘기들을 많이 해줄게요.

이곳에서 특이한 건 카투사라는 존재예요. 한국군에서 파견 나온 사병들인데 영어도 잘하고 다들 똑똑하죠. 거의 다 대학생들이에요. 한국은 군복무가 의무라고 하더군요.

또 하나 재미있는 점은 그들 대부분의 성이 '김' 아니면 '리'라는 거죠. 이름을 짓는 방식이 우리랑 다르다는 설명은 들었지만 아직도 잘 이해가 가지 않아요. 전 카투사를 부를 때 이름이 잘 기억이 나지 않으면 무조건 '리!'나 '김!'이라고 외친답니다. 그럼 카투사들 중 누군가는 꼭 돌아보죠. 중대장으로서 되도록이면 그들의 풀 네임을 외우려고 하지만 발음하기가 그렇게 쉽지는 않아요.

저와 개인적으로 친해진 카투사가 한 명 있어요. 그 역시 성이 '리'예요. 계급은 상병인데, 중대장이라는 제 포지션에 신경 쓰지 않고 솔직하게 대하는 점이 참 좋아요. 대부분의 카투사들은 미국 사람에 대한 기본적인 경계심인지, 계급차이 때문인지 저에게 거리를 두려고 하거든요.

우린 이런저런 얘기를 많이 나눴어요.

그가 다음 주말에 절 데리고 서울 구경을 시켜주겠다고 약속했지요. 기대돼요. 그는 정말 멋진 남자거든요. 신경 쓰이나요? 그러면 절 보러 한국으로 오세요.

농담이에요. 제 가슴속엔 언제나 당신이 또렷하게 새겨져 있다는 거, 잘 아시죠?

솔직히 업무는 바쁘면서도 권태로워요. 무슨 말인지 알겠어요? 서류 작업이나 일과는 빡빡한데 제가 중대장으로 올 때 기대했던 부분들은 많이 빗나가고 있죠. 후방 지역이라서 그런지는 모르겠지만 분위기 자체도 느슨하고….

그래도 당신이 그렇게도 두려워하던 DMZ에서 멀리 떨어져 있어서 다행이지요? 글쎄, 제 생각엔 한국에서 당장 전쟁이 일어날 것 같지는 않아요. 그러니까 안심하세요.

다음 편지에서는 더 많은 얘기들을 해줄게요.

한국에서 피츠버그까지 이 편지가 가려면 얼마나 걸릴지 모르겠지만 그래도 이렇게 직접 펜을 들고 편지를 쓰니 훨씬 더 기분이 좋군요. 편지를 받으면 냄새를 맡아보세요. 제 향기가 배어 있을지도 모르니까요.

보고 싶어요.

1997년 9월 1일, 당신의 영원한 연인, 제니.

주말

　매주 금요일 저녁은 카투사와 미군들의 분위기가 완전히 달라지는 시간이다. 카투사들은 주말을 집에서 보내기 위해 막사를 빠져나간다. 부대에 남아 있을 수밖에 없는 미군들이 주말을 보내기 위해 선택할 수 있는 방법은 그리 많지 않다. 대부분은 알코올을 택했다.

　— 채워지지 않는 가슴속 블랙홀을 메우기 위한 가장 쉽고 빠른 방법.

　23지원단의 유명한 알코홀릭 코트니 일병의 말에 의하면 그렇다.

　막사 현관의 CQ 데스크(당직 사병 근무처) 옆에서 마르끼즈와 프리엘이 투팍과 우캥 클랜 중에 누가 진정한 힙합의 최고 고수인지를 놓고 열을 내며 떠들고 있었다. 사복으로 갈아입고 쌕을 등에 메고 나온 민성이 CQ 데스크로 와서 외출 사인을 했다.

"젠장, 또 집에 가는 거야?"

투팍의 라임(Rhyme, 운율)을 따라하던 마르끼즈가 민성을 힐긋 돌아보며 물었다.

"당연하지. 매주 금요일이면 우린 집에 간다구!"

"좋겠군. 우리 집은 지구 반대편에 있는데. 난 오늘밤에도 술이나 죽도록 마셔야겠다."

"미안해, 친구. 모레 밤에 보자구."

민성이 막 나가려던 참에 2층 계단에서 승훈과 코트니, 갠디가 함께 내려왔다. 카투사, 백인, 흑인, 제각각의 패션스타일로 최대한 멋을 부린 모습이다. 셋은 현관 CQ 데스크 옆으로 와서 외출 사인을 했다. 민성이 고참인 승훈을 보며 가볍게 목례를 하자 승훈은 웃으며 인사를 받았다. 코트니가 신이 난 얼굴로 민성에게 자랑했다.

"이봐, 우리가 지금 어디로 가는지 알아? 서울에 가서 한국 여자나 좀 꼬시러 갈 생각이야! 김승훈 상병이 알아서 해주기로 했어."

"오늘밤 옐로 택시를 타고 즐거운 여행을 해야지!"

갠디도 거들었다.

옐로 택시는 동양인이라는 뜻의 'Yellow'와 부르면 온다는 뜻의 'Taxi'가 결합된 말로, 외국인들이 한국 여자를 유혹하기 쉽다는 의미로 비하해서 부르는 표현이다.

"물론이지. 신나게 달려보자구!"

승훈이 동의하면서 갠디와 하이파이브를 했다. 민성은 승훈에게 빙긋이 웃으며 인사했다.

"그럼 잘 놀다 오십시오. 월요일에 뵙겠습니다."

민성이 현관문을 열고 나갔다. 그때 2층에서 정태가 세면 가방을 들고 복도를 걸어왔다. 마르끼즈가 말을 걸었다.

"박 상병, 너도 집에 가는 거야?"

정태는 대답을 하지 않고 CQ 데스크를 지나 화장실로 들어갔다. 마르끼즈가 정태의 뒷모습을 보며 이해가 안 간다는 표정을 지었다.

"저 자식은 대체 왜 저렇게 무례하지? 내가 저 놈에게 무슨 잘못이라도 했나? 너희들 기억하지? 지난번에도 말도 안 되는 일로 나하고 싸울 뻔 했잖아. 나뿐만이 아니야. 우리 지아이들을 보면 항상 저런 식이라고. 언제 한 번 내가 손을 봐줘야겠어."

"나도 같이 끼워줘. 잘난 엉덩짝을 걷어차 주게."

코트니도 끼어들면서 가운뎃손가락을 세워 욕을 했다.

정태가 세수를 막 마쳤을 때 화장실 문이 열리고 승훈이 들어왔다. 정태는 수도꼭지를 잠그고 세면 가방을 닫았다. 승훈은 정태 바로 옆 세면대 앞에 섰다. 그는 거울을 보며 젤을 바른 헤어스타일을 다듬었다. 그러면서 정태에게 빈정거렸다.

"여어, 박정태 상병님! 이제 같은 상병이라고 인사도 안 하십니까? 한 달 고참은 고참도 아닙니까?"

그제야 정태는 형식적으로 고개를 까딱 숙여 인사를 했다.

"세수하느라 못 봤습니다."

그리고는 세면 가방을 챙겨 화장실을 나갔다. 승훈은 정태가 나간 화장실 문을 쏘아보며 중얼거렸다.

"씨발 새끼. 한번 걸리기만 해봐. 아주…."

어둠이 완전히 깔린 저녁 8시. 정태는 방에서 사복으로 갈아입고 막사를 나왔다. 안정리의 클럽으로 향하는 미군과 함께 포스트 런(Post-Run, 부대 안을 도는 순환버스)을 타고 캠프 정문에 도착했다. 이미 대부분의 카투사들은 서둘러 캠프를 빠져나갔다. 정태는 서두르지 않았다. 정태는 안정리와 평택역을 오가는 20번 시내버스를 타고 역에 도착해 서울행 기차에 몸을 실었다.

서울역에 도착한 정태는 이태원으로 향했다. 이태원 상가 골목 안쪽으로 깊이 들어가서 중심 상권에서 한참 떨어져 있는 '이태원 상회' 앞에 멈춰 섰다. 주말에도 정태는 미군의 영역에서 멀리 벗어나지 못했다.

과연 언제쯤 이 지긋지긋한 그림자를 떨쳐낼 수 있을까?

정태는 낡은 가게 간판에 적힌 '이태원'이라는 글자를 잠시 보다가 안으로 들어갔다. 좁은 공간에 물건들이 질서없이 빼곡하게 들어차 있다. 과자와 잡화류가 대부분인 전형적인 구멍가게다. 손님도 주인도 보이지 않는다. 카운터 앞에 놓인 소형 TV 화면이 껌벅거리며 빛을 내뿜었다. 그 앞 불규칙한 어둠 속에 정태의 엄마, 미자가 앉아 있었다.

"저 왔어요."

정태가 나지막이 말했다. 카운터에 앉아서 TV를 보던 미자가 고개를 돌렸다. 정태를 본 미자의 굳은 얼굴이 환한 미소로 변했다. 주름진 골마다 고생이 묻어 있는 얼굴, 왼쪽 눈은 안구가 뭉개진 탓에 눈동자의 형체가 없었다.

"정태 왔냐! 어여 들어가!"

"네."

"이번 주말에는 안 나올 것처럼 그러더니 어째 나왔냐?"

정태는 미자의 손을 가볍게 잡아준 후, 가게에 딸린 방으로 들어갔다. 빛바랜 장판이 깔린 좁은 방에는 가구라고 할만한 것도 장식이랄 것도 없었다. 심지어 달력도 시계도 없었다. 방에 어울리지 않는 커다랗고 화려한 액자에 담긴 정태의 대학 입학식 사진만 벽에 걸려 있었다.

앉은뱅이책상에 민법 책을 펴놓고 공부를 시작했다. 책을 대할 때면 정태의 눈은 더 날카롭게 모아졌다. 한 시간쯤 지나고 방문이 열렸다.

"쉬엄쉬엄 하지 않고."

알차게 차려진 소반을 들고 엄마가 들어왔다.

"저녁 먹자. 고등어를 구웠어. 육고기는 부대 안에서 많이 먹을 거 같아서."

정태는 책을 옆으로 치우고 방구석에 쓰러져 있던 가방을 열어 선물을 꺼냈다.

"입어보세요."

"이게 뭐냐?"

미자는 정태가 사온 옷을 비닐 백에서 꺼냈다. 정태는 조용히 밥을 먹기 시작했다. 미자는 부드러워 보이는 핑크빛 스웨터를 꺼내들었다. 몸에 옷을 대보며 좋아하던 미자가 물었다.

"미제냐? 피엑스에서 산 거? 색도 참 곱다!"

정태는 슬쩍 고개를 끄덕인 후 말없이 밥을 먹었다. 미자는 담배를 주섬주섬 찾아서 불을 붙였다. 후우, 연기가 좁은 방 안으로 퍼져나갔다.

용산 미군 캠프 앞. 'Yoon's Barbershop'이라는 간판이 불을 밝히고 있는 외국인 전용 이발소. 늦은 저녁의 가게는 한산했다. 젊은 미군 두 명만 머리를 깎고 있었다. 머리를 자르는 여자 둘을 제외한 다른 여자 종업원들은 소파에 앉아서 TV나 잡지를 보면서 시간을 때우는 중이었다. 가게 문이 열리고 정태가 들어왔다.

"어서 오세요!"

쉬고 있던 여자들이 입을 모아 인사했다. 정태는 문 앞에서 더는 들어가지 않았다. 종업원 중 한 명이 다가와 정태를 밖으로 데리고 나갔다. 간판 아래 무뚝뚝한 얼굴의 정태와 파란 유니폼을 입은 여자가 마주보고 섰다. 정태의 누나인 정희였다.

"아직 안 끝났어?"

정태가 담담한 목소리로 물었다.

"무슨 일이셔?"

"할 말이 있어서."

"해."

정희는 '딱딱' 소리를 내며 껌을 씹었다. 거리를 지나가던 미군 한 명과 눈이 마주치자 정희는 웃는 얼굴로 인사를 나눴다. 미군이 엉덩이를 툭 치고 지나갔고 정희는 미군에게 윙크했다. 정태는 신경 쓰지 않고 하려던 말을 계속했다.

"엄마 생일이잖아."

"그래서?"

"누나."

"아, 그래서? 본론을 얘기하라고."

"뭐가 그래서야? 선물은 못 해주더라도 케이크 정도는 사다 놔야 되는 거 아니냐고."

"씨발, 엄마가 언제 내 생일 챙겨준 적 있어, 엉? 딸년은 하루 종일 양놈들 머리 만지면서 생고생하는데, 미역국 한 번 끓여준 적 있느냐고!"

"그래서, 지금 복수하는 거야?"

"지랄. 복수는 개뿔. 뿡이다, 인마."

정희는 바닥에 침을 찍 뱉고 계속 말을 쏟아냈다.

"공부나 해라. 잘난 아들 판검사 되면 양공주 아줌마 말년에 팔자 좀 필지 모르겠네."

"말 조심해."

"좆도. 조심은."

정희는 씹고 있던 껌을 바닥에 뱉어버리고 가게 안으로 들어갔다. 정태는 잠시 말없이 서 있다가 거리를 터벅터벅 걸어갔다. 가슴이 무겁게 내려앉았다.

'누나, 그거 알아? 누난 엄마가 젊었을 때 모습과 점점 닮아가고 있어.'

다시 돌아왔을 때 가게는 이미 문을 닫은 뒤였다. 정태는 열쇠로 문을 열고 어둠에 휩싸인 방으로 들어갔다. 스탠드 불을 켰다. 세상 모르고 곯아떨어진 미자가 보였다. 미자는 정태가 생일 선물로 준 핑크빛 스웨터를 입고 잠들었다. 가볍게 코를 골면서.

미자는 기지촌 여성으로 20대를 보내고 역시 미군부대에서 만난 남자와 결혼해 정희와 정태를 낳았다. 남자는 말로는 사업가였지만 실상은 미군 피엑스 물건을 몰래 떼다 파는 일종의 밀수꾼이었다. 노름을 좋아했던 그는 정태가 태어난 지 1년도 되지 않은 어느 겨울날 사채업자들에게 맞아 시체로 발견되었다. 살아서는 한 번도 가본 적이 없는 경기도 여주 인근의 야산이었다.

홀로 남은 미자는 다시 기지촌으로 들어가 미군들을 상대로 몸을 팔아 남매를 키웠다. 정태가 초등학교에 들어가면서 자식들 눈치가 보여 몸 파는 일은 그만두었지만 배운 게 도둑질이라고 생계를 유지하기 위해 기지를 완전히 떠나지는 못했다. 미자 역시 남편처럼 피엑스 물건들을 빼돌려 파는 일을 하며 돈을 벌었다. 한번은 물건을 대주던 미군이 강제로 미자를 덮치려고 해서 반항을 하다가 주먹에 맞아 눈이 터졌다. 그렇게 미자는 한쪽 눈을 잃었다. 그런 고초를 겪으면서도 미자는 기지촌을 떠나지 못했다.

세상에 비밀은 없는 법이다. 목덜미에 새겨진 오래된 문신이 미자의 과거를 잘 모르는 사람들에게도 불편한 추측을 하게 만들었다. 붉은 하트에 화살이 꽂혀 있는 작은 그림. 자세히 보면 그 하트 속에는 'J&M'이라는 글자가 들어 있다. 20대 초반, 미자조차도 정확히 기억하지 못하는 어떤 미군이 새겨넣은 두 사람 이름의 약자였다. 굳이 그 문신 속으로 파고들어가 추측하지 않아도 아는 사람은 다 알았고 미자의 등 뒤에서 수군거리곤 했다. 결국 남매도 미자의 과거를 알게 되었다.

그런 미자에게 정태는 삶의 기적이고 유일한 빛이었다.

정태는 누워 있는 미자를 보면서 속으로 말했다.

'생일 축하해요, 엄마.'

그리고 다시 공부를 시작했다.

옐로 택시

승훈과 코트니, 갠디는 강남역 근처의 나이트클럽 '딥 하우스' 앞에 있다. 젊은이로 붐비는 입구 위에 거대한 네온사인이 번쩍인다. 쿵쾅거리는 댄스 음악이 입구 밖까지 흘러나온다. 웨이터들은 손님이 지나갈 때마다 깍듯하게 인사를 한다. 야한 차림으로 클럽으로 들어가는 젊은 여자들을 보며 코트니와 갠디는 잔뜩 흥분한 표정이다.

"정말 굉장한데? 이 클럽에 비하면 평택 주변의 싸구려 클럽은 똥보다도 못하잖아! 안정리에서 죽치고 있던 내 자신이 몹시 부끄럽군. 김, 넌 최고의 친구야! 이제 우리의 멋진 계획은 뭐지?"

코트니는 흥분을 가라앉히지 못하고 승훈을 재촉했다. 갠디는 클럽에서 흘러나오는 음악에 몸을 흔들며 여자들 구경에 정신이 없었다.

"간단해. 이제부터 영어학원 강사인 척을 하라구."

승훈의 말에 갠디가 놀랐다.

"뭐? 왜? 난 심지어 너보다도 더 영어를 모르는데?"

"평택기지 근처에선 군인이라고 해도 별 상관이 없지. 하지만 서울에선 미군을 별로 안 좋아해. 민간인인 척하는 게 훨씬 더 나아. 여자들도 그쪽을 더 선호하고."

코트니는 아무래도 상관없다는 듯 손가락으로 오케이 사인을 만들어 보였다. 갠디도 수긍하며 고개를 끄덕였다. 승훈이 말을 이었다.

"난 니네들하고 같은 학원 강사인 척할거야. 우리말도 하고 영어도 하는 교포 강사인 거지. 내가 너희들을 소개해주면 여자들에게 말해. 친구처럼 지내면서 영어를 가르쳐줄 테니 주말에 서울 관광 가이드 역할이나 해줄 수 있겠느냐고. 한국 여자를 따먹기 위해 필요한 건 딱 두 가지야. 1번. 영어로 이야기한다. 2번. 가능한 한 많은 술을 먹인다. 이런 곳에 오는 여자애들은 1, 2번이면 충분해. 간단하지? 한국 여자를 데리고 놀 수 있는 두 가지 조합. 영어와 술."

코트니와 갠디는 승훈의 긴 설명을 꼼꼼하게 듣다가 하이파이브를 했다. 코트니가 말했다.

"영어와 술. 내가 잘 할 줄 아는 유일한 두 가지잖아. 둘 다 일생에 쓸모없을 줄 알았는데. 그걸로 여자를 꼬실 수 있을 줄은 꿈에도 몰랐어!"

갠디는 감격한 듯 승훈을 와락 껴안았다.

"고마워, 김! 넌 이제부터 나의 형제야."

승훈이 주의를 주었다.

"이제부터 난 김이 아니라 피터야. 명심해."

승훈은 코트니와 갠디를 이끌고 클럽 입구로 향했다. 입구를 지키고 있던 기도가 그들을 막아서며 물었다.

"아시는 웨이터 있습니까?"

승훈은 몇 년 동안 알고 지내던 단골 웨이터를 불렀다.

"장국영이요."

기도는 무전기로 장국영을 부른 뒤 승훈 일행을 입장시켰다.

나이트클럽은 언제나처럼 붐볐다. IMF니, 단군 이래 최대의 불황이라는 말은 적어도 금요일 밤의 열기 앞에서는 맥을 못 추는 듯했다.

"여어, 승훈아! 오랜만이야."

날렵하게 생긴 웨이터 장국영은 승훈 일행을 테이블로 안내했다.

술과 안주가 나오자 셋은 위스키가 담긴 잔을 비웠다. 승훈이 말했다.

"친구들, 금요일밤이라구! 와우!"

코트니는 시끄러운 음악과 북적대는 사람들을 보며 입 꼬리가 귀까지 올라가도록 씨익 웃었다. 다시 위스키 잔을 비우며 승훈에게 말했다.

"한국이 미국보다 좋은 점이 딱 하나 있는데 뭔지 알아?"

"뭔데?"

"여자들이 예쁘다는 거야."

"한국 남자들은 반대로 생각해. 그걸 가지고 우리나라 속담으로 남의 빵이 더 커 보인다고 하지."

승훈이 친절하게 설명했다. 코트니가 못 알아듣고 반박했다.

"헤이, 김. 빵과 여자는 다르다구."

"김이 아니라 피터라니까! 근데, 돈은 얼마나 들고 왔어?"

"150달러쯤?"

"갠디. 너는?"

"나도 그 정도."

"좋아, 충분해. 잠깐, 너희들 한 달에 얼마나 받지? 월급으로?"

"850달러쯤."

코트니가 대답했다.

"그런데 하룻밤에 150달러를 써버린다는 거야?"

"그래서?"

"그건 너에게 많은 돈이야."

"나도 알아. 빌어먹을, 여기 잔소리하려고 온 거야? 어차피…"

그때 장국영이 여자를 데리고 와서 코트니 옆에 앉혀 놓고 나갔다. 승훈 또래의 대학생으로 보였다. 코트니는 입을 다물고 승훈을 쳐다보았다. 여자가 영어를 못해 승훈이 부킹 통역을 맡아야 했다. 코트니가 승훈의 귀에 대고 속삭였다.

"헤이, 김. 내가 미국에서 변호사를 하고 있다고 해."

"맨, 제정신이야? 넌 아무리 봐도 변호사처럼 안 보여."

승훈은 여자 쪽으로 고개를 돌리며 설명했다.

"아가씨, 이 친구는 미국에서 유학할 때 알던 친구예요. 얼마 전에 로

스쿨을 마치고 한국에 놀러 왔죠."

"그래요? 귀엽게 생겼네요."

여자는 서투른 영어로 코트니와 몇 마디 얘기를 주고받다가 곧 흥미를 잃고 돌아갔다.

"헤이, 피터. 왜 웨이터들이 여자들을 데리고 다녀?"

코트니가 물었다.

"그냥, 우리나라의 클럽 문화라고 할까? 부킹이라고 웨이터들이 여자를 소개해주는 시스템이지. 웨이터가 손님들을 서로 짝 지워주는 거야."

"왜 웨이터가 강제로 부킹을 하지? 마음에 드는 여자나 남자가 있으면 직접 가면 되잖아? 그럼 마음에 안 드는 사람이랑 앉아 있을 필요도 없고 말이야. 이해가 안 가는데? 여기가 2류 클럽이라서 그런 거 아냐?"

"좋은 클럽일수록 부킹 서비스가 좋지. 한국에서는 말이야 남자고 여자고 점잖은 척한다구. 그러니까 말이지…."

승훈은 설명을 하려다가 말이 막혔다. 앞에 놓인 위스키 코크 잔을 들어 깊이 한 모금 마시고는 담배에 불을 붙였다. 코트니뿐 아니라 갠디도 눈을 반짝이며 그의 설명을 기다렸다.

"우리나라 사람들은 얌전하게 보이고 싶어해. 옛날부터 궁둥짝을 바닥에 붙이고 가만히 앉아 있는 걸 덕목으로 여겼거든. 그래서 아직도 사람들은 하고 싶은 일이 있어도 다른 사람이 그 일을 하라고 권유할 때까지 기다리지."

"이해할 수 없군. 아무래도 니가 잘못 알고 있는 거 같아. 그렇게 멍청

할 리가. 혹시 여기 있는 여자 전부 이 클럽에서 일하는 창녀가 아닐까? 너 같은 머저리들을 꼬시려고 거짓말로 대학생이라고 하는 거 아냐?"

코트니가 진지하게 물었다. 승훈은 설명을 포기하고 위스키 잔을 높이 들었다.

"아무려면 어때! 우린 지금 하느님과 같이 취해가고 있다구!"

승훈의 말에 코트니와 갠디가 잔을 높이 들어 건배했다.

장국영이 다시 여자를 데리고 왔다. 가슴이 깊이 파인 스웨터에 미니스커트 차림이었다. 승훈의 눈에는 별로였지만, 갠디는 벌어진 입을 다물지 못했다. 장국영은 갠디 옆에 여자를 앉혔고 갠디는 귀여운 미소를 지으며 여자에게 말을 걸었다. 여자는 더듬더듬 영어를 하면서 갠디와 대화를 시작했다. 코트니는 갠디를 보며 그저 부러운 표정이었다.

갠디와 여자는 술잔을 주고받더니 스테이지로 춤을 추러 나갔다. 갠디는 흑인 특유의 그루브한 리듬감으로 환상의 춤실력을 선보였다. 스테이지 접수.

또 다른 여자가 승훈과 코트니가 있는 자리로 왔다. 그녀는 나이트클럽을 출입하기엔 나이가 많아 보였다. 승훈의 테이블로 올 때부터 몹시 취한 상태였다. 코트니를 보자마자 그녀는 혀 꼬부라진 목소리로 인사를 하며 기댔다. 코트니는 정말 입이 찢어지지 않을까 걱정이 될 정도로 활짝 웃었다. 그도 이미 취해 있었다.

"거기 미국 아저씨? 되게 잘 생겼다. 좀 만져봐도 되요?"

여자는 둘을 번갈아 보며 한국말로 얘기를 했다. 코트니는 갠디에게

서 배운 부드러운 웃음을 잃지 않고 승훈에게 물었다.

"헤이, 이 암캐가 도대체 뭐라고 하는 거지?"

"너 좀 만져봐도 괜찮겠느냐고 묻는데?"

코트니는 손가락으로 동그라미를 만들어 보이며 대답했다.

"당연히 괜찮지."

고개를 끄덕이자 그녀는 턱이며 코, 귀 언저리를 만지기 시작했고 코트니는 황당하다는 표정을 지으면서도 좋아서 어쩔 줄을 몰라 했다. 코트니도 용기를 내어 여자의 어깨를 슬쩍 감싸 안았다. 여자가 코트니 쪽으로 편하게 몸을 숙였다.

대한민국 만세.

코트니는 승훈만 볼 수 있게 입모양으로 말하면서 엄지손가락을 치켜들어보였다. 승훈은 빙긋이 웃으며 같이 엄지손가락을 들어주었다.

'행운이 깃든 날이야.'

갠디는 생각했다. 그는 클럽에서 만난 여자의 차 속에서 질펀한 카섹스를 즐기고 있다. 그녀는 힙합을 좋아하고 미국에 어학 연수 갈 준비를 하는 중이라고 했다.

"어때? 이 노랗고 귀여운 한국 암캐야. 루이지애나 산 왕뱀의 맛이 맘에 들어?"

영어를 잘 못하는데다 잔뜩 취한 여자는 갠디의 말에 '예스, 예스'만을 반복했다.

스눕독의 흥겨운 래핑에 맞춰 갠디는 허리를 힘차게 움직였다.

"헤이, 옐로 택시! 속도를 좀 더 높이라구!"

코트니는 파트너가 영 맘에 들지 않았다. 클럽에서 데리고 나왔는데 술이 너무 취해 있었다. 모텔에 데리고 들어가기가 무섭게 여자는 침대에 쓰러져버렸다. 겨우 외투와 셔츠, 청바지까지 벗겨냈지만 그다음이 문제였다. 마치 시체와 섹스를 하는 느낌 때문에 도대체 흥분을 할 수 없었다. 게다가 밝은 곳에서 본 여자의 얼굴은 족히 서른은 넘어 보였고 그가 기대했던 귀여운 한국 여자의 외모와는 거리가 먼 모습이었다.

'이봐, 코트니! 미스 텍사스와 즐기고 있다고 생각하라구. 인간에게는 신이 주신 상상력이라는 도구가 있잖아?'

하지만 안타깝게도 그의 상상력은 그 정도로 대단하지 않았다. 게다가 팔다리가 구겨진 자세로 침대에 쓰러진 여자는 헛구역질을 하고 푸릅푸릅 이상한 소리를 내며 방귀까지 뀌었다.

아, 제기랄. 절망적이군.

자꾸만 욕망이 꺾였다. 할 수 없이 최후의 방법을 택했다. 코트니는 여자에게서 등을 돌리고 자위를 하듯 페니스를 잡고 흔들었다. 캡틴 제니와 섹스를 하는 장면을 상상했다. 빙고! 겨우 발기에 성공했다.

자자, 빨리 빨리 인서트!

그러나 다시 몸을 돌렸을 때 그는 절망하고 말았다.

"이런 똥 같은!"

여자의 입에서 흘러나온 라지 사이즈 피자 한 판이 하얀 침대 시트 위에 퍼져 있었다. 그의 페니스는 시무룩한 표정으로 시들어버렸다. 캡틴 제니가 아니라 브리트니 스피어스가 와도 해결이 안 될 상황이었다.

작전 실패다. 오버.

승훈의 파트너는 스물다섯 살, 두 살 더 많은 여자였다. 그녀는 서툰 영어로 쉴 새 없이 뭔가 말하려고 했다. 둘은 여자의 22층 오피스텔에서 사랑을 나눴다.

"오, 피터! 유 아 그레이트!"

여자는 느끼기도 잘하고 소리도 잘 지르는 스타일이었다.

승훈은 절정에 다다른 후 여자의 배꼽 안에 사정을 했다. 오목한 종지에 따른 참기름처럼 정액이 담겼다. 볼일을 다 본 그는 개운함과 허탈함이 반씩 섞인 기분으로 털썩 누웠다. 여자는 휴지로 배에 묻은 정액을 닦아내곤 그의 머리를 감싸 안고 다정하게 입을 맞췄다. 그리고 더듬더듬 영어로 물었다.

"피터 선생님은 주말에만 시간이 돼요?"

승훈은 조용히 고개를 끄덕였다.

"제가 주말마다 한국말 가르쳐 드릴까요?"

갑자기 승훈이 큭큭거리며 웃기 시작했다. 여자는 당황한 표정으로 승훈을 봤다. 승훈은 몸을 일으키고는 눈을 치켜뜨고 여자를 마주 봤다.

"와이 낫?"

승훈은 짧게 대답하고 침대에서 일어났다. 바닥에 떨어진 바지를 주섬주섬 꿰었다. 보고 있던 여자가 서툰 영어로 물었다.

"피터? 지금 뭐 하는 거예요?"

승훈은 바지를 꿰면서 한국말로 인사를 남겼다.

"피터가 누구지? 내 이름은 승훈이야. 한국말 아주 잘하니까 가르쳐 줄 필요 없고, 영어 공부 열심히 해라."

승훈은 놀라는 여자를 등지고 오피스텔을 나섰다.

첫 만남

천천히 어둠이 내리는 일요일 저녁. 노을 지는 하늘이 유난히 예쁜, 그런 저녁이었다.

서울역에서 출발한 정태는 평택역 앞에서 캠프 험프리스 입구로 향하는 20번 시내버스에 올라탔다. 제일 뒷자리 몇 개만 빼고 버스 좌석은 승객이 다 앉아 있었다. 정태는 가방을 고쳐 매고 뒷자리에 가서 앉았다.

버스가 막 출발하려다가 다시 멈췄다. 급하게 뛰어온 여자가 올라탔다. 스무 살이 조금 넘어 보였다. 한 뼘 가까이 되어 보이는 하이힐 부츠, 선이 옅은 얼굴, 짙은 메이크업, 헝클어진 검은 생머리, 창백하게 빛나는 눈동자.

버스가 급하게 출발했다. 여자는 버스의 갑작스러운 움직임을 이기지 못하고 휘청, 바닥으로 쓰러졌다. 승객들이 그녀를 돌아보았다. 그녀는 자리에 쓰러진 채 움직이지 못했다. 버스 기사가 룸미러를 통해 그녀를 흘깃 쳐다보았다. 마치 사람들에게 '신경 쓰지 마세요.'라는 신호를 보내듯, 그녀는 애써 상체를 일으켜 보임으로써 승객들의 시선을 떨쳐냈다.

겨우 일어난 그녀는 고개를 돌려 앉을 곳을 찾았다. 정태의 옆자리만 비어 있었다. 여자는 뒷자리를 향해 걸음을 옮기기 시작했다. 신호에 걸린 버스가 급정거를 했다. 그녀는 다시 바닥에 쓰러졌다.

그녀는 후우 깊은 숨을 내쉬며 주먹을 모아쥐었다. 조금 몸을 일으키던 그녀는 쉽게 일어서지 못했다.

정태가 걸어가 손을 내밀었다. 여자가 고개를 들어 시선을 마주했다. 정태는 여자의 입술이 파르르 떨리는 모습을 보았다.

얼굴을 가까이서 보고서야 알았다. 그녀는 혼혈아였다. 깊은 눈과 오똑한 코, 그리고 한국 사람과는 분명히 다른 뽀얀 피부색이 그녀의 피 속을 흐르는 앵글로 색슨족의 혈통임을 드러냈다.

"제 손을 잡으세요."

정태가 말했다. 여자는 머뭇거리며 손을 잡지 않았다. 정태가 여자의 손을 잡았다. 손목이 부러질까 두려울 만큼 얇았다. 정태는 여자를 부축해 뒷자리로 데리고 왔다. 앉아 있던 자리에 여자를 앉혔다. 버스가 다시 출발했다.

"고마워요."

여자의 목소리는 거칠게 쉬어 있었다. 정태는 슬쩍 고개를 끄덕이고는 다른 방향으로 고개를 돌렸다.

잠시 후 정태는 낯선 무게를 느꼈다. 어느새 여자가 그의 어깨에 머리를 기대고 잠들었다. 정태는 여자의 목덜미에서 시선을 떼지 못했다. 문신. 붉은 하트에 화살이 꽂혀 있는 작은 그림. 하트 안에 글자는 없었다.

'이럴 수가.'

순간 위험한 화학작용이 시작되었다. 역사상 그 어떤 훌륭한 연금술사도 밝히지 못한, 이유도 법칙도 없는 불규칙한 연쇄작용.

정태는 여자의 머리를 밀어내는 대신, 상체를 조금 들어 그녀의 목을 편하게 해주었다.

'무엇이 당신을 이토록 피곤하게 했나요? 쓰러져 일어나지도 못할 만큼.'

오래는 아니겠지만, 그녀가 조금이라도 편안하게 쉬길 바랐다. 동시에 정태는 여자의 체온을 느꼈다. 이렇게 피부와 피부가 붙어서 누군가의 체온을 느낀 일은 정태로서는 낯선 경험이었다.

한참 뒤에 여자는 잠에서 깼다. 정태는 빌려줬던 어깨를 당기며 곧은 자세로 앉았다.

캠프 험프리스 정문 앞 정류장에 버스가 멈춰 섰다. 정태와 여자는 같이 버스에서 내렸다. 푸른빛이 남아 있던 저녁 하늘은 원숙한 밤하늘로 변했다.

정태는 천천히 걸었다. 등 뒤에서 여자의 목소리가 들렸다.

"카투사예요?"

"네."

정태는 돌아보지 않고 말했다.

"아까는 고마웠어요."

정태의 눈에 부대 정문이 들어왔다. 그제야 고개를 돌려 여자를 돌아보았다.

"그럼…."

잘 가라는 인사를 하지 못했다. 여자의 눈가에 베인 얼룩 때문이었다. 화장으로 감춰지지 않을 정도로 선명한 피멍 자국. 여자가 물었다.

"왜 그렇게 사람을 뚫어져라 봐요?"

"괜찮으십니까?"

"뭐가요?"

"눈에 멍이 심하게 들었어요."

"아무것도 아니에요. 벽에 부딪혔어요."

"몸도 많이 안 좋아 보이시는데."

"괜찮아요."

여자의 대답에 무슨 말을 해야 할지 몰랐다. 여자가 물었다.

"파라다이스 클럽 알아요?"

"네. 얼핏 본 적 있습니다."

"놀러 와요. 맥주 한잔 살게요."

여자는 빙긋 웃으며 돌아섰다. 하지만 몇 걸음 걷지 못하고 픽 쓰러져 버렸다. 치마 속에서 하얀 다리를 타고 피가 흘러내렸다. 정태가 달려가서 여자를 부축했다.

"병원에 가봐야겠는데요!"

그의 목소리는 다급했지만 여자는 자조적인 미소를 지었다.

"병원이요? 지금 병원에서 오는 길인데…."

정태는 난감한 표정으로 있다가 여자를 일으켜 세웠다. 그리고 그녀 앞에 무릎을 굽히고 앉았다.

"업히세요."

여자는 정태의 등을 물끄러미 보고 있었다. 정태가 재촉했다.

"빨리요."

그녀는 짧은 숨을 토해내고 정태의 등에 업혔다. 정태는 두 손으로 그녀의 엉덩이를 단단히 받히고 걸었다.

"어디로 가면 되죠?"

"저기 문신 가게 지나서 오른쪽 골목이에요."

일요일 밤의 안정리 거리는 조용하다. 금요일, 토요일 밤의 싸구려 파티들이 끝나고 쓸쓸함만이 남은 공간. 'Tommy's Tatoo'라는 오래된 간판이 걸린 문신 가게를 지나 오른쪽 골목으로 들어섰다. 좁고 구불구불한 골목길 위로 둘의 그림자가 늘어졌다. 여자가 물었다.

"무겁죠?"

"아닙니다."

"이름이 뭐예요?"

"정태, 상병 박정탭니다."

그녀는 손을 뻗어 골목 갈림길의 왼쪽을 가리켰다.

"이쪽이요. 정태 씨."

왼쪽으로 방향을 틀었다. 골목은 더 좁아졌다. 거친 시멘트 바닥에 깨진 병조각들이 굴러다녔다. 벽에서 시큼한 냄새가 풍겼다.

등에 부드러운 감촉을 느꼈다. 여자가 조심스럽게 등에 얼굴을 기대는 듯했다. 경계심을 풀고 안심하고 의지하는 태도의 표현이었다. 정태는 뿌듯한 기분마저 들었다.

정태가 물었다.

"성함이 어떻게 되십니까?"

"아이린."

"원래 이름은요?"

"다들 아이린이라고 불러요. 아, 다 왔어요."

그는 조심스럽게 여자를 내려놓았다.

"정태 씨 아니었으면 여기까지 기어올 뻔했네."

여자는 주황색 철문 앞에 서서 환하게 웃으며 말했다.

"괜찮으신 겁니까? 정말 병원에 안 가봐도 되겠습니까?"

여자가 고개를 끄덕였다. 침묵이 흘렀다.

"그럼…."

정태는 꾸벅 인사를 하고는 발걸음을 돌렸다. 여자를 업고 왔던 골목을 다시 걸어나갔다. 첫 번째 모퉁이를 돌기 직전, 등 뒤에서 목소리가 들렸다.

"제 이름은 혜주예요. 구혜주."

걸음을 멈추고 뒤를 돌아봤다.

"아무도 그렇게 안 부르지만."

혜주는 얼굴 가득히 웃고 있었다.

'웃는 모습이 예쁘구나' 하고 정태는 생각했다. 동시에, 그런 생각을 하는 자기 자신이 의아했다.

"고마워요, 정태 씨!"

혜주는 손을 흔들었다. 정태는 아까보다 조금 더 가벼운 발걸음으로 모퉁이를 돌아갔다.

같은 시간, 캠프 험프리스 입구에 택시가 멈춰 섰다. 뒷자리에서 내린 사람은 뉴욕 양키즈 야구 점퍼 위로 배가 불룩 솟은 마르끼즈였다. 운전석 문이 열리면서 머리가 희끗희끗 센 한국인 택시 기사가 마르끼즈 앞을 막아섰다. 기사는 웃는 얼굴로 5000원짜리 지폐를 마르끼즈 앞에 내밀어보이며 말했다.

"택시 요금은 10000원이야. 5000원밖에 안 줬잖아?"

"뭐라고? 영어를 제대로 해봐. 난 무슨 말인지 잘 모르겠는데? 어쨌든 돈이 그것밖에 없으니까, 빨랑 꺼져버려. 이 노인네야."

기사는 다급해졌다.

"10000원을 줘야 돼! 10000원을 줘야 돼!"

마르끼즈가 갑자기 기사의 가슴팍을 밀었다. 기사는 맥없이 뒤로 나

동그라졌다. 그 모습을 본 마르끼즈가 낄낄거렸다.

"그거 알아? 난 여기 니네 불쌍한 한국 놈들을 보호해주기 위해 왔어. 그러니까 까불지 말라고! 이 병신 같은 한국 놈아."

마르끼즈는 침을 모아서 기사에게 뱉었다. 그리고 돌아서서 캠프 안으로 들어갔다.

기사는 허리를 다친 듯 쉽게 일어나지 못하고 끙끙거렸다. 멀리서 그 모습을 본 사복 차림의 카투사 두 명이 다가와 기사를 일으켜 세웠다.

"할아버지, 괜찮으세요?"

기사는 고개를 끄덕이며 힘겹게 몸을 일으켰다.

"아이구, 고맙네."

카투사 한 명이 마르끼즈가 들어간 캠프 쪽을 돌아보며 고개를 갸웃거렸다.

"근데 저 미군 새끼, 많이 본 놈인데?"

다른 카투사가 대답했다.

"나도 저 놈 알아. 23지원단에 있는 놈이지. 거기 정태라고 우리 과 친구가 한 명 있거든. 저 놈이 걔랑 한번 붙을 뻔한 적이 있어서 얼굴을 기억해. 스패니시 지아이인데, 이름이 뭐랬더라."

다른 카투사가 할아버지에게 물었다.

"할아버지, 저희가 그놈 찾아드릴 테니까 신고하실래요?"

카투사들의 말에 기사는 손을 휘휘 내저었다.

"됐어, 신고는 무슨. 경찰서 가봤자 나만 고생이야. 경찰 놈들 지아이

들한텐 손끝 하나 못 댄다구. 이런 일 한두 번 당하나?"

기사는 허리를 손으로 주무르면서 다시 택시에 올랐다.

2인 1실이 기본인 막사의 방은 침대, 냉장고, 옷장, 책상 등의 가구들이 기본적으로 비치되었고 자기 돈으로 전자레인지나 TV, 스테레오도 들여놓을 수 있었다. 천장에 닿을 정도로 큰 '월 라커(Wall Locker)'라는 옷장들을 이용해 방 안을 이등분했는데, 계급이 높은 병사가 방 안쪽 공간을 차지하는 게 보통이었다.

집에서 주말을 보내고 막사로 돌아온 정태는 샤워를 하고 바로 책상에 앉았다. 민법 책을 펼쳐 공부를 시작했다. 그의 목표는 제대하기 전에 사법고시 1차 시험 합격이었다. 책꽂이엔 1차 시험과 관련된 책들과 강의 테이프가 가지런히 꽂혀 있었다.

자정이 가까워진 시간, 문이 벌컥 열리면서 룸메이트 피터스가 들어왔다. 잔뜩 술에 취해 몸도 잘 가누지 못했다. 피터스는 꼬인 혀로 중얼거렸다.

"망할. 넌 군대에 온 거냐, 로스쿨에 온 거냐?"

정태는 미동도 하지 않고 공부를 계속했다.

"젠장, 엄청나게 취했네. 잠이나 자야겠어. 내가 죽으면 미국에 있는 빌어먹을 와이프에게 전해줘. 사실 난 단 한순간도 그년을 사랑한 적이 없었다고. 하하하."

피터스는 옷도 벗지 않고 침대에 몸을 던졌다. 다른 지아이들은 금, 토요일을 술에 절어 지내더라도 일요일엔 쉬는 게 보통이었는데, 피터스는 일요일도 술이었다. 코트니와 함께 23지원단의 소문난 알코홀릭.

정태는 심호흡을 크게 한 후 기지개를 켰다. 졸음이 느껴졌다. 방바닥에 엎드렸다. 하나, 둘, 셋, 팔굽혀펴기를 시작했다. 빠르고 정확한 동작은 금세 50번을 넘어섰다. 잠은 저만치 달아났다. 정태는 다시 일어나 책상에 앉았다.

갑자기 책 속의 글자들이 하얗게 지워져버렸다. 그 자리에 한 여자의 얼굴이 그려졌다.

"제 이름은 아이린이에요."

목소리가 들렸다. 정태는 책에 집중하려고 애썼다. 하지만 여자의 목소리는 그의 노력을 수포로 만들며 이어졌다.

"제 이름은 혜주예요. 구혜주."

클럽 파라다이스

"컴퍼니, 어텐션!"

23지원단 막사 뒤편. 일등상사 데이비스의 우렁찬 구령이 새벽을 흔들었다. 캡틴 제니 밑에서 중대원들의 실질적인 생활을 감독하는 일등상사 데이비스는 그야말로 신체 건장한 흑인이었다. 2미터에 가까운 키에 떡 벌어진 어깨, 목소리마저 걸걸했다. 특히 눈에 띄는 부분은 손톱이었다. 솥뚜껑만 한 손 중에서도 엄지손톱이 유독 컸다. 사병들은 데이비스의 손톱이라면 나무도 깎을 거라고 농담을 하곤 했다.

중대원 전체가 PT복을 입고 포메이션을 했다. 미군과 카투사들이 섞여서 소대별로 줄을 섰는데, 카투사는 20명 정도. 의욕에 찬 표정부터 아직 졸음이 덜 가신 표정까지, 제각각의 표정들이었다.

건물 뒷문을 열고 중대장 제니가 등장했다. 다들 긴장한 얼굴로 차렷 자세를 취했다. 제니가 중대원들 앞에 서서 구령을 내렸다.

"쉬어!"

중대원들은 차렷 자세를 풀고 헐거운 열중쉬어 자세로 제니의 말에 집중했다.

"다들 잘 잤나? 오늘은 중대 차량 정비가 있는 날이다. 예외는 없다. 모든 중대원은 PT 끝나고 군복 차림으로 모터풀에 집합한다. 알았나?!"

"예 써!"

중대원들의 함성이 돌아왔다.

모터풀(Motor Pool)은 거대한 차량기지다. 캠프 험프리스의 모든 군용차량은 모터풀에서 검사를 받고 정비를 했다. 고등학교 운동장을 서너 개 합친 넓이의 아스팔트 위에 미군 지프차인 험비, 군용트럭, 훈련용 특수 차량들이 줄지어 선 모습이 장관이었다.

23지원단 모터풀 사무실 아래. 정태, 승훈, 민성, 마르끼즈, 갠디가 함께 차량 정비에 매달렸다. 험비 아래에서 엔진 오일을 갈아 끼운 마르끼즈가 밖으로 나왔다. 손을 털며 일어선 그는 먹다가 놔둔 웰치스 캔을 한 모금 들이켰다. 마르끼즈의 시선이 험비 보닛 안쪽을 닦고 있는 정태에게 머물다가 다시 승훈에게로 갔다.

"김 상병! 한국 여자는 언제 엮어줄 거야? 코트니랑 갠디는 지난주에 니 덕분에 재미 봤다던데. 나는 우리가 친구라고 생각했는데?"

"친구, 넌 일단 운동을 좀 더 해야 돼. 한국 여자들은 뚱뚱한 미군을 싫어한다구. 그걸 알아야지!"

그때 갑자기 정태의 목소리가 둘의 대화를 끊었다.

"그게 사실이야, 마르끼즈?"

갑자기 튀어나온 정태의 말에 모두 긴장했다. 정태가 미군에게 먼저 말을 붙이는 일은 거의 없었으니까. 특히 앙숙으로 여겨지는 마르끼즈에게 말을 걸다니. 정태가 말을 이었다.

"어제 다른 중대에 있는 친구한테 연락이 왔어. 그 친구가 그러더라. 지난 주말에 니가 택시 기사를 때리고 도망갔다고. 택시비를 안 내려고. 환갑이 넘은 기사님은 허리를 다쳐서 못 일어나고 있다는데 너는 연락을 받고서도 모른 척했다면서?"

정태의 말에 분위기가 일순간 얼어붙었다. 마르끼즈는 험악한 인상으로 정태 앞을 막아섰다.

"누가 그딴 얘길 해? 엉? 맹세컨대 난 어제 택실 잡은 일조차 없어. 그리고 니네 거지 같은 카투사들보다 내가 열 배는 더 부잔데, 내가 왜 택시비 안 내고 도망을 가? 그게 상식적으로 말이 된다고 생각해?"

정태의 미간에 힘이 들어갔다.

"너 지금 뭐라 그랬어? 거지 카투사들이라고?"

"틀린 말 했나? 가난한데다가 거짓말도 잘하지."

이번엔 정태가 마르끼즈를 노려보며 바로 코앞까지 다가섰다. 둘은 한 뼘 정도의 거리를 두고 서 있었다. 여차하면 한대 칠 기세였다. 마르끼즈가 비웃는 표정으로 정태에게 말했다.

"너 같은 새낀 10초면 작살낼 수 있어."

정태가 응수했다.

"쓰레기 같은 새끼. 니네 나라로 돌아가라."

그때 승훈이 둘 사이에 끼어들었다.

"박정태! 이 새끼, 너 왜 오버하고 그래?"

정태가 승훈을 노려보았다.

"김 상병님이야 말로 왜 그러십니까?"

"뭐? 내가 뭘?"

"저 새끼가 얼마나 좆 같은 놈인지 아세요? 무고한 시민을 폭행해 일도 못하게 만들었다고요."

"니가 직접 본 것도 아니잖아, 임마."

정태는 승훈에게만 들릴 만큼 작은 목소리로 말했다.

"양놈들하고 놀면 재밌습니까?"

승훈의 눈이 커다랗게 떠졌다.

"뭐?"

"양놈들이 다들 그러더군요. 김 상병님하고 서울 가면 아주 재미가 좋다구요."

"그게 뭐 어쨌다는 거냐?"

"지아이들 뚜쟁이도 아니고, 뭡니까?"

"뚜쟁이? 만날 책만 들여다보고 있어서 잘 모르나본데, 여자애들도 원해. 외국인과 사귀며 영어 배우고 싶어 하는 애가 어디 한둘인 줄 아냐?
어차피 멍청한 애들이야. 한국 남자한테 따먹히나 외국 남자한테 따먹
히나 그 차이일 뿐이라고. 니가 뭔데 뚜쟁이네 뭐네 지랄이야?"

"당당해서 좋네."

정태는 반말로 중얼거렸다.

"뭐?"

승훈이 정태의 멱살을 잡아올렸다. 정태는 눈 하나 깜짝하지 않았다.
정태는 승훈에게만 들리게 낮은 목소리로 중얼거렸다.

"생각 좀 하고 살자."

정태의 반말에 승훈은 화가 폭발하기 직전이었다. 마르끼즈는 경멸
섞인 표정으로, 승훈 뒤에서 정태를 보며 가운뎃손가락을 들어보였다.
둘의 분위기가 심상치 않자 다른 카투사들과 미군들이 끼어들어 둘 사
이를 떼어놓았다.

"이 개새끼!"

승훈은 정태와 한판 붙을 기세로 몸을 파닥거렸지만 민성과 갠디가
그의 양팔을 단단히 붙잡았다. 승훈은 마르끼즈가 주는 담배를 받아 물
며 정태에게서 등을 돌렸다.

탁, 탁, 운동화 밑창이 땅과 맞닿는 소리가 좋았다. 서울에선 보기 힘
든 또렷한 달과 별도 좋았다. 무엇보다 심장과 대화를 나누는 것 같은
'혼자'라는 느낌이 좋았다. 정태는 답답할 때마다 혼자 캠프 안을 달리곤

했다. 아파치 헬기가 모여 있는 격납고를 돌아 다시 막사 건물로 돌아오면 정확히 한 시간이 걸렸다.

가쁜 숨을 몰아쉬며 막사 뒤편의 바비큐 테이블에 앉았다. 낮에 마르끼즈와 승훈에게 느낀 분노는 이미 사라지고 없었다. 대신 다른 절실한 감정이 가슴에 들어찼다.

방으로 돌아간 정태는 재빨리 외출 준비를 했다. 9시, 나갔다 돌아올 시간은 충분했다. 캠프를 나간 정태의 발길이 향한 곳은 안정리 골목에 있는 '클럽 파라다이스'였다.

밤을 맞은 안정리 기지촌 거리는 원색의 네온사인과 클럽들에서 흘러나오는 음악 소리, 술에 취한 지아이들과 여종업원들로 휘청거렸다. 수없이 봐왔던 광경이지만 도저히 익숙해지지 않는, 볼 때마다 낯설고 불편한 모습. 정태는 주위를 둘러보며 목적지를 찾았다. 결국 천국의 문 앞에 다다랐다.

CLUB PARADISE — WHATEVER YOU DESIRE(당신이 무엇을 원하든 다 들어 드립니다)

술집 간판은 붉은색으로 빛났다. 정태는 클럽 안으로 들어가지 못하고 머뭇거렸다. 그의 자아가 둘로 나뉘 다퉜다.

'지금 내가 뭘 하고 있는 거지?'

갈등하며 흔들리던 정태의 시선이 멈췄다. 골목 멀리서 혜주가 다가오고 있었다. 하이힐을 신은 종종걸음으로. 디스코 볼처럼 번쩍이는 은색 미니 원피스를 입은 혜주는 입구까지 와서야 정태를 발견했다.

"어! 카투사 아저씨네!"

"혜주 씨."

정태는 어색하게 손을 들어 인사했다. 혜주는 묘한 미소를 지으며 앞에 섰다. 그리고 처음 만났을 때보다 훨씬 더 밝은 목소리로 물었다.

"와, 진짜 왔네요?"

"근처에 지나가다가 간판이 눈에 띄어서요."

정태는 거짓말을 했다.

"좋아요. 어쨌든 맥주 한잔 살게요. 약속했으니까."

혜주는 대뜸 정태의 팔짱을 끼고 걸음을 옮겼다.

"오늘 사실 쉬는 날인데, 언니 한 명이 결근하는 바람에 도와주러 나왔어요. 잠깐 농땡이 쳐도 괜찮아요."

"어디로 가는 겁니까?"

"우리 클럽에서 먹긴 좀 그러니까, 생맥주나 한잔 때리러 가요."

안정리는 모든 것이 어두침침하다. 혜주가 그를 이끈 프라이드 치킨집도 마찬가지였다. 잔뜩 때가 낀 풍경화 액자가 벽 한쪽에 걸려 있고 테이블과 의자도 모두 낡았다.

"진짜 올 줄은 몰랐는데."

혜주는 기분 좋은 미소를 지으며 맥주를 마셨다. 정태가 물었다.

"평택엔 어떻게 오게 됐습니까?"

"그런 바보 같은 질문이 어딨어요? 오고 싶어서 왔겠어요?"

혜주는 피식 웃으며 무를 집어 먹었다.

"여기서 나갈 생각은 없습니까?"

정태의 말에 혜주의 표정이 차갑게 굳었다.

"아무것도 모르면서 그런 얘기 쉽게 하지 말아요."

혜주의 목소리에는 약간의 노기까지 섞여 있었다. 정태는 실수했음을 깨달았다. 조금 누그러진 목소리로 혜주가 물었다.

"그딴 얘기하려고 왔어요?"

정태는 입을 다물었다. 잠시 침묵이 흘렀다. 다시 혜주가 명랑한 목소리로 입을 열었다.

"미안해요. 괜히 썰렁하게 만들었네. 근데 오빠 말 놔요. 스물넷이라면서요? 저보다 세 살이나 많은데요."

"좋습니다."

"좋습니다가 뭐예요? 좋아, 라고 해봐요."

"좋아."

"바로 그거야!"

둘은 서로를 보며 웃었다. 혜주가 진지한 얼굴로 감사를 전했다.

"그날, 진짜 고마웠어요."

정태는 대답 대신 멋쩍은 미소를 지었다.

"처음이에요."

"뭐가?"

"누가 나한테 손을 내민 게."

정태의 마음이 내려앉았다. 정작 혜주는 밝고 천진한 표정으로 정태를 대했다. 혜주는 수줍은 말투로 중얼거렸다.

"이렇게 데이트 하는 것도 첨이네요, 헤헤."

정태는 고개를 숙이고 콜라를 마셨다. 데이트라는 말이 귀에 걸렸다. 혜주가 불쑥 몸을 숙이고 말했다.

"오빠 되게 잘생겼다."

두근두근, 정태의 심장 박동이 조금 빨라졌다. 무슨 말을 해야 할지 몰랐다. 정말 이런 경험은 처음이었다. 그는 조심스럽게 대답했다.

"나도 여자는 많이 안 만나봤어."

혜주가 깔깔대며 웃음을 터뜨렸다.

"오빠! 무슨 바보 같은 소리예요? 그럴 땐, 너도 되게 예뻐, 이렇게 말해줘야 여자가 좋아하죠."

정태의 얼굴이 빨갛게 달아올랐다. 크고 단단한 체격에 어울리지 않게 움츠러드는 모습이 역력했다. 정태는 아까보다 더 작은 목소리로 말했다.

"너도 되게 예뻐."

혜주가 다시 깔깔 웃음을 터뜨렸다.

"아, 완전 웃겨. 오빠 왜 말투가 그래요? 대학생들은 원래 이렇게 썰렁해요?"

정태는 마음이 급해졌다. 진지한 표정으로 강조했다.

"너 정말 예뻐."

혜주의 입가에서 웃음이 사라졌다. 잠시 어색한 침묵이 흘렀다. 정태는 자신이 뭘 잘못했나 싶어 신경이 쓰였다. 혜주가 닭다리를 집어 불쑥 내밀었다.

"난 아까 다리 하나 먹었어요."

정태는 혜주가 주는 닭다리를 받아들었다. 혜주가 다시 큭, 소리를 내며 웃었다. 정태가 닭다리를 뜯어 먹는 동안, 혜주는 치킨 집에서 흐르는 오래된 가요 발라드를 흥얼거렸다. 정태는 무슨 맛인지도 모르고 치킨을 먹었다. 혜주의 입에서 새어나오는 노랫소리가 달콤하다는 생각만 했다.

정태는 천천히 혜주의 모습을 눈에 담았다. 혜주는 동양과 서양의 여성적 미를 모두 지녔다. 쌍꺼풀이 진 깊은 눈 아래 크고 검은 눈동자. 작은 얼굴에 오똑하게 솟은 코와 볼록한 이마. 체형은 조금 마른 편이었다. 목과 손목은 몹시 얇았고 원피스 위로 드러난 어깨도 그랬다. 허리 또한 한 팔에 감길 듯했다. 그 가냘픔이 연민을 불러일으켰다.

무엇보다 목덜미에 새겨진 문신이 자꾸만 정태의 시선을 끌어당겼다. 화살이 꽂힌 붉은 하트는 제3의 눈처럼 정태를 보고 있었다.

생맥주 한 잔씩을 마신 그들은 안정리 거리를 천천히 걸었다. 혜주는 걸으면서 담배를 피웠다. 혜주는 신이 난 목소리로 입을 열었다.

"이렇게 같이 걸으니까 기분이 묘한데요?"

"묘하다니, 무슨 얘기야?"

"꼭 남자친구랑 있는 기분."

정태는 그 말에 담긴 의미를 파악하려고 애썼다.

"바보, 무슨 생각을 해요?"

혜주는 정태의 옆구리를 쿡 찌르며 웃었다.

"사실은 남자친구가 있어본 적이 한 번도 없어요. 그래서 남자친구랑 있는 기분이 어떤지 몰라요."

정태는 혜주를 물끄러미 바라보았다.

"지금 사람 의심해요? 정말이에요."

"의심하지 않아."

"오빤 여자친구 있죠?"

"아니."

"헤어졌어요?"

"나도 여자친구 제대로 만난 적이 없어."

"멀쩡한 대학생이? 한심하네요. 얼굴은 완전 잘생겼는데. 성격이 이상한가?"

갑자기 혜주는 장난스러운 표정으로 정태 앞을 가로막았다.

"오빠, 여자랑 자본 적도 없죠?"

정태는 난처한 표정으로 피식 웃었다. 혜주가 짓궂게 파고들었다.

"그렇죠? 완전 쑥맥이죠?"

"왜 그런 얘길해?"

"재밌잖아요."

멀리 클럽 파라다이스의 간판이 보였다. 정태가 걸음을 멈췄다.

"혜주야, 하나만 물어볼게."

"물어봐요."

"솔직하게 대답해줘야 돼."

"알았어요."

"지난주에 너 처음 봤을 때 눈가에 있던 멍자국 말이야. 벽에 부딪힌 거 아니지?"

혜주는 대답없이 시선을 피했다. 그리고 다시 걸어갔다. 정태가 뒤를 따랐다. 어느새 클럽 앞이었다. 혜주는 걸음을 멈추고 피고 있던 담배를 획 던졌다.

"이제 들어가봐야 돼요."

"그래. 그럼 가서…."

정태는 그다음 말을 잇지 못했다.

'그럼 가서, 가서, 뭘 하지?'

정태는 현기증을 느꼈다. 혜주는 괜찮다는 듯 미소를 띠며 말했다.

"가서 아이린이 되는 거죠."

정태가 무슨 말인가를 하려고 했지만 혜주가 가로막았다.

"이제, 여기 오지 마요."

혜주는 등을 돌리고 빠른 걸음으로 계단을 내려가버렸다. 정태는 거리에 멈춰 서 있었다. 머릿속의 회로가 뒤엉켜 누전되었다. 잠시 느꼈던 행복감 대신 절망감이 가슴을 채웠다. 뭔가가 갑갑하게 목을 조여오는 기분에 침을 삼키기도 힘들었다. 싸늘한 겨울바람이 정태를 휘감았다.

아이린

클럽 파라다이스는 수십 개의 테이블이 작은 댄스 스테이지를 둘러싸고 있는 전형적인 미군 클럽이다. 안에는 싸구려 스피커에서 제목을 모르는 힙합 음악이 쿵쿵 울리고 있고 겨우 앞에 있는 사람의 얼굴만 확인할 수 있을 정도로 조명이 어둡다.

혜주는 문을 열고 들어와서 쉽게 발걸음을 옮기지 못했다. 미지의 힘이 발을 붙잡고 있는 착각이 들었다. 원래대로라면 미군들과 아가씨들이 엉켜 춤추고 있는 플로어를 가로질러, 아직 아가씨를 찾지 못한 미군 손님을 찾아 유혹의 눈짓을 보내야 한다. 아마도 곧 그렇게 할 것이다.

지아이들을 대상으로 하는 클럽 파라다이스의 룰은 간단하다. 미군들이 술을 시켜서 마시고 있으면 가게에 고용된 여자들이 돌아다닌다. 마음에 드는 아가씨가 있으면 그 아가씨가 마실 술이나 음료를 사주고 같이 이야기를 나눌 수 있다. 그러면서 흥정이 이루어진다. 흥정이 끝나면 보통 아가씨의 방으로 가서 관계를 가진다. 화대는 업주와 아가씨가 절반씩 나눠 가진다.

물론 돈을 제대로 내지 않는 미군들도 있고 아가씨를 폭행하는 경우도 다반사였다. 딱히 호소할 데가 없었다. 미군과 한국 정부 간에 맺어진 상호협정조약이 미군의 우월적 지위를 법적으로 보장했다. 명백한 미군 범죄자를 처벌하는 일은 명백한 현행범을 구제하는 일보다 더 어려웠다.

혜주는 파라다이스에서 일한 지 1년이 조금 넘었다. 그녀의 운명은 엄마 김인자로부터 시작되었다.

인자는 1951년 6.25전쟁이 한창일 때 부산에서 태어났다. 인자는 부모의 얼굴을 보지 못했다. 전쟁고아로 길바닥에서 살아남은 인자의 가장 오래된 기억은 어떤 사람이 업어서 개울을 건너주던 장면이다. 그 뒤로 고아원 생활이 이어졌다. 그곳에서 인자라는 이름을 얻었다.

고아원은 지옥이었다. 배고픔과 구타도 끔찍했지만 갈증은 참아낼 수가 없었다. 물을 많이 마시면 밤에 오줌을 싼다고 물을 주지 않았다. 인자도 다른 아이들처럼 목이 너무 마르면 걸레를 짜먹기도 했다.

"너희들 모두 주님의 은혜 아래 있음을 잊으면 안 돼. 주님의 말씀은 곧 나의 말씀이야. 무조건 따라야 하는 말씀."

고아원 원장 윤 목사의 횡포도 인자의 몸과 마음을 병들게 했다. 목사는 밤마다 여자아이를 돌아가면서 불러냈다. 그리고 자기 방에서 데리고 잤다. 윤 목사가 강요하는 행위는 모두 변태적이고 가학적인 것이어서 아홉 살, 열 살 소녀들이 견뎌낼 재간이 없었다. 인자 역시 예외가 아니었다. 첫 경험은 열 살 때였다. 인자는 예쁘장하게 생긴 외모 때문에 더 자주 목사의 방에서 자야 했다.

어느 날 항문이 찢어진 채 울며 목사 방에서 돌아온 날, 얼굴에 곰보가 살짝 진 언니가 인자를 붙들고 제안했다.

"여기 있다가는 오래 못 가서 죽을 거야. 쥐도 새도 모르게 버려지겠지. 우리 같이 도망가지 않으런?"

결국 열두 살이 되던 해 인자는 곰보 언니와 함께 고아원을 탈출했다. 그렇게 무작정 서울로 상경했다. 서울역에 도착해보니 아는 사람도 없고 직장을 구하기도 어려워서, 무료합숙소에서 자며 길거리에 있는 유리조각을 주워 고물상에 갖다주고 밥 한 끼 얻어먹는 생활을 했다.

당시 서울역 무료합숙소는 근처의 거지나 갈 곳 없는 사람들이 모여 자는 곳이었는데 노숙자가 대부분이었다. 그곳에서 생활한 지 얼마 안 되어 인자의 예쁜 외모가 노숙자들의 눈에 띄었다. 그들은 인자를 돌려가면서 강간하곤 했다. 인자를 지켜줄 사람은 아무도 없었다. 함께 시설에 들어왔던 곰보 언니는 유리조각을 줍다가 트럭에 치어 죽었다.

인자의 육체가 여자의 모습을 갖추게 된 열일곱 살 때였다. 거리에서 만난 한 할머니가 인자에게 맛있는 음식을 사주겠다며 꾀어냈다. 밥을 얻어먹고 목욕도 하고 머리도 잘랐다. 그리고 자신의 넓고 따뜻한 집에서 인자를 재웠다. 그곳에는 인자 또래의 여자아이가 여럿 더 있었다.

"아이구 아까는 거지년 같더니 씻겨놓으니까 반질반질 하구나. 너는 예쁨을 많이 받겠다."

인자는 할머니를 천사라고 생각했다. 어쩌면 얼굴을 모르고 있던 친할머니일지도 모른다는 상상을 하기에 이르렀다.

할머니는 곧 본색을 드러냈다. 허름한 여인숙으로 인자를 데리고 간할머니는 건장한 남자 둘에게 인자를 번갈아가며 강간하도록 시켰다. 그리고 그들의 감시 아래 인자를 거리로 내보냈다.

인자는 해질 무렵부터 남자를 유혹하며 매춘을 해야 했다. 손님을 못받으면 남자들에게 대차게 맞았다. 맞는 게 무서워 한 명이라도 더 손님을 받으려고 거리를 쏘다녔다.

왕할머니라는 이름으로 불리던 할머니는 서울역 일대의 악명 높은 포주였다. 달러 장사도 함께했는데 그렇게 번 돈으로 성북동의 저택에서 귀부인처럼 살았다.

종일 몸을 파는 인자에게 오는 돈은 한 푼도 없었다. 아침저녁 두 끼의 밥뿐이었다. 인자는 그래도 굶지 않아 다행이라는 생각을 했다. 그렇게 3년의 시간이 흐르고 인자가 스무 살이 되던 해였다. 왕할머니가 더는 모습을 보이지 않았다. 인자는 왜 갑자기 할머니가 사라졌는지 이유를 몰랐다.

왕할머니는 별이 빛나는 어느 날 밤, 비단 이불 속에서 잠든 뒤 깨지 못했다. 매년 가장 비싼 연등을 전국의 유명 사찰에 달며 보시하던 그녀는 극락왕생했을까?

할머니가 죽자 밑에 있던 놈들이 멋대로 날뛰었다. 그들은 인자를 끌고 문산으로 갔다. 용주골이었다. 자발적으로 기지촌에 온 여성들이 아니라 인신매매를 통해 온 여성들이 가장 먼저 끌려오는 곳. 용주골은 한번 들어오면 죽거나 다른 기지촌으로 팔려가지 않는 한 벗어날 수 없다고 할 만큼 포주들의 경계가 삼엄했다. 정말로 죽어나가는 기지촌 여성도 종종 있었다.

그곳에서 인자는 2년 동안 양공주로 살았다. 흑인, 백인, 히스패닉, 몇 달마다 바뀌는 한국인 기둥서방들까지. 수많은 남자의 욕망을 몸으로 받아냈다. 성행위를 하는 내내 목이 졸리기도 했고 담뱃불로 몸을 지지는 놈도 있었다. 여러 명이서 함께 인자를 범하기도 했다. 이러다 죽겠구나 싶은 아슬아슬한 생활이 계속되었다.

그러다가 마이클을 만났다. 영화에서 볼 법한 잘생긴 백인 청년이었던 마이클은 다른 미군과 달리 따뜻한 태도로 인자를 대해주었다. 한 번도 사람으로부터 그런 온기를 느껴보지 못했던 인자는 단숨에 마이클에게 빠져들었다. 처음에는 단골손님과 접대부로 만났지만 곧 마이클은 동거를 제안했다. 인자로서는 구원의 동아줄이나 마찬가지였다.

"사랑해요, 마이클. 당신이 가자고 한다면 어디든 따라가겠어요. 영원히 당신을 사랑해요."

마이클은 적지 않은 돈을 주고 인자를 포주로부터 해방시켰다. 드디어 끝이었다.

꿈 같은 생활이 시작되었다. 한글도 배우지 못했던 인자는 글을 배우고 세상을 알아갔다. 함께 산 지 1년 만에 임신이 되었다. 그리고 마이클과 인자의 예쁜 부분만을 닮은 아기가 태어났다. 혜주였다.

그때부터 5년 동안이 인자에게 가장 행복한 시절이었다. 혜주는 요정처럼 예쁘게 자랐다. 놀라운 아이였다. 한 점의 티도 없이 밝은 아이의 미소를 보고 있노라면 누구나 천사의 영혼이 아이에게 깃들었음을 인정하지 않을 도리가 없었다. 마이클은 변함없이 인자를 사랑해주었다. 풍족하지 않았지만 인자는 가난을 느끼지 못했다.

아이가 일곱 살이 되던 해 마이클이 사라졌다. 말 그대로, 사라졌다. 이별 통보도 없었고 변심의 흔적도 없었다. 인자는 미칠 것 같은 심정으로 마이클의 행방을 수소문했다.

배신이었다. 마이클은 인자 몰래 집의 전세금까지 빼놓고 미국으로 가버렸다. 처음에는 믿지 않았다. 그러나 집에서 쫓겨난 뒤에 현실을 알았다. 다시 내팽개쳐졌음을.

인자만의 사정이 아니었다. 흔하고 흔한 스토리였다. 기지촌에는 그런 식으로 미군과 동거하다가 버림받는 여성이 수백 수천 명에 이르렀다. 미군들 입장에서 매번 돈을 내고 여자를 사느니 차라리 포주로부터 여자를 사서 몇 년 정도 동거하는 편이 더 경제적이기도 했다.

제대로 배우지 못한 천애 고아 출신의 인자가 먹고 살 방법은 하나밖에 없었다. 인자는 다시 기지촌으로 들어갔다. 또다시 돈을 받고 다리를 벌리는 생활이 시작되었다. 다만 딸 혜주만은 제대로 키우고 싶어 안간 힘을 썼다.

쉬운 일이 아니었다. 나이가 들자 미군들도 예전처럼 인자를 많이 찾지 않았다. 마이클에 대한 배신감과 깊은 슬픔은 악마의 발톱으로 변해 인자의 가슴을 후벼 팠다. 결국 인자의 영혼이 다치고 우울증이 그녀를 찾아들었다.

혜주는 기억이 생생했다. 열 살이 조금 넘었을 때쯤 엄마는 약에 손을 댔다. 엄마가 약을 한 날에는 붕 뜬 기분으로 지냈고 그렇지 못한 날에는 혜주에게 폭력을 휘둘렀다.

혜주는 매일 엄마를 위해 기도했다. 그럼에도 불구하고 엄마의 마약 중독은 점점 심해졌다. 하루는 약에 많이 취한 엄마가 병으로 혜주를 때린 적도 있었다. 옷을 몽땅 벗고 집 밖으로 나가기도 했고 사람들과 시비가 붙는 일이 다반사였다.

그런 엄마를 두고 학교에 다닐 수는 없었다. 생계유지가 힘들었다. 무엇보다 혜주에게는 포기 못할 꿈이 있었다. 아무도 도와줄 사람이 없었다. 어린 시절 인자가 그랬듯, 하늘 아래 혜주 혼자였다. 혜주는 지칠 때마다 자신과 대화하며 견뎌냈다.

'난 이렇게 쓰러지지 않아. 혜주야, 끝까지 포기하지 말자.'

혜주는 여상을 그만두고 미용실의 견습생으로 취직했다. 사정을 모르는 사람들은 혜주의 환경이 그토록 가혹하다는 사실을 짐작조차 하지 못했다. 혜주는 미용실에서 누구보다 밝고 명랑하게 지냈다.

신은 혜주에게 다이아몬드처럼 강한 영혼을 주셨음이 틀림없다. 엄마의 상황이 점점 안 좋아지고 있음을 알면서도 혜주는 희망을 버리지 않았다. 최선을 다하면 잘 되리라 믿으면서.

그런데 일한 지 몇 달 되지 않아 험상궂게 생긴 남자들이 미용실로 쳐들어왔다.

"구혜주가 어떤 년이야?"

그들은 혜주의 이름 세 글자를 똑똑히 불렀다. 미용실 사람들이 손을 써볼 틈도 없이, 그들은 혜주를 끌고 나갔다.

버려진 물류창고 같은 곳으로 혜주를 데리고 간 남자들이 차례로 혜주를 강간했다. 아랫도리가 피범벅이 된 채 반쯤 혼절한 혜주를 내려다보며 사내 한 명이 말했다.

"니년 에미가 약값으로 널 넘겼다. 열심히 일해서 갚아."

그들은 혜주를 송탄 에어베이스 기지 앞 클럽인 〈골든게이트〉에 웨이트리스로 넘겼다. 혜주가 열여덟 살 때 일이었다.

엄마가 그랬듯이 혜주 또한 미군들을 받아내야 했다. 워낙 어린 나이에 출중한 외모가 소문이 나서 인기가 대단했다. 혜주로서는 그만큼 더 괴로운 일이었다. 하루에 5명, 6명의 미군들에게 시달리는 날도 있었다.

공황상태에 빠졌다. 매일 밤을 눈물로 지샜다. 도망치다가 잡혀 매질을 당하기도 여러 차례였다.

송탄에서 꼬박 2년을 일했다. 하루하루 매춘과 폭력이 반복되면서 감각은 무뎌지고 자존감은 무너졌다. 아무리 몸을 팔아도 포주에게 진 빚은 불어만 갔다. 모든 것이 다 내 탓이고 내 운명이라는 체념이 어린 혜주의 판단력을 마비시켰다.

혜주가 송탄에 있을 때 엄마가 죽었다는 소식을 들었다. 약에 취해 스스로 목숨을 끊었다고 했다. 슬픔도 원망도 느끼지 못했다.

혜주는 스무 살이 되던 작년에 평택 캠프 험프리스로 팔려왔다. 장소만 달라졌지 하는 일은 송탄과 비슷했다. 포주들은 보이지 않는 곳에서도 지켜보는 능력이 있었다. 혜주는 도망치기를 포기했다. 게다가 혜주 스스로가 다른 방식의 삶에 대한 의지와 자신감을 완전히 잃어버렸다.

그러나 신이 주신 영혼은 다 갉아 먹히지 않았다. 천성적으로 밝은 성격과 남몰래 품고 있던 꿈은 아직도 조심스럽게 혜주의 마음속에 숨어 있었다.

혜주의 이름 '아이린'은 바로 그 꿈의 상징이기도 했다.

필드 트레이닝

연간 일정에 없었던 필드 트레이닝(야전훈련)이 급히 확정됐다는 소식이 전해졌다. 의정부 이북의 전방부대들은 거의 매달 필드를 나가는 부대들이 많지만 서울 남쪽의 후방부대들은 필드를 나가는 경우가 거의 없었다. 정태도 입대 후 처음으로 나가는 필드였다.

갑작스러운 필드 계획은 전적으로 새로 부임한 캠프 총사령관 캐슬 대령 때문이었다. 넓은 가슴이 모자랄 정도로 많은 특수부대 배지를 달고 있는 그는 말 그대로 하드 코어 솔저였다. 캐슬은 군인이란 모름지기 야전에서 살고 야전에서 죽어야 한다는 신념을 갖고 있었고 자신의 신념을 실천하는 데 주저하지 않는 결단력의 소유자였다.

캠프 내의 중대들은 차례로 필드 트레이닝을 치러야 했고 23지원단도 그중 하나였다.

"얼럿(Alert)! 얼럿!"

정태는 쾅쾅 문을 두드리며 비상을 외치는 소리에 잠에서 깼다. 머리맡의 전자시계 액정에 '04:00'이라는 붉은 숫자가 선명했다. 정태는 침대에서 일어나 미리 챙겨둔 군복에 팔다리를 꿰었다.

"제기랄. 아직 술도 안 깼는데."

룸메이트 피터스는 욕설을 내뱉으며 힘겹게 기상 중이었다.

전 중대원에게 비상이 걸렸다. 완전 군장을 한 중대원들은 10대의 군용 트럭에 나눠 타고 숙영지로 향했다.

평택시 외곽에 있는 훈련지는 미군시설이라는 푯말과 함께 사나운 철조망으로 에워싸여 있었다. 침엽수가 울창하게 자란 야산 아래에 위치했다. 맞닿은 주변은 대부분 논과 숲이었다.

농가들도 철조망 바깥쪽으로 드문드문 보였다. 지어진 지 수십 년쯤 된 낡은 주택들은 슬레이트 지붕을 얹었다. 웬만한 태풍이 불면 날아갈 듯 허술해 보이는 집 밖에는 게으른 개들이 한 마리씩 배를 깔고 드러누웠다. 숙영지 안으로 들어서면 나무로 만든 가건물이 드문드문 10개쯤 있고 텐트를 칠만한 자리도 수풀 곳곳에 있었다.

도착하자마자 화생방 테스트를 하고 작전 텐트를 쳤다. 작전 텐트의 규모도 제법 컸다. 작전 대신 잠을 잔다고 치면 100명 가까이 들어가 잘 수 있는 크기. 하사관 몇몇과 장교들이 그 안에서 손에 흙 안 묻히고 컴퓨터 작업을 했고 나머지 사병이 몸으로 때우는 일을 맡았다. 참호 파기부터 보초, 군사 훈련 등등.

다들 힘들었던 탓에 말을 아꼈다. 유일하게 수다를 떠는 사람은 마르끼즈였다. 그는 명상의 효과를 주제로 삼아 이야기를 시작하더니 엘비스 프레슬리가 살아 있다는 증거를 열띠게 내세우다가 결국 안정리 미군 클럽에서 돈을 주고 산 아가씨들 이야기로 화제를 옮겼다.

"한국에서 제일 하고 싶은 일이 뭔지 알아? 갈보년을 멋지게 죽여버리고 싶어. 그리고 흔적도 남기지 않고 사라지는 거지. 잭 더 리퍼의 업적을 칭송하는 의미랄까. 이건 농담이 아니야."

다들 그의 말을 무시했다. 과장법이라는 수사법에 대표선수를 뽑는다면 마르끼즈는 단연코 23지원단 대표로 결승 진출이라고 생각하면서.

일주일 동안 잘 텐트를 치고 참호를 파고 나니 하늘이 어두워졌다. 식당차가 와서 따뜻한 저녁을 먹을 수 있었고 다들 과식을 할 정도로 먹었는데도 배가 고팠다.

저녁식사 후엔 날이 밝을 때까지 차례로 돌아가면서 두 명씩 짝을 이뤄 한 시간씩 보초를 섰다. 보초는 두 종류가 있었다. 숙영지 주위를 걸으면서 도는 보초와 숙영지 입구에 서서 근무를 서는 보초.

승훈은 내쉬라는 흑인 일병과 숙영지 입구에서 보초를 섰다.

겨울로 막 접어든 11월 마지막 날 밤이었다. 한파가 다른 해보다 조금 더 일찍 찾아왔다. 가만히 서 있는데도 정신이 아득해질 정도로 추웠다. 끊임없이 불어대는 산중 바람에 눈을 뜨기 힘들었다. 옷을 몇 겹으로 껴입고 군용 스키 마스크를 써도 별 소용이 없었다.

"이런 똥 같은! 어떻게 이렇게 춥냐? 죽겠다."

승훈은 내쉬의 불평을 들으며 하늘을 쳐다보았다. M16A2 라이플의 총구 끝에 별이 빛났다. 고대 그리스 신전의 기둥들처럼 솟아 있는 나이 많은 소나무 숲 위로도 별들이 빛났다.

"맨, 이건 정말 지옥처럼 춥군. 난 마이애미 출신이야. 마이애미에 가본 적 있어?"

"아니. 하지만 가보고 싶어."

"좋은 곳이지. 이런 추운 날씨도 없고. 해변의 태양과 비키니 걸들. 정말 끝내주지."

"비키니 걸들을 많이 만나본 사람처럼 말하는군."

"물론이지. 그리고 그중에 최고의 여자와 결혼까지 했으니까 마이애미 자랑을 할 자격이 있겠지?"

"와우. 대단하군."

"그거 알아? 난 이제 한 달만 있으면 휴가야. 벌써부터 신이 나서 어쩔 줄을 모르겠다구. 휴가 가기 전에 얼어 죽지만 않는다면 말이야."

"휴가가 뭐가 그렇게 좋은데?"

"아내랑 애들을 볼 수 있잖아. 아내 사진 보여줄까? 헤이, 맨, 잠깐만 기다려."

내쉬는 총을 내려놓더니 장갑까지 벗었다. 맹렬한 바람이 휩쓸고 지나갔다. 둘 다 으으 소리를 내며 눈을 감았다. 그러면서도 내쉬는 두 겹으로 된 장갑을 모두 벗고 방한 바지 단추를 풀어내리고 군복 뒷주머니에서 지갑을 꺼냈다. 어두워서 뭐가 뭔지 제대로 보이지 않았다. 내쉬는 캠라이트(Chemical Light, 부러뜨려서 빛을 내는 군용 야광봉)를 꺼내 비춰 가면서 사진을 지갑에서 빼냈다.

"자, 보라구. 이게 내 아내고 여기 이 꼬마가 내 딸이야."

내쉬는 사진 두 장을 승훈에게 넘겨주었다. 승훈도 캠라이트 불빛에 사진을 비춰봤다. 비키니 걸이었다는 과거는 도저히 상상하기 어려운, 종마처럼 살집이 튼실한 흑인 여자가 보였다. 그 옆에서 아이 둘이 환하게 웃고 있었다.

"딸아이가 예쁘네."

"그렇지?"

내쉬는 사진을 받아들고 옷을 챙겨 입고 다시 총을 들었다. 승훈은 마음에 없는 말을 한 것이 미안해 다시 강조했다.

"아이가 정말 예뻐."

"그럼. 내가 여기 서 있는 유일한 이유지."

사진 속의 딸아이 모습처럼, 내쉬의 까만 얼굴 안에서 하얀 치아가 반짝거렸다.

"그렇게 사랑스러운 가족을 남겨두고 왜 여기 있는 거야? 이 먼 곳까지 와서?"

"좆 같은 돈 때문이지. 돈이 있어야 아내 생일에 와인이라도 근사하게 준비할 수 있잖아?"

"돈을 벌려면 다른 직업도 많잖아. 왜 하필 군대에 왔어?"

"이것저것 다 생각해봤는데 내 능력으로 택할 수 있는 직장 중에서는 군대가 제일 돈을 많이 주니까. 특히 한국처럼 멀고 위험한 나라에 와 있으면 제법 주머니가 두둑해지지."

내쉬는 주머니에서 담배를 꺼내 피려고 했지만 뺨을 후려치는 차가운 바람 때문에 포기했다.

"젠장, 아내가 보고 싶어."

내쉬는 생활이 난잡하지 않았다. 물론 클럽 출입도 했고 주말이면 곤 죽이 되도록 술을 퍼 마시기도 했지만 다른 여자를 만나지는 않았다. 승훈이 물었다.

"첫 번째 결혼이야?"

내쉬는 고개를 내저었다.

"전 아내와의 사이에 지금 다섯 살 된 아들이 하나 있지. 그 아이 생각을 할 때마다 괴로워. 지금은 녀석이 어디에 사는지도 몰라."

내쉬의 표정이 굳어지는 것을 보고 승훈은 괜히 쓸데없는 얘기를 한 것 같아 후회했다.

"지금 아내와는 잘 지내?"

"그럼, 그럼. 아주 좋은 여자야. 항상 날 걱정하지. 지난번 암캐는 항상 날 한심하게 생각했어. 대학도 못 나오고 성실하지도 못하다며 매일 나를 무시하고 욕했지. 내가 파트타임으로 돈을 벌어 집세를 겨우겨우 대는 형편이었어. 그녀는 일은 하기 싫지만 바퀴벌레가 시리얼에 기어 들어가는 집에서는 못 살겠다는 식이었고 난 그녀한테 TV를 보며 퍼질러 있을 시간에 맥도날드에 취직해 햄버거라도 구우라고 했지. 우린 매일 싸웠어."

"그렇게 잘 안 맞는 여자와 어떻게 결혼했어?"

"함께 자는 거랑 함께 사는 거랑 틀릴 줄은 몰랐어. 아이를 키우는 데 그렇게 돈이 많이 드는 줄도 몰랐어. 결혼한 지 2년도 안 돼 헤어졌지."

"너무 빨리 헤어진 거 아냐? 좀 더 기다리다가 보면 다시 좋아질 수도 있잖아?"

"억지로 함께 사는 결혼만큼 비참한 일이 없어. 우리 고모가 그랬거든. 남편이라는 놈이 다른 암캐와 섹스하는 걸 알면서도 아이들이 고등학교에 들어갈 때까지 이혼을 미루고 기다리겠다고 했지. 고모부라는 놈이 정말 개자식이었어. 돈도 못 벌었고 고모가 벌어다주는 돈으로 다른 여자친구와 약을 했지. 우리 고모가 결국 어떻게 됐는 줄 알아? 술에 잔뜩 취한 채 8층 아파트에서 떨어져 죽었어."

승훈은 쯧쯧 혀를 차며 고개를 내저었다. 내쉬는 계속 말을 이었다.

"솔직히 한국이란 나라가 부러울 때도 많아. 음, 엔지니어로서 미국을 자동차에 비유하자면 미국은 정말 좆같이 커다란 엔진을 가진 자동차라구. 다른 차들보다 빠르고 힘도 세지. 하지만 엔진 소리가 너무 커. 또 엔진에서 나오는 배기가스도 독해서 사람들을 정신 못 차리게 바보로 만든다고. 너희 코리안들은 다들 조용하게 사는 거 같아. 길거리에서 총을 쏴대는 미친 초등학생 녀석들도 없고."

"몰라서 하는 얘기야. 우리나라에도 미친 사이코들이 많아. 인턴사원 따먹는 것보다 수십 배 더 한심한 짓을 하는 대통령들도 있고."

"하긴 한국엔 우탕 공연도 없고 M— TV도 시시하고 근사한 클럽도 별로 없지. 게다가 요즘은 IMF잖아. 한국 돈이 휴지조각이라면서? 우리나라에서 돈을 조금 빌려준다고 하니 그나마 다행이야. 어쨌든, 예쁘고 착하고 똑똑하고 돈까지 많은, 완벽한 암캐란 없는 법이지. 무슨 말인지 알겠어?"

내쉬의 윙크를 끝으로 다시 긴 침묵이 이어졌다.

승훈은 별들이 흩뿌려진 밤하늘을 보았다. 작년 가을의 기억을 떠올렸다.

논산훈련소에서 야간 사격 훈련을 나간 날이었다. 한 시간을 더 걸어야 나오는 사격장. 걷다가, 총을 철모 위로 거꾸로 들고 뛰다가, 다시 한참을 오리걸음으로 걷고, 나머지 거리는 목이 터져라 군가를 부르면서 뛰었다. 낮 시간 내내 흙먼지 속에서 기합을 받으며 사격을 했다.

밤이 찾아왔다. 총 소리, 매캐한 화약 냄새, 조교들의 고함소리 그리고 자신의 숨소리가 캄캄한 어둠 속에 엉켰다. 승훈은 철모가 무거워 목이 아파서 고개를 들었다. 별이 빛나는 밤이 있었다. 그렇게 아름다운 별빛은 처음이었다. 최악의 순간에 찾아온 최고의 빛.

"야, 이 개새끼야, 총 안 쏴!"

누군가가 군화발로 승훈의 엉덩이를 툭 걷어찼다. 교관 완장을 두른 조교가 잡아먹을 표정으로 승훈를 내려다보고 있었다.

"나는 더 좋은 사람이 될 거야."

내쉬의 걸걸한 목소리에 승훈은 회상을 멈췄다.

"몇 년 뒤에 군대에서 나와 대학도 다녀야지. 아, 정말 아내가 보고 싶어 미치겠어. 이번 필드가 끝나면 주말에 또 죽으라고 술을 마셔야겠군. 한국에서 데모할 때 우리보고 집에 가라고 한다면서? 그래, 집에 보내줘. 제발. 우리도 가고 싶어."

승훈과 내쉬의 보초시간이 끝나고 다음 순번인 민성과 마르끼즈가 다가왔다.

"김 상병님, 춥죠?"

민성이 물었다.

"응. 바람이 많이 불어."

승훈과 내쉬는 옆에 벗어놓았던 군장을 챙겼다. 내쉬가 마르끼즈를 보며 비아냥거렸다.

"아, 이제 들어가서 자야지. 헤이, 마르끼즈. 텐트 안은 어때? 지금 좀 따뜻해? 너 똑똑하다고 매일 설치고 다니는데 고장난 난로쯤은 고쳐놨겠지?"

"나는 난로 따위 고치는 일은 몰라. 난 컴퓨터 담당이야."

"물론 그렇겠지. 보초 잘 서라구, 컴퓨터 전문가 님."

내쉬는 놀리는 표정으로 마르끼즈에게 윙크를 했다. 승훈은 민성 곁으로 다가가 어깨를 툭툭 두드려주었다. 그리고 자리를 떴다.

둘의 뒷모습이 채 사라지기도 전에 마르끼즈는 말을 시작했다.

"헤이, 너희 빌어먹을 나라는 원래 이렇게 추워?"

민성은 대답하지 않고 땅에 침을 뱉었다.

"쳇. 사실 이 정도는 아무것도 아냐. 내가 하와이 특수부대에 있을 때는 말이야. 3일 동안 한잠도 못 자며 훈련을 받는 코스가 있었지. 맨, 그건 정말 죽음이었어. 그 훈련이 끝나니까 5파운드나 빠져 있더군. 이건 정말 아무것도 아니야."

민성은 마르끼즈가 특수부대에 있었을 리가 없다고 확신했다.

"그래? 그래서 나보고 어쩌라구?"

민성이 실실 웃으며 안 믿는 투로 대답을 하자 마르끼즈는 혼자 머쓱해져서 입을 다물었다.

"너희 카투사들은 우리나라 공휴일도 놀고 너희 나라 공휴일도 논다면서? 주말마다 패스를 끊어 집에 가고 양쪽 나라 공휴일을 다 놀고. 너희는 정말 운이 좋구나. 이건 인도주의적 관점에서 봐도 불공평해."

민성은 마르끼즈를 돌아보고 한마디 해주었다.

"멍청한 녀석. 인도주의가 무슨 뜻인지나 알고 있냐? 들어봐. 넌 직업 군인이지만 우린 의무 군인이야. 너 우리가 한 달에 얼마 받는지 알아? 겨우 7달러라구. 7달러. 넌 한 달에 얼마 받아? 900달러쯤 되지? 그런데 불평등이 어쩌고저쩌고 헛소리를 지껄일 수 있어?"

"누가 뭐래? 너희는 나라가 가난하고 힘없으니까 월급을 적게 받는 거야. 그거랑 휴일에 많이 노는 거랑 무슨 상관이 있어? 일단 우리 미군에서 일하려면 똑같이 근무해야지?"

"우린 직업 군인도 아니고 미군은 더더욱 아니라니까?"

"김승훈 상병이 그러더라. 원래 한국 육군은 월급도 적고 집에도 일 년에 몇 번밖에 못 간다면서? 너희는 운 좋게 우리 미군 밑에서 일하니까 집에도 자주 가고 영어도 배울 수 있고 얼마나 좋아? 우리말 잘 듣고 영어 공부나 열심히 해라."

"좆 같은 입 좀 닥치지 그래?"

잠시 동안 숲 속의 정적이 흘렀다. 수다쟁이 마르끼즈는 침묵을 오래 참지 못하고 다시 입을 열었다.

"참. 지난 주말에 클럽에 갔었어. 거기서 한국 여자 꼬신 얘기 해줬나?"

민성은 대답을 하지 않았다.

"술을 마시고 있는데 옆 테이블에서 여자 둘이서 술을 마시고 있더라고. 어디서 많이 본 여자야. 스테이지에서 춤을 추다가 우연히 같이 춤을 추게 됐지. 알고 보니까 우리 캠프 버거킹에서 일하는 여자더라구. 이번 주말에 만나기로 했어. 그 암캐의 몸 구석구석을 다 핥아줘야지."

민성은 별 반응을 보이지 않았다. 끔찍하게 추운 날씨에도 불구하고 쉬지 않고 떠들어대는 마르끼즈가 놀라울 뿐이었다.

"헤이, 이 상병, 너 김치의 유래가 뭔지 알아?"

민성은 아예 고개도 돌리지 않았다.

"야, 넌 한국 사람이 그런 것도 모른단 말이야? 너희들이 매일 먹는 김치 있잖아."

"또 헛소리 하려거든 시작도 하지 마."

"아냐, 이건 진지한 얘기야. 우리 미국이 해방시켜주기 전까지 여기는 일본의 영토였잖아. 그때 일본인들이 전쟁 준비를 위해서 식량을 거둬 가니까 너희 조상들이 배추랑 고추랑 여러 가지 음식을 땅바닥에 숨겨 놓고 밤마다 몰래 꺼내 먹었다고. 땅 속에서 그런 야채들이 자연적으로 발효되면 어떤 음식이 만들어지겠어? 바로 그게 김치의 유래라구."

"이봐, 마르끼즈. 우린 김치를 수백 년 동안 먹었어. 일본이 우리나라를 침략한 건 겨우 수십 년 전의 일이고."

"아냐. 이건 확실해. 한국에 오래 있었던 친구한테 들었어. 아마 너희 조상들이 부끄러우니까 진실을 숨기고 있는 걸 거야."

마르끼즈는 보초시간이 끝날 때까지 민성의 묵묵부답에도 불구하고 끝없이 이야기를 했다. 아무리 매서운 추위도 마르끼즈의 수다를 막을 수는 없는 듯했다.

야전의 생활은 보통 새벽 5시쯤 시작해 저녁 9시에 끝난다.

하사관들과 장교들은 야전 막사로 지어져 있는 가건물에서 잤다. 추위와 바람으로부터 한결 안전한 숙소였다. 일반 사병들은 예외없이 텐트행이었다. 10명이 같이 취침할 크기의 대형 텐트를 여러 군데 쳤다. 보통 소대별로, 계급별로 나눠서 인원을 배정했다. 텐트로 들어온 사병들은 천으로 만든 간이 조립 침대 위에 누워 꼼짝도 하지 않고 잠을 청했다. 순번대로 돌아오는 보초와 추위 때문에 숙면은 어려웠다.

텐트 안에 난로가 하나 있었지만 기름을 자주 갈아줘야 했다. 대부분의 경우 저녁 9시쯤 마지막으로 난로에 연료를 가득 넣은 다음 그냥 잠이 들었다. 새벽 2시 정도면 난로가 꺼져버리곤 했다. 난로가 꺼지는 순간부터는 다들 북극에서 알몸으로 뒹구는 악몽에 시달리면서 잠을 이루어야 했다.

정태는 코트니, 프리엘, 갠디, 줄리 등과 함께 한 텐트에 배정받았다. 밤 9시가 되고, 그들은 난로를 켜놓은 채 잠이 들었다. 난로의 기름이 떨어지고 한기가 몰려드는 새벽 2시쯤이 되자 어김없이 조금씩 깨서 모두들 반수면 상태가 되었다. 절로 턱이 덜덜 떨릴 정도로 추웠다.

정태는 생각했다.

'인간은 이기적이야. 나도 마찬가지지만. 누군가가 지금 텐트 밖으로 나가 기름통을 갈고 다시 난로를 피우면 모두 따뜻하게 잘 텐데. 밖은 더럽게 춥겠지. 기름통은 혼자 들기엔 무겁겠지. 손에 기름이 잔뜩 묻을 거고 씻지도 못하고 잠자리로 돌아와야겠지. 됐다. 그냥 이렇게 있는 수밖에.'

정태는 새벽 4시부터 숙영지 근처를 순찰하는 보초 당번이 있었다. 이러다가는 멍한 상태로 떨고 있다가 보초를 서야 할 형편이었다.

정태는 침낭 지퍼를 머리끝까지 올리고 번데기처럼 침낭 속에 들어가 잠을 청했다. 하지만 금세 한기가 비집고 들어왔다. 반쯤 열린 귀로 다른 사람들의 뒤척거리는 소리, 기침 소리가 간간이 들렸다.

맨정신도 아니고 그렇다고 잠이 든 것도 아닌 몽롱한 상태였다. 혜주의 얼굴이 그려졌다.

— 처음이에요. 누가 나한테 손을 내밀다니.

그녀는 환하게 웃는 모습으로 말했다.

— 데이트 하는 것도 첨이네요.

이번에는 차갑게 굳은 얼굴로 변했다.

— 이제 여기 오지 마요.

그때 텐트 문이 열리고 누군가 들어왔다.

'아마도 보초가 끝나고 교대하는 사람이겠지. 코트니일까? 갠디일까?'

텐트에 들어온 사람은 난로를 만지고 있었다. 정태는 침낭 지퍼를 살며시 내리고 고개를 뺐다. 텐트 안은 비상시를 대비해 달아놓은 작은 야광 막대 세 개가 내는 빛으로 젖어 있었다. 흐릿한 형광불빛에 얼굴이 드러난 사람은 딕켄 중사였다. 마흔이 조금 넘은 백인 하사관. 원래대로라면 그는 사병들의 텐트에서 꽤 떨어진 가건물에서 자고 있어야 했다.

정태가 슬쩍 주위를 둘러보니 다른 사병들도 몇몇이 침낭 밖으로 고개를 슬쩍 내밀고 있었다. 딕켄 중사는 난로 옆에 웅크리고 앉아 기름을 채워넣고 불을 지폈다. 그는 난로가 다시 타기 시작하는 걸 확인하고 텐트에서 나갔다.

정태는 쉽게 잠을 이룰 수 없었다. 언젠가 딕켄 중사와 함께 여단 본부 작전실에서 밤샘 근무를 하던 기억이 떠올랐다. 밤새 이런저런 얘기를 나누었다. 딕켄은 위스콘신이 고향이었다. 집의 농사일을 거들다가 군대에 온 경우였다. 입대한 지 20년이 다 되어간다고 했다.

정태는 왜 군대에 왔느냐는 질문은 하지 않았다. 대신 물었다.

"군대에 온 걸 후회하지 않습니까?"

딕켄이 웃으며 대답했다.

"난 군대를 싫어해. 군대에 처음 들어와서 1년도 지나지 않아 싫어하게 되었지. 힘도 들고 비합리적인 부분이 너무나도 많아. 하지만 내가 군대에 있다는 사실은 좋아. 엿 같은 일들을 좀 더 낫게 만들 수 있으니까. 내가 처음 들어와서 힘들어할 때 날 도와준 고참들처럼, 이제 내가 젊은 친구들을 도와줄 수 있잖아."

잘난 체하기 위한 말이 아니었다. 딕켄은 이병들도 하기 싫어하는 사역이나 힘든 임무를 직접 하곤 했다.

어렴풋이 잠의 꼬리가 잡히려고 할 때쯤, 렉터 일병이 정태를 흔들어 깨웠다.

"헤이, 맨. 보초 설 차례라구."

정태는 말없이 일어났다. 텐트 안은 더는 춥지 않았다. 희미해진 캠라이트가 렉터의 옆모습을 비추고 있었다.

3일간의 필드는 큰 사고 없이 무사히 끝났다. 여군인 나이슬리 이병이 차량 정비를 하다가 손에 가벼운 동상을 입고 군 병원으로 실려간 사고를 빼고 큰일은 없었다. 텐트와 철조망, 화생방 장비들을 걷어내 트럭에 실은 후 중대원들은 막사로 향했다.

정태는 민성, 코트니, 갠디, 프리엘과 같은 트럭을 탔다. 3일 동안 씻지 못한 몸 구석구석이 근질거렸다. 후방부대에서 겪어보지 못한 추위와 피로에 몸은 피곤했지만 이제 힘든 고비를 넘겼다는 생각에 다들 얼굴은 홀가분했다.

캠프에 도착한 중대원들은 중대 막사 건물 뒤편 공터에서 훈련의 마지막 과정으로 화생방 교육을 실시했다. 방독면을 뒤집어쓰고 유독가스에 대비한 특수 옷을 입었다. 화생방 전문인 2소대장 엘리슨 중사가 화생방 공격에 노출되었을 때의 응급처치를 열심히 설명했다.

"가스에 노출된 부상자에게 응급주사를 찔러넣을 때는 겁을 내면 안 돼. 사람이라고 생각하면 쉽게 찌르기가 어려워. 부상자의 가슴을 말 궁둥이라고 생각해. 무슨 말인지 알겠어?"

마스크를 쓴 중대원들이 술렁거렸다. 방독면 안경 너머로 하얀 물체들이 춤을 추듯 지상으로 내려앉고 있었다. 엘리슨 중사가 소리를 지르듯 큰 목소리로 설명을 계속했다.

"망설임을 없애는 것이 중요하단 말이야. 어… 눈이 오는구나."

눈발은 살지고 풍성했다. 정태는 특수 장갑을 낀 손을 뻗어 눈송이를 받았다. 본격적인 겨울이 왔음을 알리는 1997년의 첫눈이었다.

또 혜주가 생각났다. 눈처럼 하얀 혜주의 뺨이.

"아이린."

정태는 방독면 안으로 조용히 혜주의 이름을 발음해보았다.

여피와 카우보이

"나는 여피가 되고 싶어하는 카우보이야. 너는 터프가이가 되고 싶어
하는 미래의 여피 녀석이고. 결국 우리 둘 다 원하는 대로 못 살겠지만."

코트니는 잔뜩 술에 취해 중얼거렸다.

"주둥이 닥치고 버드나 한 병씩 더 까자구."

승훈은 핀잔을 주며 들고 있던 버드 아이스 병을 비웠다.

미스터 알코올 코트니 일병은 23지원단에서 가장 오래 근무한 지아이
중 한 명이었다. 승훈과 비슷한 체구에 짧은 금발머리, 하늘색 눈동자를
가진 텍사스 출신 촌놈.

입대하기 직전까지 가망 없는 클럽 록밴드의 보컬리스트이기도 했
던 코트니는 술과 로큰롤을 생의 가장 중요한 부분으로 생각했다. 코트

니는 부대로 처음 와서 당시 이병이었던 승훈과 함께 방을 쓰게 되었다. 코트니가 방문을 열었을 때 승훈은 펄 잼의 노래 〈Last Kiss〉를 들으면서 혼자 라면을 먹고 있었다. 승훈은 음악에 취해 후렴구를 따라 부르는 중이었다.

"오, 하느님 그녀는 어디로 갔습니까? 하느님이 그녀를 데리고 가버렸네. 나는 이제 착하게 살아야겠어. 그래야 죽고 나서라도 그녀를 만날 수 있을 테니까."

짐을 잔뜩 갖고 방에 들어온 코트니는 믿을 수 없다는 표정으로 서 있었다. 그는 짐을 내려놓지 않고 함께 노래를 따라 불렀다. 노래가 끝난 뒤 코트니는 짐을 내려놓고 달려가서 승훈을 버럭 안았다. 얼떨떨한 승훈에게 코트니가 소리쳤다.

"믿지 못하겠는걸. 로큰롤의 불모지인 줄 알았던 코리아에서 펄 잼의 노래를, 그것도 내가 제일 좋아하는 노래를 한국인 룸메이트가 부르고 있다니!"

승훈은 먹고 있던 라면을 나누어주었다. 그날 밤 바로 둘은 잔뜩 맥주를 쌓아놓고 함께 취했다. 그리고 단짝이 되었다. 알코올와 로큰롤이라는 강력한 공통분모를 가진 완벽한 짝이었다.

필드가 끝나고 중대원들은 며칠 동안 자신만의 충전시간을 가졌다. 바비큐 파티를 열기도 했고, 종일 자는 이들도 있었고, 부대 내의 극장에 영화를 보러가는 사람들도 있었다. 물론 승훈과 코트니는 술을 마셨다. 둘은 방의 냉장고에 버드 식스팩 네 개를 쌓아놓고, 오프스프링의 펑크에 맞춰 빠른 속도로 취해갔다.

"인생이란 막판 뒤집기야. 언제나 나쁜 쪽으로."

코트니가 중얼거렸다.

"무슨 거지 같은 소리야?"

승훈이 되물었다.

"나의 어록이 아냐. 두 번째 아빠라는 씹새끼의 어록 중 하나지. 놈은 떠들기를 좋아했어. 잔뜩 술에 취해서는 날 강제로 앞에 앉혀놓고 개똥 철학을 늘어놓으면서 잘난 척하는 꼴이란."

"역겨운 녀석이군."

"고등학교를 다니던 나는 놈을 죽여버리고 싶은 생각뿐이었어. 녀석의 위스키 병에다 쥐약을 탈까, 머리통에 총구멍을 내놓고 토껴버릴까, 아예 집에 불을 싸질러버릴까, 늘 고민했지. 그러다 그냥 나와버렸지. 그렇게 입대했어."

"잘 도망쳤어."

승훈은 코트니와 맥주병을 부딪쳤다.

"미국으로 돌아가는 비행기를 타는 순간 술을 끊고 말거야. 너에게 맹세해. 우리 엄마의 이름을 걸고 맹세하건데, 이렇게 질퍽거리는 생활은 1년 후 이별이다."

"그럼 뭘 할 건데?"

"고향으로 돌아가지는 않아. 알코올과 코카인에 찌들어 있는 한심한 녀석들과는 이제 끝이라고. 녀석들이 전화를 걸어 코카인 파티라도 벌이자고 하면 난 경찰을 부를 테야. 나는 새로 태어날 거니까. 몇 년간 돈을 모은 후 대학에 진학해서 번듯한 건축설계사가 될 거야."

"건축설계사라. 음, 공부를 열심히 해야겠는데?"

"막판 뒤집기지. 좋은 쪽으로."

코트니는 들고 있던 맥주병을 비웠다. 냉장고 문을 열었는데, 맙소사, 24병의 맥주가 모두 사라지고 없었다.

"젠장, 어떡하지?"

코트니가 승훈을 쳐다봤다. 갑자기 승훈이 벌떡 일어서며 말했다.

"나가자, 코트니."

"클럽으로?"

"그럼? 도서관에 갈 줄 알았어?"

그들은 잠시 뒤 클럽 파라다이스의 문을 열고 들어갔다. 음질은 조악하지만 음량은 잔뜩 키워진 음악 소리가 어두운 공간을 뒤흔들었다. 스테이지 위 작은 공간에서는 비키니 수영복을 입은 여종업원들이 멍한 눈동자를 껌벅이며 춤을 췄다.

클럽은 사람으로 북적였다. 코트니와 승훈은 구석에 있는 2인용 테이블에 자리를 잡았다. 대부분은 성매매를 위해 지아이들과 클럽 여종업원들이 짝을 이룬 모습이었지만 간간이 자기들끼리 술을 마시고 있는 지아이들, 그리고 지아이를 따라온 카투사가 보이기도 했다.

미군은 주로 몇 명이서 같이 몰려와 클럽 종업원을 하나씩 옆에 끼고 술을 마셨다. 이미 단골 여자를 만들어 놓은 미군은 혼자 클럽에 와서 종업원과 둘이서 진한 스킨십을 하면서 술을 마시기도 했다.

승훈과 코트니는 주문한 버드 두 병이 나오자 건배를 하고 맥주를 들이켰다. 그때 코트니의 눈이 크게 떠졌다.

"헤이, 저게 누구야?"

코트니가 턱으로 가리키는 방향을 돌아보니 정태가 서 있었다. 승훈의 표정이 싸늘하게 굳었다.

정태는 혜주를 찾고 있었다. 홀에는 혜주가 보이지 않았다. 스테이지를 확인해보았다. 스테이지 위에도 없었다. 정태는 손을 들어 클럽 종업원을 불렀다.

허벅지가 훤히 드러난 원피스를 입은 여자가 다가왔다. 그녀는 정태의 얼굴을 보더니 일상적인 미소를 띠었다. 정태가 주문했다.

"여기 버드 한 병 더 갖다줘. 그리고 아이린 좀 불러줘."

"아이린 오늘 아파. 아저씨 김치 지아이? 한국말 할 줄 알아?"

아프다? 정태의 양미간에 깊은 주름이 잡혔다.

"아이린 조금 있으면 나와. 그때 불러줄게. 그때까지 나랑 놀아. 아저씨 한국말 못해?"

"못해. 그럼 버드 한 병만 갖다줘."

정태는 계속 영어를 썼다. 여자 또한 완벽하지 않은 영어로 계속 수작을 걸었다.

"나랑 안 놀아 줄 거야? 나 아저씨 좋아. 우리 얘기해."

정태는 여자의 얼굴을 잠시 응시했다. 자신과 비슷한 또래로 보이는 한국 여자였다. 그녀의 얼굴 위로 값싼 웃음이 흘렀다. 어딘가 붕 뜬 분위기였다.

여자가 약에 취해 있을지도 모른다는 생각을 했다. 많은 클럽 여종업원이 마약을 했다. 피곤함을 잊기 위해서이기도 했고, 그들을 쉽게 잡아두기 위해 클럽 주인들이 값싼 마약을 공급해주는 탓도 있었다.

동시에, 왠지 여자가 거짓말을 한다는 생각이 들었다. 곧 아이린이 클럽에 올 것만 같은 근거 없는 예감이었다. 정태가 물었다.

"아이린이 올 수도 있지? 솔직히 말해줘. 아이린이 진짜 아파?"

여자는 멍한 표정으로 정태를 보며 고개를 끄덕였다. 그리고 제안을 했다.

"트웨니 달러. 그럼 오늘 아이린이 오는지 알아볼게."

여자는 손을 내밀었다. 정태는 10달러짜리 지폐 두 장을 손에 쥐어주었다.

"베이비, 유아 소 큐트."

여자는 지폐를 앙가슴에 넣고는 윙크를 해보였다. 그리고 히프를 한껏 흔들면서 카운터 쪽으로 사라졌다.

잠시 후 여자가 버드 두 병을 들고 돌아왔다. 그녀는 정태 곁에 바싹 붙어 앉았다. 정태는 조용히 맥주를 마셨다.

"아이린 굿 걸. 나도 굿 걸이야. 아저씨 상병? 병장?"

"상병."

"김치 지아이(한국인 교포 출신 미군)?"

정태는 잠시 머뭇거리다가 고개를 끄덕거렸다. 그녀는 정태의 뺨에
입을 맞추었다.

"서비스야. 김치 지아이한테는 특별 서비스."

"넌 이름이 뭐야?"

"캔디. 달고 맛있으니까. 나 인기 많아. 지아이들 나 많이 많이 좋아
해."

"어디서 왔어?"

"응?"

"어디서 왔냐구. 서울? 부산? 광주? 고향 말이야."

"아저씨 한국 잘 알아? 한국말도 못 한다면서?"

정태는 움찔한 기분에 버드를 한 모금 더 들이켰다.

어디서 왔던 무슨 상관인가? 이제 그곳으로 돌아갈 수 없을 텐데.

"아저씨 핸섬. 나 아저씨 좋아."

그녀는 불안하게 느껴질 정도로 흥분해 있었다. 웃음은 그칠 줄을 모
르고 손가락은 쉬지 않고 까딱거린다. 음악의 비트에 맞춰 몸도 흔들거
린다. 술을 마실 때를 제외하면 담배는 입에서 떨어질 줄을 모른다.

"우리 춤 춰. 나 춤 잘 춰. 아저씨랑 같이 춤 출래."

캔디는 대답을 듣지도 않고 정태의 손을 잡고 스테이지 위로 이끌었
다. 초점이 없는 눈동자로 스테이지 위에서 춤을 추고 있는 비키니 수영

복 차림의 여종업원들 바로 앞에서 춤을 추었다.

캔디는 젖가슴을 정태의 몸에 딱 붙인 후 정태의 허리를 안고 흔들었다. 캔디의 얼굴 위로 혜주, 아이린의 얼굴이 겹쳐졌다. 그 얼굴은 곧 젊은 시절 엄마의 얼굴로 바뀌었다. 그리고 세월의 흔적을 고스란히 담은 엄마의 주름진 얼굴이 겹쳐졌다. 이름도 기억 못하는 미군에게 맞아서 왼쪽 안구가 뭉개져버린 얼굴.

등에 땀이 솟았다. 금방이라도 쓰러질 것처럼 현기증이 몰려왔다. 얼굴도 창백해졌다.

"아저씨, 나 좋아?"

캔디는 정태의 목을 두 팔로 감싸며 물었다. 정태는 그녀의 얼굴을 똑바로 볼 수 없었다.

"나 아이린보다 더 잘해. 아저씨 오늘 밤에 나랑 있어. 응?"

정태는 캔디를 안고 스테이지에서 내려왔다. 자리에 돌아온 캔디는 반쯤 남은 버드를 마저 비워버렸다. 정태도 병을 비워냈다. 캔디가 칭얼대는 목소리로 말했다.

"나 술 더 마실래."

"잠깐. 아까 거래를 했잖아. 아이린 왔나 좀 알아봐줘."

캔디는 아쉬운 표정으로 정태를 보았다. 그러더니 충고를 했다.

"아저씨 그래봤자 헛수고야. 아이린은 애인 있어. 아이린 애인 돈도 많고 장교야. 그 아저씨 좋은 사람. 아이린 데리고 미국 갈 거야."

그녀의 눈을 들여다보았다. 빈말을 하는 것 같지 않았다. 정태가 다시 말했다.

"아이린을 불러줘."

캔디는 속상한 얼굴로 자리를 떠났다.

쿵쾅거리는 댄스 음악이 정태의 머릿속을 어지럽혔다. 점점 소리가 커지는 환청이 들렸다. 정태는 몸을 움츠리고 두 손으로 얼굴을 감쌌다. 그렇게 가만히 있었다.

그때 누군가가 어깨 위로 손을 올렸다. 낯익은 목소리가 들렸다.

"헤이, 아이린이 왔어요."

정태는 천천히 고개를 돌렸다. 혜주가 옆에 앉아 있었다. 헤픈 웃음을 띠고 있던 혜주의 얼굴은 정태를 발견하고는 차츰 일그러졌다. 혜주는 자리에서 벌떡 일어났다. 막 돌아서려는 혜주의 손목을 정태가 거세게 움켜잡았다.

"앉아봐. 할 말이 있어서 왔어."

"이거 놔요. 지배인을 부를 거야."

"제발 좀 앉아봐!"

정태는 버럭 소리를 지르고 말았다. 옆 테이블에서 여종업원의 귀에다 대고 뭔가를 속삭이던 흑인이 흠칫 놀라 그들 쪽을 돌아보았다. 혜주는 잠시 머뭇거리다가 자리에 앉았다.

"도대체 왜 이래요? 미쳤어요?"

"왜 날 안 만나려는 거지?"

혜주는 아랫입술을 잘근잘근 씹을 뿐 대답을 하지 않았다. 정태는 혜주의 입술 한쪽이 터져 피딱지가 앉은 것을 발견했다.

"혜주야. 입술이 왜 이래? 응?"

혜주는 고개를 돌렸다. 정태는 손으로 혜주의 턱을 잡고 얼굴을 앞으로 마주보게 했다. 입술뿐만이 아니었다. 자세히 보니 목 언저리에도 세게 눌린 손자국이 있었다.

"맞았지? 처음 만난 날 눈가에 들어 있던 멍도 맞아서 생긴 거지?"

혜주는 꼼짝도 하지 않고 정태를 바라보기만 했다. 그리고 아주 천천히 고개를 끄덕였다. 정태가 떨리는 목소리로 물었다.

"누가 그랬어?"

"별일 아녜요."

"별일이 아니라구? 몸이 이렇게 망가지는 데 별일이 아니란 말이야!"

"목소리 낮춰요. 여기 원래 카투사들 못 들어오는 거 알죠?"

"자주 그렇게 맞아?"

"신경 쓰지 마요. 씨발, 내가 괜찮다는데 니가 뭔데 지랄이야?"

"혹시 너 애인이라는 사람이 때리니?"

혜주는 오랫동안 정태의 눈을 들여다보았다. 정태도 시선을 비키지 않았다.

"애인이라니, 누가 얘기해줬어요?"

"맞구나. 그놈이 때려?"

"그 사람은 장교에 신사예요. 이런 짓 안 해요. 대답해봐요. 그 사람 얘긴 누가 해줬어요?"

"너 오기 전에 다른 종업원이 와서 같이 술 먹었어. 너 애인 있으니까 자기랑 데이트 하자고 그러더군."

"도대체 왜 이래요? 응? 어쩌자고, 씨발, 나 좀 그냥 내버려둬요."

혜주의 아래턱이 파르르 떨렸다. 정태는 혜주의 손을 가만히 잡았다.

"혜주야. 넌 여기 있으면 안 돼. 아직 어리잖아. 안 늦었어. 이 지옥에서 빠져나가야지. 내가 도와줄게."

혜주가 갑자기 웃음을 터뜨렸다. 한참 동안 히스테릭하게 웃어댔다. 그리더니 흐느적거리는 목소리로 말했다.

"여기가 지옥이라고? 여긴 파라다이스예요. 오빠 영어 몰라요? 파라다이스. 여긴 천국이라고요."

정태는 두 손에 얼굴을 파묻었다. 시끄러운 음악 소리와 혜주의 웃음 소리가 엉망으로 뒤섞인 소음이 되어 정태의 고막을 두들겼다. 하지만 가슴속 의지만큼은 어느 때보다 더 또렷하고 단단하게 굳었다.

'너만은 반드시 구해주겠어.'

승훈과 코트니가 파라다이스를 나왔을 때는 밤 10시가 넘어 있었다.

"박 상병한테 그런 면이 있을 줄 몰랐는데? 잘난 척하더니, 녀석도 결국은 별수 없는 수컷이었어. 하하."

코트니는 웃으면서 승훈의 어깨를 툭 쳤다. 승훈은 별말이 없었다. 둘은 천천히 안정리 거리를 걸었다.

"맥주 좀 더 사가지고 들어갈까?"

코트니가 조르듯이 말했다. 승훈의 눈이 반짝 빛났다.

"들이붓는 건 충분히 했으니까, 좀 내보내야 되지 않겠어?"

둘은 으슥한 골목을 찾아 나란히 서 노상방뇨를 했다. 철부지 애들처럼 오줌줄기를 위로 뻗어 누가 더 높이 올라가나 시합을 했다. 코트니가 실수로 승훈의 발에 오줌을 튀겼고 화가 난 승훈은 아예 코트니의 바지에 오줌을 갈겨버렸다. 둘은 유치한 장난을 치며 좋다고 깔깔거렸다.

서울 데이트

제니는 신이 났다. 인사동 골목에서 나온 뒤에도 제니의 흥분은 가라앉지 않았다. 민성은 그런 제니의 얼굴을 보고 묘한 기분이 되었다. 헐렁한 힙합 진에 대학생이나 입을 법한 점퍼를 걸치고 들떠 있는 여자가 중대장이라니.

다음 코스는 종로였다. 한국에서 가장 복잡한 거리를 걸어보고 싶다는 제니의 부탁에 고른 장소였다. 택시를 잡아타자마자 제니는 민성을 돌아보며 말했다.

"민성, 정말 고마워."

"아닙니다. 별로 힘들 것도 없는 일인데요, 뭐."

"아냐. 아까 갔던 골목은 정말 재미있었어. 나중에 또 데려와 줄 수 있겠어?"

"예스, 맴(Ma'am)."

"지저스, 제발 그 맴 소리 좀 집어치우라구. 여긴 캠프가 아니잖아!"

"예스, 맴."

"지저스."

"이번 건 농담이었습니다."

제니는 깔깔대며 민성의 팔을 쳤다. 택시 기사가 룸미러로 그들을 힐금거렸다. 택시는 천천히 멈춰 섰다. 민성과 제니는 택시에서 내려 보도로 올라섰다.

"여기가 어디라구?"

"종로입니다."

"종로. 서울의 메인 스트리트라고 했지?"

"그런 셈이죠. 미국에 가본 적은 없지만, 아마 종로만큼 번화하고 복잡한 거리는 그리 많지 않을 겁니다."

민성의 말대로 제니는 종로에 내리는 순간부터 엄청난 인파에 시선을 빼앗겼다.

"이런! 익스큐즈 미."

팔짱을 낀 남녀가 제니의 옆으로 지나가면서 팔이 부딪쳤다. 남자는 제니를 힐끗 보더니 지나쳐버렸다.

"세상에, 민성!"

"네?"

"저 사람은 뭐지? 왜 미안하다는 얘길 안 해?"

민성은 그전에도 미군들로부터 '노 익스큐즈 미 코리안'에 관한 이야기를 여러 번 들은 적이 있었다. 한국인은 지나가다가 부딪혀도 '익스큐즈 미'라는 말을 할 줄 모른다는 뜻이었다. 그때마다 민성은 '문화 차이'라는 표현을 썼다.

"글쎄요. 아마도 문화 차이겠죠."

"문화 차이? 무슨 소리야?"

"말 그대로, 문화적인 관습의 차이겠죠."

보통의 경우 민성은 적당히 얼버무리곤 했다. 제니는 민성의 대답을 기다리고 있었다. 선생님의 설명을 기다리는 학생의 눈을 하고. 민성은 생각을 정리한 뒤 입을 열었다.

"음. 예를 들면 이런 식이겠죠. 미국인과 한국인이 실례라고 생각하는 경우가 틀리다고나 할까요?"

"지나가다가 부딪히는 일이 실례가 아니란 말이야?"

"물론 길을 가다가 부딪칠 때 실례를 표시하는 한국 사람도 있지만 많은 사람은 그 말을 생략합니다. 아주 세게 부딪히는 경우가 아니라면 그냥 지나가죠."

"이해가 안 가는데?"

"저도 설명하기가 참 어렵습니다. 음, 우리는 말로 잘 표현하지 않습니다. 미국인들이 길에서 부딪히고 '익스큐즈 미'라고 말할 때, 정말 진심으로 미안하다고 느끼면서 그렇게 말할까요?"

"글쎄?"

"일종의 습관이겠죠. 흔히 서양 사회에서 에티켓이라고 부르는. 우리는 다른 에티켓을 갖고 있습니다. 예를 들어, 우린 부모 앞에서 담배를 피우는 것을 대단한 실례라고 생각합니다. 처음 만나는 경우, 어른들과 술을 마실 때도 조심스럽게 마시죠. 미국인들은 군대의 상관이라도 부대 밖에서는 친구처럼 이름을 부르고 편하게 대하지만 우리나라에선 부대 밖이라도 부대 안처럼 격식을 갖춥니다."

"그래?"

제니는 뭔가를 생각하는 표정으로 걸었다. 그동안 서너 명의 행인이 제니와 부딪히고 지나갔다.

민성은 택시를 잡았다. 기사에게 다음 행선지인 남대문을 알려주고 다시 말을 이었다.

"우리는 정말 미안할 때가 아니면 미안하다는 말을 잘 하지 않습니다. 뒤집어 말하면, 미안하다는 말을 할 때, 우린 진심으로 미안하게 생각하죠. 사랑한다는 표현도 마찬가지고요."

"그래?"

"우리 부모님은 지금껏 서로에게 사랑한다고 말한 적이 손가락에 꼽을 정도일걸요? 제가 있는 앞에서 그 말을 한 적은 한 번도 없고요. 우린 감정을 내보이는 일에 익숙하지 않습니다. 역시 뒤집어 말하면 함부로 감정을 내보이지 않는다는 말이기도 하죠."

제니는 대단한 비밀이라도 듣는 것처럼 민성의 말을 귀담아 들었다.

"말이 너무 길어졌네요."

민성은 특유의 사람 좋은 미소를 지어 보이며 말을 맺었다.

"아냐. 흥미로운 얘기였어."

제니는 고개를 끄덕였다. 민성이 물었다.

"중대장님 남편 분은 어떤 분입니까?"

이번에는 제니가 이야기를 했다. 박사학위를 준비하는 그녀의 남편과 애견 울피 그리고 제니의 어린 시절까지.

택시는 남대문 입구에 들어섰다.

"아저씨, 저기 횡단보도 앞에 내려주세요."

"이야, 학생 영어 잘하네? 재주도 좋아."

택시 기사가 웃는 얼굴로 민성을 돌아보았다.

"어떻게 그런 서양색시를 구했수?"

민성은 택시 기사에게 그냥 씩 웃어주었다. 기사는 대화를 계속하고 싶어 했다.

"학생은 미국에서 살다 왔어?"

"아니요. 미군부대에서 군복무를 하고 있거든요."

"아, 카츄샤구나."

"네, 카투사예요. 이 분은 저희 중대장이에요."

"중대장이라고?"

택시 기사는 룸미러로 제니의 얼굴을 본 다음 믿기지 않는다는 얼굴로 고개를 내저었다.

"젊은 색시가 대단하네? 남대문엔 쇼핑하러 왔수?"

"그런 셈이죠. 이 분이 한국에 관심이 많아서요, 여기저기 구경하고 싶어해요."

"그래?"

택시 기사는 가볍게 브레이크를 밟아 차를 멈췄다. 룸미러를 통해 마주친 제니에게 웃어 보이며 큰 소리로 말했다.

"구경 잘 하고 가세요!"

택시가 멈추자 제니는 만 원짜리 한 장을 아저씨에게 건네며 민성에게 물었다.

"뭐라는 거지?"

"중대장님이 정말 예쁘다더군요."

"쌩큐, 아저씨!"

제니는 거스름돈을 건네는 아저씨를 보며 환하게 웃어 보였다.

"오케이, 오케이."

아저씨의 말에 제니는 어리둥절해졌다.

"뭐가 오케이라는 거지?"

제니는 택시 기사의 웃는 얼굴을 보며 의아해했다. 민성은 결국 웃음을 터뜨리고 설명해줬다.

"우리나라 사람들이 제일 많이 쓰는 영어가 오케이예요. 아무 데나 쓰죠. 그러니 그 말은 크게 신경 안 쓰셔도 돼요."

그때 기사 아저씨가 승훈을 불렀다.

"학생, 잠깐만 있어봐."

그는 차 안을 두리번거리더니 룸미러에 매달려 있던 염주를 떼서 제니에게 내밀었다. 제니는 선뜻 염주를 받지 못했다.

"오케이, 아가씨. 오케이."

택시 기사는 오케이를 연발하며 계속 염주를 내밀었다. 제니는 아저씨와 민성을 교대로 돌아보며 물었다.

"이게 뭐지?"

민성은 설명을 하고 싶었지만 염주가 영어로 뭔지를 몰랐다.

"받으세요. 기사분이 고객에게 선물로 드리는 거니까요."

아저씨는 직접 제니의 손목을 잡고 염주를 끼워주었다. 그리고는 엄지손가락을 들어보였다. 그리고 택시는 떠나갔다.

"민성, 뭐가 어떻게 된 거지?"

제니는 눈이 휘둥그레졌다. 민성이 피식 웃으며 말했다.

"오케이!"

제니의 편지 2

사랑하는 패트릭에게

우린 정말 너무나도 멀리 떨어져 있네요. 아까 당신과 전화를 할 때만 해도 금방이라도 당신이 와서 여느 때처럼 내 이마를 쓰다듬고 따뜻한 키스를 해줄 것 같았는데 지금 주위를 둘러보니 정사각형의 장교 막사 안이네요.

아까는 당신 학교 문제 때문에 이곳 얘기를 많이 못 했죠? 여기 생활은 정말 너무나도 평화롭답니다. 처음 이곳에 도착할 때만 해도 금방이라도 전쟁이 터질 것처럼 겁을 먹었는데, 무슨 휴양지처럼 따분할 정도예요. 후방에서, 그것도 장교로 있기 때문일지는 모르겠지만 어쨌든 제

눈에는 전부 평온하게만 보인답니다.

지난 주말에는 한 카투사가 서울 구경을 시켜줬어요. 민성. 얘기 많이 해줬으니까 이름 정도는 기억하죠? 하여튼, 토요일 아침부터 저녁까지 민성을 따라다녔는데 무척 재미있었어요.

우리가 제일 먼저 간 곳은 인사동이라는 골목이었어요. 거리가 온통 작은 갤러리와 근사한 카페들로 이루어져 있다고 생각하면 돼요. 주로 한국의 전통적인 미술작품이나 공예품이 많은데 저는 거기서 300년이 더 지났다는 동전을 10달러를 주고 샀어요. 300년이라니! 동전에서 아주 희한한 냄새가 나요. 나중에 꼭 보여 드릴게요.

열쇠고리랑 엽서들도 너무 예쁜 것이 많아서 몇 개 샀어요. 엽서는 이 편지를 붙일 때 몇 장 같이 넣어 드릴게요. 그 엽서 사진에 있는 알록달록한 옷이 한복이라는 한국의 전통 의상이래요. 멋지지 않아요? 꼭 천사의 날개처럼 풍성하죠? 그 옷을 입으면 하늘로 날아가버릴 거 같아요. 미국으로 돌아가기 전에 꼭 한 벌 사 갈 생각이에요.

유자차도 마셨어요. 레몬 같은 과일을 얇게 썰어서 끓인 달콤한 차였어요. 당신이 무척 좋아할 텐데. 그 차 끓이는 법도 꼭 배우고 재료도 사 갈게요.

노점상도 정말 많아요. 서울의 거리는 전체가 하나의 거대한 쇼핑몰이에요. 신선한 과일, 온갖 종류의 장신구, 지갑, 가방, 옷가지, 가정용품, 심지어는 약까지. 물건을 파는 사람들은 음악을 틀거나 특유의 억양으로 사람들을 불러 모으죠.

노점상보다 더 신기한 건 바로 지하철 안의 시장이에요. 포켓 사진첩, 면도칼, 벨트, 레인코트, 순간접착제, 워크맨 등등 온갖 종류의 물건을 파는 행상이 지하철 안을 누비고 다니죠. 그들은 마술사이기도 해요.

글쎄 어떤 사람이 장갑을 한 가방 들고 지하철에 올라타서는 장갑 낀 손을 라이터 불 위에 한참 동안 대고 있었어요. 장갑도 남자의 표정도 멀쩡했죠. 그런 마술 장갑이 채 5달러가 안 된다니 믿으시겠어요? 그 장갑을 사서 그날 내내 끼고 다녔어요.

불행히도 민성에게 여자친구가 있는 탓에 매주 저를 데리고 투어를 시켜줄 시간은 없지만 시간이 나는 대로 투어를 부탁할 생각이에요. 익숙해지면 혼자서라도 한국 곳곳을 다녀보고 싶어요.

한국에는 따뜻한 온기가 있어요. 처음 이곳에 왔을 때는 사람들의 무뚝뚝한 표정 때문에 거리감이 느껴졌지만 하루 종일 사람들과 부대끼고 나니 뒤에 숨어 있는 온기를 읽을 수 있었어요. 한국에 온 지 기껏해야 한 달밖에 안 되는 스물여덟 살의 여자치고는 너무 건방진가요?

따뜻하고 달콤한 차 한 잔, 날개처럼 넓은 소매가 있는 한복, 거리에서 사람들을 불러 모으는 아저씨의 박수 소리, 교외의 산을 뒤덮고 있는 둥근 무덤들…. 그들의 무덤은 공을 반으로 잘라 엎어놓은 것 같은 모양이에요. 그 흙 지붕 아래 죽은 사람들이 묻혀 있죠. 묘지에서도 온기가 느껴져요.

아마 그 온기를 가장 잘 상징적으로 드러내는 건 온돌이라는 장치 같아요. 아까 얘기한 인사동 찻집에는 의자가 하나도 없었어요! 대신 사람들은 방바닥에 엉덩이를 깔고 앉아 차를 마시죠. 놀랍게도 방바닥이 따뜻했어요!

민성의 설명으로는 원래 한국의 전통 가옥에는 요리를 하고 물을 끓이는 데 쓰이는 커다란 아궁이가 있었대요. 그 아궁이에서 나오는 열이 각 방으로 전달되었는데 방바닥 아래에 깔려 있는 돌이 일단 뜨거워지면 아주 오랫동안 열을 간직하고 방의 보온을 담당했던 거죠.

요즘은 아궁이를 쓰는 집이 없어서 구리 파이프를 바닥에 깐다는데, 어쨌든 방바닥이 따뜻하니 정말 기분이 좋더군요. 마음이 느긋해지고 부드러워지죠. 미국에서 온돌 난방 사업을 하면 떼돈을 벌 것 같은데 당신 생각은 어떤가요?

지금 제 책상 앞 벽에는 염주가 하나 걸려 있어요. 이 얘긴 나중에 해드릴게요.

편지가 너무 길어졌군요. 이제 저는 침대로 들어가요. 그리고 따뜻한 온돌 바닥을 그리워하겠죠.

보고 싶어요. 울피에게도 안부 전해주세요.

1997년 12월 11일, 당신의 온돌이 되고 싶은 제니가.

서바이벌 게임

다급한 숨소리와 고함 소리들이 숲 속으로 메아리친다.

23지원단 중대원들이 야외 훈련장에서 전투를 펼치고 있다. 하얀 조끼를 뒤집어쓰고 맞으면 물감이 묻는 총으로 벌이는 모의 전투.

정태의 활약이 단연 뛰어나다. 민성은 어리바리하게 뛰어다니고 승훈과 코트니는 귀찮아하면서 건성으로 훈련하는 척만 한다.

나무 뒤에 잠복한 정태 앞으로 마르끼즈가 터벅터벅 지나갔다. 그는 볼록한 배로 가쁘게 숨을 쉬었다. 정태가 마르끼즈 앞에 불쑥 나타났다. 마르끼즈는 너무 놀라 총을 쏘지도 피하지도 못했다. 정태는 총을 들어 방아쇠를 당겼다. 물감 총알은 마르끼즈의 얼굴에 정통으로 맞고 퍽 터졌다. 마르끼즈는 얼굴에 파란색 물감을 뒤집어썼다.

"이 개새끼가!"

마르끼즈가 비명을 지르고는 정태의 멱살을 잡았다. 정태도 힘으로 마르끼즈를 밀어붙였다. 근처에 있던 미군과 카투사들이 둘을 에워쌌다. 딕켄 중사가 헐레벌떡 뛰어왔다. 둘의 모습을 보고 그는 상황을 파악했다.

"마르끼즈, 열중쉬어!"

마르끼즈는 못 들은 척하며 멱살을 더 조였다.

"마르끼즈, 명령이다! 열중쉬어!"

그제야 마르끼즈는 정태를 놓아주고 열중쉬어 자세를 취했다.

딕켄 중사는 화가 잔뜩 난 얼굴로 마르끼즈 앞에 섰다. 바로 코앞에 얼굴을 들이밀고 소리 질렀다.

"지금은 훈련 중이다! 훈련을 실전처럼, 실전을 훈련처럼! 내 말 듣고 있나?"

"예스, 써전."

마르끼즈는 힘없이 대답했다.

"팔굽혀펴기 20번을 실시한다. 실시!"

마르끼즈는 중대원들이 보는 앞에서 바닥에 엎드려 팔굽혀펴기를 시작했다. 그건 일종의 모욕이었다.

뿌연 먼지를 일으키며 지나가는 군용 트럭 뒤로 중대원들이 총을 들고 줄을 맞춰 행군했다. 목소리를 높여 미군 군가를 부르며 행군하는 중대원들의 몸에는 푸른 물감 자국이 선명했다. 특히 얼굴에 물감을 뒤집어 쓴 마르끼즈는 단연 눈에 띄었다.

마르끼즈는 아직도 분이 안 풀렸다. 앞에서 걷고 있는 정태의 뒤통수를 노려보았다. 총알이 없는 M16A2 라이플을 슬쩍 들어 앞에 가는 정태의 머리에 겨누었다. 마르끼즈는 방아쇠를 당기는 시늉을 했다.

정태는 누구보다 홀가분한 기분이었다. 내일부터 열흘 동안 상병 휴가를 받았으니까. 그의 가벼운 발걸음 위로 혜주의 얼굴이 그려졌다.

투둑 투둑, 눈보다 차가운 겨울비가 내리기 시작했다.

어둠과 빗줄기가 뒤엉킨 밤. 좁은 골목은 수명이 다 된 가로등 불빛의 점멸로 불규칙하게 번쩍였다.

혜주의 발걸음은 고르지 못했다. 금방이라도 바닥으로 쓰러질 듯 몸이 휘청거렸고 그때마다 손으로 벽을 짚고 몸을 가누었다. 겨울비에 흠뻑 젖은 혜주는 그렇게 힘겹게 골목길을 걸어갔다.

심한 몸살이었다. 아플 기미도 보이지 않더니 갑자기 아침부터 으슬으슬 불쾌감이 밀려왔다. 저녁쯤에는 관절 마디마디가 끊어질 듯 아팠다. 겨울비가 오는데다 원래 손님이 많지 않은 화요일이라 클럽은 한산했다. 혜주는 업주로부터 겨우 허락을 받고 일찍 들어오는 길이었다.

집 앞에서 10미터도 채 떨어지지 않은 모퉁이를 돌아섰을 때였다. 어떤 그림자가 혜주를 가로막았다. 고개를 들었을 때 그림자가 성큼 다가왔다. 동시에 빗줄기가 멈췄다. 감색 우산이 혜주의 머리 위를 덮었다.

"감기 들겠어."

혜주는 우산을 씌워주는 남자의 얼굴을 확인했다. 정태였다.

이렇게 몸이 아픈 날이면 자신의 처지가 더 서글펐다. 그러던 차에 정태가 나타났다. 첫 만남도 그랬다.

'당신이라는 남자, 마법이라도 부리시나요?'

당장이라도 와락 정태의 품에 안기고 싶었다. 굳어 있던 혜주의 표정이 따뜻하게 밝아졌다. 하지만 금방 고의적인 냉기로 식었다.

'안 돼. 이 남자는 안 돼. 결국 상처만 남을 뿐이야.'

혜주는 쉽게 입을 열지 못했다. 다만 웃지 않으려고, 정태의 몸에 기대지 않으려고 이를 악물었다. 혜주는 애써 감정을 배제시킨 나지막한 목소리로 물었다.

"여기서 뭐해요?"

"기다리고 있었어."

"왜요?"

"약속했잖아. 다시 돌아오겠다고."

"미쳤어요?"

"다행이야. 이렇게 일찍 올 줄은 몰랐는데."

"언제부터 기다리고 있었어요?"

"한 시간쯤 전부터."

"늦었는데, 부대엔 안 들어가요?"

"오늘부터 상병 휴가야."

둘은 잠시 아무 말도 하지 않았다. 몸에서 피어오르는 하얀 김이 우산 아래로 번져갔다. 정태가 입을 열었다.

"감기 들겠어. 이제 집에 들어가. 나도 가볼게."

"정말로, 여긴 왜 왔냐고 묻잖아요?"

정태는 대답하지 않고 가만히 서 있었다. 그의 눈을 빤히 쳐다보고 있던 혜주가 들릴 듯 말 듯한 목소리로 중얼거렸다.

"오지 말라니까."

정태는 혜주의 얼굴을 응시하며 말했다.

"보고 싶어서."

혜주는 기력이 남아 있지 않은 몸에 미지의 에너지가 퍼지는 기분이었다. 몸살도 피곤함도 겨울비도 그 에너지를 당해내지 못했다.

"기다렸어?"

혜주는 대답하지 않았다. 다시 긴 침묵이 흘렀다.

"얼굴 봤으니까 됐어. 돌아갈게."

정태는 혜주에게 우산을 쥐어주고 돌아섰다. 혜주는 빗속으로 멀어져 가는 정태의 뒷모습을 우두커니 바라봤다.

"오빠."

정태가 걸음을 멈추고 혜주를 돌아보았다.

"자정이 넘었는데 서울에 어떻게 가요?"

"부대에서 자고 내일 아침에 가면 돼."

"휴가라면서요?"

정태는 고개를 끄덕였다.

"휴가 받은 군인이 다시 부대로 돌아가는 건 너무 슬프잖아요. 오빠만 괜찮다면…."

아랫입술을 꼭꼭 깨물던 혜주가 손을 내밀었다.

"내 방에서 자고 가요."

정태는 움직이지 않았다.

"싫으면 어쩔 수 없고."

그 말에 정태는 걸음을 옮겼다. 혜주의 손에서 우산을 받아들고 다른 팔로 그녀의 어깨를 감싸 안았다. 2층으로 올라가는 계단은 둘이서 나란히 걷기에는 좁았다.

혜주는 주머니에서 열쇠를 꺼내 옥탑방으로 들어가는 문을 열었다. 문을 닫고 방 안에 들어왔다. 담배 냄새가 주인인양 항상 머무는 방이다. 혜주는 문을 닫고 불을 켰다.

싱글 침대 하나, 짙은 때가 낀 비키니 옷장, 여기저기 깨진 금을 스카치테이프로 붙여놓은 거울이 달린 화장대, 그 위에 놓인 낡은 전화기 그리고 방구석에 좀비들처럼 우두커니 서 있는 술병들. 그뿐이다.

"형편없죠?"

혜주는 부끄러운 듯 피식 웃음을 흘렸다. 침대 위에 늘어져 있던 옷가지들을 대충 챙겨 비닐 옷장 안에 넣었다.

혜주는 비에 젖은 검은색 패딩 코트를 벗어 벽에 걸어놓고 역시 축축해진 스웨터를 힘들여 벗겨냈다. 미군들 앞에서 무감각하게 옷을 벗을 때와는 달랐다. 괜히 부끄러워 몸을 돌렸다. 가죽 미니스커트까지 벗고 슬쩍 고개를 돌려보았다. 정태는 옷 벗는 모습을 보지 않으려는 듯 몸을 틀어 침대를 보고 있었다. 혜주는 문득 가슴이 아팠다.

'침대를 보면서 무슨 생각을 하시나요? 이 침대에서 제가 미군들을 상대하는 장면을 생각하나요?'

혜주는 괜히 명랑한 목소리로 딴 얘기를 했다.

"이 방은 거의 공짜로 얻다시피 했어요. 아무것도 없이 월세 20만 원만 내면 돼요."

정태가 혜주 쪽으로 돌아보았다. 브래지어와 팬티스타킹 차림을 보고 조금 놀랐다. 혜주가 물었다.

"왜 그렇게 싼 줄 알아요?"

정태가 어깨를 으쓱했다.

"이 방 전 주인도 나처럼 클럽 아가씨였는데 죽었어요. 바로 이 방에서. 범인은 못 잡았는데, 하여튼 난리도 아니었대요. 미군놈이 칼을 얼마나 휘둘렀는지 방이 온통 피바다였대요. 물론 집주인이 청소하고 도배도 다시 했지만, 누가 이런 방에 들어오려고 하겠어요?"

"너는 왜 이 방을 잡았는데?"

"싸니까요. 그리고 그런 게 다 무슨 상관이야. 지나간 일인데 뭐. 그죠? 난 어릴 때부터 귀신 같은 건 안 무서워했어요."

혜주는 스타킹을 벗기 시작했다.

"물론 기분이 좋지는 않죠. 바로 이 방에서 사람이 죽어나갔다는데.

근데 어떻게 생각해보면 다행일지도 몰라요. 예전에 어떤 지아이한테 그 얘길해줬더니 그러더라고요. 전쟁이 나면 한 번 폭탄이 떨어졌던 자리가 제일 안전하다고. 한 번 떨어진 데는 다시는 폭탄이 안 떨어진다면서요? 그러니까 이 방에 있는 한 양놈 칼에 내가 죽을 일은 없겠죠."

"말도 안 돼. 어떻게 그런 운을 믿고 살아? 인생은 게임이 아니야. 서바이벌 게임처럼 죽고 난 뒤에 다시 살 수가 없다고. 일이 생기면 끝이야. 돌이킬 수 없어."

스타킹을 다 벗은 혜주는 팬티와 브래지어 차림으로 정태 앞에 섰다. 손가락으로 총을 쏘는 시늉을 하더니 말했다.

"전 살아남을 거예요."

러브 게임

정태는 아득한 기분이 들었다. 속옷만 입고 앞에 선 혜주의 나신에 숨이 막혔다.

혼혈아 특유의 매끈한 피부와 아름다운 굴곡이 건방지도록 당당했다. 지옥 같은 생활 속에서도 여성적인 생명력을 뿜어내는 혜주의 몸은 정태가 남자임을 분명하게 일깨워주었다. 다리 사이로 뜨거운 피가 몰려들려고 할 때, 다행히도 혜주가 자리를 피했다.

"샤워하고 나올게요. 조금만 기다려요."

혜주는 방에 딸린 나무문을 열었다. 군데군데 칠이 벗겨진 문의 열린 틈으로, 물때가 낀 좌변기와 겨우 사람 하나가 설 자리를 허락하는 좁은 화장실이 보였다. 그녀는 익숙한 동작으로 화장실로 들어가서 문을 닫았다.

쏟아지는 물 소리를 들으며 정태는 화장실 문에서 시선을 뗐다. 방을 둘러보았다. 평범한 여고생이나 여대생의 방 같았다. 댄스 그룹 '쿨'의 포스터가 큼지막하게 붙어 있고 곰 인형도 침대 머리맡에 앉아 있다. 하긴 혜주는 이제 겨우 스무 살이다.

화장대 앞에 앉아보았다. 깨진 자리를 스카치테이프로 붙여놓은 거울에 정태의 얼굴이 일그러진 모습으로 투영되었다. 혜주가 샤워를 마치고 나올 때까지 그렇게 자신의 시선을 마주했다.

"거기 앉아서 뭐해요?"

화장실에서 나온 혜주가 물었다. 정태는 거울에 비친 혜주의 모습을 보았다. 혜주는 수건으로 머리의 물기를 말리면서 다가왔다. 반질반질한 질감의 속옷 차림이다. 정태는 일어나서 혜주 쪽으로 몸을 돌렸다. 깊게 파진 가슴선으로 뽀얀 앙가슴이 보였다.

"오빠도 샤워해요. 저 때문에 비 맞았잖아요."

정태는 자신의 몸을 내려다보았다. 그제야 축축한 한기가 느껴졌다.

"오빠 갈아입을 옷이 없네? 내 옷이 맞으려나?"

"아니야. 가방에 옷이 몇 벌 있어."

정태는 휴가를 나오면서 들고 온 백팩에서 트레이닝복 바지와 면 티셔츠를 꺼냈다. 옷을 챙겨들고 화장실에 들어갔다. 옷을 벗고 샤워 꼭지를 틀었다. 물줄기 속에서 눈을 감았다. 두 손으로 벽을 기대고 긴 한숨을 토해냈다. 화장실 벽에 붙은 거울을 보며 물었다.

'너는 왜 여기 있지?'

거울 속의 남자는 대답이 없었다.

대신 똑똑 문 두드리는 소리가 났다. 문이 열리고 혜주의 팔이 쑥 들어왔다. 수건이 들려 있었다.

"오빠. 수건이요."

"어, 고마워."

정태는 간단하게 샤워를 마친 후 고슬고슬하게 마른 수건으로 몸을 닦았다. 트레이닝복과 티셔츠를 입고 화장실에서 나왔다. 익숙한 냄새가 그를 반겨주었다.

"배고프죠?"

혜주는 달콤하게 미소 지으며 서 있었다. 방 한쪽 구석에 신문지가 깔려 있고 그 위에 가스버너와 적당하게 삶은 라면이 담긴 낡은 냄비 하나, 스테인리스 그릇 두 개, 젓가락 두 쌍. 혜주는 젓가락과 그릇을 정태에게 건네주었다.

갑자기 허기가 몰려왔다. 정태는 저녁으로 햄버거 한쪽을 먹은 이후로 아무것도 먹지 않았다.

"맛있겠다! 오빠도 얼른 먹어요. 저 그냥 냅두면 라면 두 개도 먹거든요. 그러니까 서두르는 편이 좋을걸요?"

혜주는 곧장 라면을 덜어 먹기 시작했다. 정태도 그릇에 라면을 옮겨 담은 후 한 젓가락을 베어 물었다. 후루룩, 후루룩, 둘은 기다렸다는 듯 빠른 속도로 라면을 먹었다. 젓가락으로 건져 낼 수 있는 면발은 금방

다 끝이 났다.

"자, 이제 국물을 먹어볼까나?"

혜주는 정태의 그릇을 받아들고 라면 국물을 따라주었다. 그리고 남은 국물을 자신의 그릇에 담고는 후후, 바람을 불어가며 조금씩 마셨다. 국물까지 다 끝내고 그릇을 내려놓고서야 그들은 서로를 보았다. 혜주가 물었다.

"어때요?"

"진짜 맛있다."

"제가 할 줄 아는 유일한 요리예요."

혜주는 빈 그릇과 가스버너를 침대 발치의 구석으로 치우고 신문지를 걷어서 침대 아래로 밀어넣었다. 그리고 침대에 걸터앉았다.

정태는 어떻게 해야 할지 몰랐다. 혼자 방에 앉아 있기도, 그렇다고 서 있기도 어색했다. 혜주 옆에 앉았다.

긴 침묵이 흘렀다. 혜주의 입에서 조심스러운 목소리가 흘러나왔다.

"할래요?"

정태는 가슴속에서 불길이 확 이는 기분이었다. 고개를 확 틀어 혜주를 바라보았다. 그녀는 정태의 시선을 애써 피하며 담배를 한 대 빼물고 불을 붙였다.

"싫음 말고요."

그리고 담배 연기를 길게 뿜어냈다.

정태는 그런 혜주를 뚫어지게 바라보았다. 그녀는 애써 정태의 눈을 피했다. 고개를 떨구고 있던 혜주의 턱을 잡아 정면으로 마주보았다.

"똑똑히 들어. 난 지금 아이린을 만나러 온 게 아냐."

"누가 뭐래요?"

"제발 내 앞에서 그런 식으로 말하지 마. 부탁이야."

정태의 목소리는 떨리고 있었다. 혜주는 소리치듯 말했다.

"오빠 미쳤어요? 내가 누군지 몰라요? 말이 안 되잖아요? 오빠 같은 대학생이 날 만나서 어쩌려고요? 지금은 무슨 생각으로 이러는지는 모르지만 오빤 1년 뒤에 제대하잖아요. 그리곤 원래 있던 곳으로 돌아가겠죠. 난…."

다시 괴로운 정적이 찾아왔다. 정태는 얼마 전까지만 해도 여러 편으로 갈라져 싸우던 마음의 승패가 결정되었음을 알았다. 그는 진심을 털어놓았다.

"나는 널 떠나지 않아. 적어도 니가 이 지옥에서 빠져나갈 때까지는."

혜주가 울음을 터뜨렸다. 무척이나 서럽게 울었다. 정태는 울지 않으려고 이를 악물었다.

흐느낌이 얼마나 이어졌을까? 혜주가 눈물을 닦고 천천히 고개를 들었다. 그녀는 애써 입가에 장난스러운 미소를 띠고 말했다.

"그럼 여기 계속계속 있어야겠다. 오빠가 날 못 떠나게 하려면!"

정태는 정색을 했다.

"바보 같은 소리 하지 마!"

"아, 진짜 우리 오빠님은 왜 농담을 모르실까? 어떻게 그렇게 24시간

진지해요? 그러니까 여자친구가 없지."

혜주는 핀잔을 주고는 하품을 했다.

"피곤해요. 이제 자요. 오빠."

정태는 자기도 모르게 몸을 움찔했다.

"안아줘요. 이건 아이린이 아니라 구혜주가 하는 부탁이에요."

정태는 잠시 머뭇거리다가 고개를 끄덕였다. 정태는 천장을 보고 몸을 눕혔다. 혜주는 불을 끄고 침대 위로 올라왔다. 그리곤 정태의 품으로 파고들었다. 정태는 오른쪽 팔로 팔베개를 해주고 왼팔로 등을 감쌌다. 침낭처럼 혜주를 감싼 셈이었다.

"아, 따뜻하다."

혜주가 들릴까 말까 한 목소리로 중얼거렸다. 따스함을 느끼는 건 정태도 마찬가지였다. 적당한 온도의 목욕물에 온몸을 담근 기분. 혜주의 숨결이 목덜미에 흩어지고 보드라운 가슴의 촉감이 그대로 전해졌다. 태어나서 이토록 떨렸던 적은 없었다. 쿵쿵 심장 뛰는 소리가 밖으로 들릴 것만 같았다.

얼마 뒤 새근새근 코고는 소리가 들렸다. 소리에 맛이 있다면 혜주의 코고는 소리는 세상에서 가장 달콤한 초콜릿보다 더 달았다.

그 순간, 무덤덤하게 흐르던 정태의 인생에 중심이 생겼다. 사법고시 합격 같은 무색무취의 목표가 아니라 가슴 뛰는 목표가 생겼다. 그의 우주는 천동설에서 지동설로 질서가 뒤집혔다. 여태 회색이었던 마음속에 낯선 색채가 번지더니 봄날의 꽃밭처럼 알록달록 변해버렸다.

당혹스러운 변화의 정체는 대체 무얼까?

잠들기 전에 겨우 해답을 얻었다.

그건 사랑이었다.

슬퍼지려 하기 전에

혜주는 정오가 지나서야 눈을 떴다. 놀랍게도 잠들 때와 마찬가지로 정태의 품이었다.

이 남자는 밤새 나를 이불처럼 감싸주었구나.

혜주는 눈을 감고 눈물겨운 포근함을 느꼈다. 그러다가 다시 깜빡 잠이 들었다.

한참 늦잠을 잔 둘은 방에서 나왔다. 안정리의 중국식당에서 점심을 먹고 평택 시내로 나갔다. 혜주가 정태를 이끈 곳은 노래방이었다. 그녀 스스로 가장 자신 있는 모습을 보여주고 싶었다.

한 손에는 마이크, 한 손에는 탬버린을 든 혜주는 룰라의 〈날개 잃은 천사〉를 열창했다. 노래도 수준급이고 룰라의 안무와 똑같은 춤은 깜찍

하고 섹시했다. 당장 가수를 해도 될 만큼.

정태는 그런 혜주를 보며 멍하니 앉아 있을 뿐이었다.

"어때요, 오빠?"

노래가 끝나고 혜주가 정태의 반응을 물었다. 정태는 얼이 빠진 표정으로 엄지손가락을 치켜세웠다.

"자, 그럼 다음 노래!"

네 자리 번호를 눌렀다. 쿨의 〈슬퍼지려 하기 전에〉. 노래방 기계에서 흥겨운 반주가 흘러나왔다. 역시 수준급의 노래와 춤이 이어졌다.

"가끔씩 나 그대 생각을 할 때마다 늘 가까운 듯 멀게만 느껴지는데. 이렇게 만날 때엔 날 사랑한다지만 뒤돌아서면 왠지 슬픈 예감만이…"

혜주는 혼자 노래를 부르기가 심심했던지 정태를 일으켜 세우고 춤을 추게 했다. 정태는 계속 사양을 하다가 어색하게 혜주의 동작을 따라했다. 팔다리는 뻣뻣하고 손끝은 어색했지만 최선을 다해 열심히 춤을 추다가 결국은 스스로의 흥에 몸을 흔들었다.

세상에 이렇게 귀여운 남자가 있다니.

혜주는 눈물이 날 지경이었다. 노래는 엉망이 되었다.

노래가 끝나고 혜주는 반주책을 정태에게 들이밀었다.

"아니야. 나 노래 못해. 노래방도 몇 번 안 와봤고."

"오빠도 한 곡은 불러야죠! 아무거나 불러봐요!"

혜주는 꼭 듣고 말겠다는 심정으로 끝까지 졸랐다. 정태는 요즘 노래는 모른다며 계속 마이크를 사양했다.

"옛날 노래면 어때요! 아무거나 불러봐요. 혹시 음치?"

"맞아, 음치야."

"음치 노래가 더 재밌단 말이에요. 빨리 불러요, 제발. 아니 나를 지켜주겠다는 사람이 노래 한 곡 못 불러줘요? 그런 사람 말을 어떻게 믿어요?"

결국 정태는 노래방 책을 뒤적였다. 고시서적 보듯이 꼼꼼하게. 그리고 이문세의 노래를 한 곡 골라냈다.

〈옛사랑〉

혜주는 따스한 미소를 머금고 정태의 노래를 들었다.

"남들도 모르게 서성이며 울었지. 지나온 일들이 가슴에 사무쳐. 텅 빈 하늘 밑 불빛들 켜져가면 옛사랑 그 이름 아껴 불러보네…."

음치는 아니었다. 오히려 감정이 듬뿍 담긴 묵직한 목소리였다. 혜주는 노래에 흠뻑 빠져들었다. 처음 듣는 노래인데도 다신 잊지 못하게 노랫말과 음률이 가슴에 또렷이 새겨졌다.

오후의 태양에 혜주와 정태의 그림자가 나란히 늘어졌다. 노래방에서 나와 다시 안정리로 돌아오는 길이었다. 혜주는 클럽으로, 정태는 서울 집으로 돌아가야 했다.

"아, 겨울에 잠깐 이렇게 해가 날 때 너무 좋아."

혜주가 햇살을 손에 쥐기라도 하듯 앞으로 팔을 들고 손바닥을 벌리며 말했다. 정말로 햇살이 잡히는 기분이었다.

"꼭 봄 날씨 같네."

정태도 동의했다. 혜주는 명랑하게 팔짱을 끼며 졸랐다.

"오빠 노래 연습 많이 해놔요. 알았죠? 담에 또 노래방 가요. 오늘처럼 나 혼자 하면 심심하잖아요."

정태는 고개를 끄덕였다.

"진짜 너무해. 어떻게 쿨 노래를 몰라요? 전 국민이 다 알 텐데."

"알았어. 그 노래 남자 파트부터 연습할게."

"약속!"

정태는 마지못해 혜주와 새끼손가락을 걸었다. 혜주는 싱글벙글 웃는 얼굴이 됐다. 슬쩍 정태의 얼굴을 확인했다. 반듯한 이마, 형형한 눈빛, 함부로 열리지 않는 입, 강인해 보이는 턱. 믿음직하다는 단어를 남자의 얼굴로 표현하자면 저런 얼굴이겠구나, 생각했다. 동시에 생각했다.

'나는 이렇게 멋진 남자의 곁에 있을 자격이 없는 여자야.'

정태가 물었다.

"무슨 생각을 해? 갑자기 얼굴이 왜 그렇게 침울해?"

"아니에요. 오빠야랑 헤어지기 싫어서 그렇죠."

"궁금한 게 하나 있어."

"물어보세요. 오빠님."

"아까 보니까 노래 실력이 보통이 아니던데. 춤도 잘 추고. 연습이라도 따로 하는 거야?"

"치이. 보는 눈은 있으시네. 제 이름이 왜 아이린인 줄 알아요?"

혜주는 어린 시절 이야기를 담담하게 이야기했다.

혜주의 가장 오래된 기억은 아빠와 엄마가 마루에서 춤을 추던 장면이었다. 워낙 어릴 때 미국으로 도망가버렸으니 그게 아버지의 마지막 기억이기도 했다. 마루에 있던 전축에서 흥겨운 디스코 음악이 흘렀고 엄마 아빠는 더는 즐거울 수 없다는 표정으로 함께 춤을 췄다. 엉덩이를 흔들며 손가락으로 허공을 찔러가며 디스코!

"저도 함께 춤을 췄어요."

혜주의 아빠 마이클은 미국에 갈 때 자기 짐을 전부 놔두고 갔다. 그녀의 엄마, 그러니까 인자는 한동안 사라진 남편의 짐을 치우지 않았다. 그렇게 몇 년이 흐르고 영원히 마이클이 돌아오지 않음을 확신한 인자는 짐을 하나둘씩 내다버렸다. 마이클의 개인 짐뿐만 아니라 그와 관련이 있는 물건들은 모두 내다버렸다.

"그런데 엄마의 실수였는지는 모르겠지만 아빠가 즐겨 듣던 레코드판들이 그냥 남아 있었어요. 많지는 않았어요. 서른 장 정도? 중학교에 다닐 때였는데 그 레코드판들을 하나씩 들어봤어요. 대부분이 제가 어릴 때 유행했던 팝음악 레코드판이었어요. 별생각 없이 이것저것 들었지요. 그중에서 〈플래시 댄스〉라는 영화의 음반이 있었어요."

혜주는 전기에 감전된 기분이 들었다. 바로 그 레코드판에 그녀의 가장 오래된 기억이 담겨 있었다. 미국의 팝가수 아이린 카라가 부른 영화의 타이틀 곡인 〈플래시 댄스 왓 어 필링〉. 바로 그 노래였다. 엄마 아빠와 함께 신나게 디스코를 추던 어느 여름날 오후의 행복한 순간에 흐르던 노래.

"정말 수도 없이 들었어요. 그리고 가게에서 비디오를 빌려 친구 집에서 영화를 봤어요. 얼마나 울었는지 몰라요. 주인공이 힘든 상황을 극복하고 꿈을 이루려고 하는 모습이 감동적이었어요. 그때 저도 결심했죠. 나도 아이린 카라와 같은 가수가 되야겠다."

혜주에겐 소질이 있었다. 고등학교에 올라가자마자 수학여행에서 춘 춤이 두고두고 학교에 회자가 될 정도였다. 혜주는 고등학교를 졸업하는 대로 서울로 가서 기획사를 찾아볼 생각이었다. 그러나 인생의 덫에 걸려 간혀버렸다. 그녀의 꿈도, 몸도 잔인한 올무에 얽혔다.

"그래서 아이린이에요. 아이린 카라. 제가 제일 좋아하는 가수였고, 제 꿈이기도 했죠. 어차피 이제는 다 끝났지만."

혜주는 괜히 말했다 싶었다. 일부러 생각하지 않으려고 가슴속 가장 깊은 동굴에 묻어둔 기억이었다. 밖으로 나온 추억의 파편들이 혜주의 가슴을 콕콕 찌르며 돌아다녔다.

콱콱 아프다. 숨이 막힌다.

정태가 혜주의 어깨를 잡아 걸음을 멈췄다.

"그런 말 하지 마. 다 끝났다는 말. 이제 시작이라고 생각해."

혜주는 눈물이 나려고 했다.

뭐가 시작이죠? 이렇게 시작하면, 끝은 어떻게 나죠?

혜주는 엉뚱한 이야기로 화제를 돌렸다.

"휴가 때 뭐 할 계획이에요?"

"별거 없어. 주말마다 나가니까. 아주 긴 주말인 셈이지 뭐. 오래 못 봤던 친구들이나 좀 만날까 생각 중이야."

"친구들은 다 대학생?"

"그렇지 뭐."

혜주는 고개를 끄덕였다. 정태가 말했다.

"너만 괜찮다면 휴가 중에도 여기 올 수 있어."

"됐어요. 황금 같은 휴가에 왜 이런 동네를 와요. 나도 일해야 되고."

혜주는 스스로 내뱉은 '일'이라는 단어가 불편했다.

둘은 말없이 걸었다. 정태를 평택역으로 데려다줄 20번 시내버스 정류장에 도착했다. 정태가 그녀를 불렀다.

"혜주야."

"왜요?"

"니 애인이라는 그 미군 이름이 뭐야?"

혜주는 대답하지 않았다. 정태는 대답을 듣기 전까지는 서울로 가지 않겠다는 고집 있는 표정으로 그녀를 기다렸다. 결국 혜주가 대답했다.

"로드리게즈. 알베르토 로드리게즈."

정태는 그 이름을 잊지 않겠다는 듯 따라서 중얼거렸다. 혜주가 얼른 말을 이었다.

"애인이라는 말은 적당하지 않아요. 단골이죠."

"어떤 사람인데?"

"로드리게즈는 장교예요. 돈을 많이 줘요."

"만난 지 얼마나 됐는데?"

"반년쯤."

정태는 잠시 머뭇거리다가 물었다.

"가끔 널 때리는 그놈이지?"

오빠, 이제 그만하세요. 제발. 내가 너무 초라해지잖아요.

혜주는 대답을 하지 않고 고개를 숙였다. 정태는 그녀의 턱을 들어올렸다.

"그놈이지?"

"이러지 말아요."

결국 혜주의 눈은 젖었다.

"그래요. 맞아요. 그 사람이에요. 어쩔 수 없잖아요. 가끔 때리긴 하지만 로드리게즈는 나에겐 제일 중요한 손님이에요. 단골이 있는 편이 훨씬 덜 힘들고 벌이도 좋으니까요."

정태는 심문을 멈추지 않았다.

"자주 만나?"

"일주일에 두세 번."

혜주는 마음속으로 소리쳤다.

'제발 이쯤에서 그만 해주세요.'

그러나 정태는 혜주의 바람을 들어주지 않았다.

"주말도 같이 보내?"

맙소사.

긴 침묵이 흘렀다. 혜주는 고심하다가 그냥 털어놓는 쪽을 택했다.

"그래요. 주말엔 내 방에서 같이 자요. 어제 우리가 잤던 그 침대에서."

혜주의 목소리가 떨렸다.

정태는 의외로 별말 없이 고개를 끄덕였다. 그들 곁으로 한 떼의 미군이 지나갔다.

"만나지 마."

정태의 목소리는 단호했다.

"안 돼요."

"뭐가 안 돼?"

"오빠. 그만 좀 해요."

"다른 일을 할 수도 있잖아?"

혜주는 정태의 말에 허탈하게 웃을 수밖에 없었다.

"됐어요. 정말 이런 얘기하지 말아요."

정태는 갑자기 화가 난 얼굴로 쏟아부었다.

"왜 하필이면 이렇게 돈을 벌어야 하느냐고? 난 죽어도 이해 못해! 세상에 돈 버는 일이 그 짓밖에 없어?"

혜주는 가슴에서 불이 일었다. 그녀는 더 크게 소리를 질러 대답했다.

"그 짓? 말 잘 했어요. 죽어도 이해 못한다고요? 당연하지! 나도 너 같은 서울대학생들이 무슨 생각을 하는지, 어떻게 돈을 버는지 죽어도 모르겠어! 중학교밖에 못 나온 년이라, 죽어도 모르겠다! 어릴 때부터 보지 팔던 나 같은 년은 어떡해야 다른 일 해서 먹고 살지, 죽어도 모르겠다고! 내 앞으로 달린 빚이 얼만지 알아? 내 주변에 얽혀 있는 놈들이 얼마나 지독한지 알아?"

혜주는 부들부들 떨었다. 갑자기 세상이 멸망해버렸으면 좋겠다는 생각이 들었다. 정태는 당황한 기색없이 가만히 서 있다가 말했다.

"그래? 돈이 있으면 다 되는 거야? 그럼 내가 돈을 줄게."

혜주는 가슴이 완전히 내려앉는 심정이었다. 정태는 아랑곳하지 않고 덧붙였다.

"우리 집도 넉넉한 편은 아니야. 내 통장에 500만 원쯤 모아놨어. 군대 오기 전에 과외해서 모은 돈이야. 일단 그 돈을…."

"오빠. 내가 오빠 돈을 어떻게 받아요? 그렇다고 그 정도 돈으로 완전히 해결될 문제도 아니고."

"그 돈만큼 다른 손님을 안 받을 수 있잖아."

그 말에 혜주의 턱이 파르르 떨렸다.

"뭐라고요? 그 말은 오빠가 나를 산다는 말이에요? 나는 그럼 오빠한테조차 창녀가 되잖아요! 야, 이 미친 새끼야!"

혜주는 히스테리컬한 목소리로 소리를 지르며 세차게 머리를 흔들었다. 그녀가 견뎌낼 한계를 넘어선 감정의 폭발이었다.

저만치 가고 있던 미군들이 돌아보며 뭔가를 수군거렸다. 정태는 더는 입을 열지 않았다. 혜주의 볼 위로 눈물이 흘러내렸다. 혜주는 간질병 환자처럼 부들부들 떨었다. 정태가 낮은 목소리로 말했다.

"미안해."

손등으로 혜주의 눈물을 닦아주었다.

오빠. 우린 안 돼요.

20번 시내버스가 먼지바람을 일으키며 정류장으로 들어왔다.

"갈게."

정태는 짧게 작별인사를 했다. 혜주는 숙인 고개를 들지 않았다. 고개를 들었을 때 정태가 보이지 않기를 바랐다.

"혜주야, 미안해."

정태의 목소리가 들렸다. 진심을 담은 목소리였다. 정태가 한 말 중에 진심을 담지 않은 말은 없었다. 적어도 혜주 생각엔 그랬다.

혜주는 주먹을 꼭 감아쥐었다. 마음속으로 백까지 세었다. 그리고 고개를 들었다.

정태를 태운 20번 버스가 막 출발하고 있었다. 뒷자리에 앉은 그는 혜주를 보며 손을 흔들었다. 혜주는 작별인사를 하지 못했다. 대신 시야에서 버스가 사라질 때까지 꼼짝도 하지 않고 서 있었다. 버스가 완전히 자취를 감춘 뒤에야 혜주가 중얼거렸다.

"내가 미안해요."

열흘의 휴가 동안 정태는 아무도 만나지 않았다. 내내 학교 도서관에서 고시공부를 하다가 가끔 혼자 서울 시내를 돌아다녔다. 아무 버스나 집어타고 발길 닿는 곳에 내렸다. 또 한참을 걷다가 다시 버스를 타고. 그런 식이었다.

그러다가 닿은 곳이 삼성동이었다. 50층이 넘는 무역센터 건물 외벽은 태양발전기 집광판처럼 햇빛을 반사했다. 눈이 부셨다. 고층빌딩 뒤로 봉은사가 보였다. 강남 한복판에 떡하니 위치한 웅장한 사찰.

뭔가에 이끌린 듯 봉은사로 걸어 들어갔다. 종교가 없었지만 신도처럼 자연스럽게 봉은사 정문을 통과했다. 그리고 평일 낮 한산한 사찰 안을 산책하듯 천천히 돌아보았다.

정태는 이끌리듯 대웅전 앞에 섰다. 섬돌 위에 신발을 벗고 창호지 문을 열고 들어갔다. 세 분의 부처님 상 앞에 섰다. 차가운 나무 바닥과 은은한 향냄새가 정태의 정신을 맑게 했다.

절을 하고 있는 신도들 뒤에서 정태는 합장을 하고 서 있었다. 세 개의 불상 중 가운데 있는 본존불상을 보면서 정태는 간절하게 기도했다.

석가모니불의 온화한 미소 위로 천천히 나타났다. 그가 두려워하는, 그가 진정으로 바라는 것들이.

FUCKING KOREA

긴 겨울이 절정에 이르렀다. 6.25 전쟁 이후로 가장 추웠던 대한민국의 겨울이었다.

1997년 11월 21일 정부는 나라의 재정이 파탄났으며 IMF에 구제 금융을 신청했다고 발표했다. 그때만 해도 그게 어떤 의미를 갖는지 미군기지 안에 있는 카투사들은 알지 못했다.

IMF 사태는 쓰나미와도 같았다. '이게 뭐지' 하면서 어리둥절하고 있던 사람들은 준비도 하지 못한 상태에서 감당 못할 파도에 휩쓸렸다. 이토록 축복받지 못한 새해가 있었을까? 1998년으로 넘어가면서 나라는 패닉 상태에 빠졌다. 환율은 물론이고 이자율도 여태껏 경험해보지 못한 수치였다. 은행 돈을 대출받고 있던 대부분의 사업체, 가정들은 살인적인 이자를 갚지 못해 속속 무릎을 꿇었다.

도미노처럼 기업체가 연쇄적으로 무너졌다. 경기를 타는 자영업자들도 가게문을 닫아야 했다. 수많은 사람이 직장을 잃고 가정을 잃었다. 하루에도 수십 명씩 생활고에 스스로 목숨을 끊었고 서울역은 노숙자로 넘쳐났다. 당장 자기 일이 아닌 사람들도 두려움에 떨었다. 내가 다니는 직장도 부도가 나지 않을까? 우리 아빠도 실직자가 되지 않을까? 다들 나라가 망할지도 모른다는 두려움에 떨었다.

우울한 1월. 리커버리(Recovery)라는 시역 작업이 23지원단 중대원들을 기다렸다. 야전 훈련에서 쓴 장비를 씻고 고쳐서 창고 안에 정리하는 일이다. 필드에서의 고생도 고생이었지만 리커버리도 여간 손이 많이 가는 작업이 아니었다. 필드에 참가했던 중대원들 중 계급이 상사 이상인 사람은 모두 빠졌기 때문에 병력은 넉넉하지 않았다.

야전 훈련에 동원되었던 혼비(미군 지프)가 10대, 트럭이 4대, 트레일러가 2대, 12인용 텐트가 7개. 작전 본부로 쓰는 조립식 텐트는 더 많았다. 개인 화기와 작전 본부 텐트에 설치했던 각종 장비들까지, 양이 만만치 않았다.

목요일 아침. 포메이션이 끝나자마자 소대장인 미군 중사 두 명의 감독 아래 30명이 조금 넘는 사병들이 모터풀에 집합했다. 전체적인 지휘는 3소대 소대장인 에스코바 중사가 맡았다.

오전 중으로 차량 점검은 끝났다. 점심을 먹고 텐트 정리가 시작되었다. 텐트를 펼쳐서 깨끗하게 쓸고 다시 접어서 넣는 작업을 했다. 들판처럼 탁 트인 모터풀 한가운데 싸늘한 1월 바람이 몰아쳤다. 고된 작업을 하는 사병들의 몸에서 김이 모락모락 났다. 어느새 늦은 오후였다.

"한 시간 정도면 다 끝나겠지? 조금만 더 힘내자."

에스코바 중사가 자기 돈을 털어 콜라 한 박스를 사왔다. 20분의 휴식 시간이 주어졌다. 에스코바는 하사관들끼리 쉬는 곳으로 갔다.

사병들은 접어놓은 텐트 위에 앉았다. 민성과 승훈은 이번 주말에 뭘 하고 놀지 얘기했다. 옆에 앉은 코트니에게 뭐라고 얘기했지만 시큰둥한 반응을 확인한 마르끼즈가 갑자기 큰 목소리로 말했다.

"헤이, 카투사들, 내일이면 너희들 또 집에 가겠구나."

"당연한 얘기지. 너무 흥분되어 기다릴 수 없다고."

민성이 마르끼즈를 약 올렸다.

"하긴 넌 섹시한 여자친구가 있으니까 그녀를 생각하면 텐트를 씻으면서도 페니스가 서겠지?"

"게다가 니놈 얼굴 안 봐도 되고."

"빌어먹을. 난 딸을 본 지 벌써 1년이 다 돼 간다고."

다들 말이 없었다. 과연 마르끼즈에게 딸이 있는지 없는지 궁금해하고 있는 중이었다. 중대 내에서 그는 한심한 허풍선이로 낙인찍힌 지 오래였다.

마르끼즈의 신상명세는 믿을만한 게 하나도 없었다. 대학에 다니다가 잠깐 군대에 와 있다는 학력이 가장 의심스러웠고, 대구에 있다는 모델 출신의 한국인 여자친구도 말이 안 되는 소리로 여겨졌다. 장교 출신의 아빠, 엄마 얘기도 믿는 사람이 별로 없었다.

"과연 저 녀석한테 딸이 있을까요?"

새로 들어온 신병 상준이 궁금한 듯이 묻자 민성이 대답했다.

"딸은 무슨 딸이야. 매일 딸딸이나 치겠지."

민성의 말에 카투사들만 한참을 낄낄거렸다. 정태도 웃음을 터뜨렸다. 마르끼즈는 정태를 보며 불평했다.

"빌어먹을 한국말 좀 갖다 버리라고. 영어를 써, 영어를. 알아들을 수가 없잖아. 그게 뭐야? 까따부따 까따부따. 웃기는 한국말."

"니 거짓말만큼 웃기는 말은 없지."

정태가 쏴붙였다. 마르끼즈가 응수했다.

"너는 좀 닥치지 그래?"

"닥쳐야 할 건 항상 너의 입이지. 한국에서 한국말을 쓰는 건 너무나도 당연한 일이야."

정태는 조용히 응수했다. 마르끼즈는 잘 들리지 않는 목소리로 옆에 앉은 코트니에게 뭐라고 중얼거렸지만 별 반응 없이 하늘만 바라보았다. 정태도 마르끼즈를 보던 시선을 돌렸다. 마르끼즈는 다시 소리를 높여 정태에게 시비를 걸었다.

"여기가 왜 한국이야? 여긴 미군기지라고. 캠프 험프리스 주소가 어떻게 되어 있는지나 알고 떠들어? 니네 한국 정부의 기록에도 여긴 캘리포니아 주로 되어 있어. 너희를 지휘하는 게 누구야? 캐슬 대령이지? 니들 생활을 누가 통제해? 중대장 제니랑 인사계 데이비스잖아. 니네들이 영어를 쓰는 게 더 당연하지. 병신아, 똑똑히 알아둬. 여기는 미국 땅이야."

둘 사이의 분위기가 심상치 않게 흘렀다. 콜라를 홀짝거리며 잡담을 나누던 사람들은 대화를 끊고 마르끼즈와 정태의 격앙된 목소리에 귀를 기울였다.

"분명히 말하는데 여긴 우리 땅이야. 평택 안정리. 한국이라고."

"너도 알잖아. 우리 미국이 없었다면 너희는 지금쯤 북한사람들처럼 쓰레기통이나 뒤지고 있겠지. 여긴 미국이야. 더 유나이티드 스테이츠 오브 아메리카! 불쌍한 대한민국을 지켜주기 위한 미국의 기지란 말이야, 이 좆대가리야."

"그 말 취소해라. 여긴 한국이라고 말해."

정태의 목소리는 어느 때보다 차가웠다. 마르끼즈는 코웃음을 치며 대꾸하지 않았다. 서른 명 남짓한 미군과 카투사들은 숨을 죽이고 그들을 지켜보았다. 싸움을 중재할 만큼 계급이 높은 사람들은 멀리 떨어진 곳에서 쉬고 있었다. 모여 있는 사람들은 모두 상병 이하였다.

정태가 일어났다. 마르끼즈도 마찬가지였다. 둘 사이 거리는 1미터. 바람에 날려 모터풀 바닥을 떠돌던 PX 비닐봉지가 둘 사이를 아슬아슬하게 스치고 날아갔다.

"그만해, 인마."

상황이 꽤나 심각함을 깨달은 민성이 정태를 저지하려고 했다. 하지만 정태는 마르끼즈의 얼굴에 창끝 같은 시선을 겨눈 채 꿈쩍도 하지 않았다. 미군들도 마르끼즈를 저지하려고 했다. 마르끼즈는 별거 아니니까 걱정하지 말라는 듯 실실 웃는 표정을 지었다. 정태가 되풀이했다.

"말해, 여긴 한국이라고."

정태의 목소리는 단호했다. 마르끼즈는 비웃는 표정으로 말했다.

"그래. 맞아. 여긴 좆 같은 한국이야. F, U, C, K, I, N, G, K, O, R, E, A!"

정태가 마르끼즈의 얼굴에 주먹을 날렸다. 마르끼즈는 바닥으로 넘어졌다. 다시 일어난 마르끼즈가 정태를 끌어안고 바닥으로 넘어뜨렸다. 정태의 얼굴이 시멘트 바닥에 긁혔다. 피가 흘렀다. 난타전이 이어졌다. 마르끼즈의 코에서도 피가 흘렀다. 순식간에 벌어진 상황. 바닥에 쓰러진 그들은 서로 뒤엉키며 엉망이 되었다.

다른 사병들이 달려들었다. 카투사들은 정태를, 미군들은 마르끼즈를 떼어냈다. 코가 깨지고 살갗이 까지고, 둘의 얼굴은 피투성이였다. 마르끼즈가 터진 입술로 소리쳤다.

"헤이, 좆 같은 한국 새끼, 넌 내 손에 죽을 줄 알아! 니가 날 쳤어?"

"주먹맛이 어때? 이 역겨운 양키 새끼야. 죽여버리기 전에 니네 나라로 꺼져버려!"

소란을 멀리서 본 파슨스 하사가 달려왔다. 하필이면 괴팍하고 정이 없기로 이름난 하사관이었다.

"아, 왜 에스코바나 딕켄이 아니라 파슨스냐."

민성이 한숨을 쉬었다. 거센 바람이 모터풀을 휩쓸고 지나갔다.

파슨스 하사는 한국군 파견 하사관에게 곧장 연락을 했다. 정태는 징계위원회에 소환되었다. 위원회 결과는 영창 한 달이었다. 마르끼즈 또한 주임 상사로부터 처벌을 받았다. 처벌은 일주일 동안 저녁에 한 시간씩 막사 주위를 청소하는 벌이었다.

정태는 중대를 떠났다. 모두가 두려워하는 군대 영창으로.

사람들은 저녁이면 한 손에 콜라를 들고 한 손에는 빗자루를 들고 복도에서 낄낄대는 마르끼즈를 볼 수 있었다.

"저주받을 카투사 놈 하나를 감옥으로 보내버렸지. 좆 같은 카투사 놈들. 앞으로 내 앞에서 까불지 말라고 그래. 엉덩짝을 걷어차 감옥에 넣어버릴 테니까. 하하."

입창

캠프 안에는 매스홀(Mass Hall)이라고 불리는 식당이 여럿 있다. 수백 명이 한꺼번에 먹을 수 있는 큰 식당인데 미군들은 매달 돈을 내야 하고 카투사들은 무료이다. 음식은 그렇게 맛있는 편은 아니지만 메뉴는 다양한 편이다. 밥도 두 종류가 나온다. 스팀 라이스(Steamed Rice)라고 불리는, 미군들이 좋아하는 끈기 없는 밥과 스티키 라이스(Sticky Rice)라고 불리는, 보통 한국 사람들이 먹는 찰진 밥. 맛이 별로긴 해도 김치도 항상 준비되어 있다.

매스홀 음식에 질린 카투사들은 종종 방에서 라면을 끓여 먹었다. 한국 음식을 파는 카투사 스낵바도 몇 군데 있어서 가끔 스낵바를 이용하기도 했다.

민성과 승훈, 갠디는 막사 앞에 있는 매스홀에서 같이 저녁을 먹었다. 직사각형 테이블에 자리를 잡고 별말 없이 식사를 했다. 민성은 나이프로 팬케이크를 네 조각 낸 다음 한 조각씩 시럽에 찍어 먹었다. 팬케이크를 씹던 민성이 문득 물었다.

"영창에선 밥이 제대로 나올까요?"

승훈은 무표정한 얼굴로 중얼거렸다.

"병신 같은 놈이 괜히 오버해서. 지 무덤 지가 판 거지."

민성은 무슨 말인가를 하려다가 입을 다물었다. 승훈이 다시 대수롭지 않게 덧붙였다.

"고생 좀 하면 정신 차리겠지."

민성이 물었다.

"근데 솔직히 좀 그렇지 않습니까?"

"뭐가?"

"정태는 그렇다 치고 마르끼즈 새끼를 그냥 놔두다니. 좀 웃기잖아요. 말이 됩니까? 같이 싸웠는데 왜 카투사는 한 달 영창을 가고 미군은 며칠 청소나 하느냐 이거죠. 한국군 파견 대장이라는 놈이 하는 헛소리 들었죠? 한국군은 군기가 세다고. 지랄 옆차기 하고 있네, 개새끼들. 군기 센 한국군 장교가 쓰레기 미군 녀석 하나 건드리지 못하고. 대놓고 우리나라를 모욕했잖습니까? 정말 미군들 보기 창피해요."

승훈이 말을 막았다.

"그게 레귤레이션, 규정이란 거야."

민성은 더는 이야기를 하지 않고 팬케이크를 마저 먹었다.

회색 벽 위로 이름을 알 수 없는 벌레 한 마리가 기어갔다. 정태의 시선은 눈앞의 벽을 응시했다. 아침식사 후 점심시간까지 수양시간이라는 명목으로 면벽을 하는 중이었다.

얼음장 같은 바닥에서 무릎 꿇은 부동자세로 한 시간쯤 앉아 있다보면 보통은 정신이 혼미해졌다. 그러나 정태의 정신은 점점 더 또렷해졌다. 마르끼즈와 싸운 일에 대한 반성은 없다. 다시 그 상황으로 돌아간다면 똑같이 행동하리라. 다만 혜주가 보고 싶었다.

한 몸처럼 서로를 꼭 안고 잤던 밤이 자꾸만 생각났다. 혜주의 따스한 체온, 달콤한 살 냄새, 보드라운 촉감, 들릴 듯 말 듯 코고는 소리까지, 모든 것이 그리웠다. 그날 밤은 몇 번이고 고스란히 재현되었다.

"근무자님, 화장지 좀 뜯어가겠습니다!"

누군가의 목소리에 정신이 들었다. 한 수감자가 철창 앞에 있는 근무자 헌병에게 말하는 목소리였다. 그리고 화장지 뜯는 소리, 바지 내리는 소리, 소변과 대변을 배설하는 소리가 바로 옆에서 들렸다.

영창에서는 자살을 예방한다는 차원에서 화장실이 개방되었다. 말이 좋아 개방이지, 영창 한구석에 변기가 뚫려 있고 용변을 보는 모습 자체가 완전히 노출된다. 냄새는 물론이다.

"4644번!"

누군가 정태의 입창 번호를 불렀다. 고개를 뒤로 돌렸다. 비슷한 또래로 보이는 헌병 두 명이 철창 밖에 서 있었다.

"이리 와 보그라."

정태는 천천히 일어나서 철창 앞에 섰다.

"앉아봐라."

각각 상병과 이병 계급장을 단 헌병 두 명은 형제처럼 모습과 인상이 닮아 있었다.

"야그 좀 들어볼라고."

정태는 대답을 하지 않았다. 철창 사이로 상병 윤철영이라는 이름표를 단 헌병을 쳐다보았다.

"이 새끼, 상당히 과묵해부러? 얘기 좀 해보라고. 너 여기 왜 왔는데?"

"폭행 건입니다."

"밑에 아그를 때렸냐?"

"아닙니다."

"그럼 고참?"

"아닙니다."

"씨발놈이 말이 짧아부러? 그럼 누굴 때렸단 거여?"

헌병의 목소리가 높아졌다.

"미군입니다."

정태의 말에 헌병은 좀 놀란 기색이었다.

"너 카투사냐?"

"네."

"편하게 있다 왔구만. 미군 새긴 왜 팼는데?"

별로 말을 하고 싶은 생각이 없었다. 헌병이 다그쳤다.

"왜 팼냐고 묻잖여!"

"사소한 다툼이었는데 크게 번졌습니다."

윤철영은 정태의 뻣뻣한 태도가 영 마음에 들지 않는 기색이었다. 정태의 뻣뻣한 태도를 그냥 놔두면 같이 근무를 서는 이병에게도 체면이 서지 않을 터였다. 철영이 또 물었다.

"미군부대 있으면 뭐 재밌는 야그 없냐?"

"별로 없습니다."

"없다고?"

정태는 대답을 하지 않았다.

"없을 리가 있나. 니가 여그가 너무 편해서 생각이 안 나는 것이겠재. 생각나도록 만들어야 쓰겄다."

철영이 싸늘한 미소를 지으며 자리에서 일어섰다. 그는 옆에 서 있는 이병에게 말했다.

"저 새끼 뒤로 데리고 나와부러."

정태는 영창 뒷마당 구석에 있는 식재료 보관 창고로 끌려왔다. 쌀포대가 벽처럼 쌓여 있는 앞에 엎드렸다. 옆에는 철영이 각목을 들고 서 있었다.

"씨불놈이, 한 달 동안 피곤하게 지내고 잡냐?"

철영은 있는 힘을 다해 정태의 엉덩이로 각목을 내리쳤다. 퍽 소리와 함께 아픔이 작렬했다. 그렇게 몇 대를 더 때렸는지 몰랐다. 철영이 가쁜 숨을 몰아쉬었다. 잠시 숨을 고르던 철영이 다시 각목을 휘둘렀다. 정태는 이를 악물고 참아냈다.

"아쭈? 씨불놈이, 개겨보겠다 이거여?"

이번엔 각목으로 정태의 허벅지를 내리쳤다. 있는 힘을 다해 내리쳤지만 정태도 죽을 힘을 다해 참았다. 신음도 없었고 자세도 흐트러지지 않았다.

"허메. 참말로 거시기하구마이! 이 썩을 넘이 나으 분노를 인정사정 없이 촉발시켜부러?"

철영은 이마의 땀을 닦고 다시 각목을 휘둘렀다. 이번에는 각목이 부러져 나가버렸다. 악이 받혔다. 그는 부러진 각목을 던져버리고 발로 정태의 엉덩이를 밀어버렸다. 정태가 옆으로 쓰러졌다.

"원위치!"

정태가 다시 엎드려뻗쳐 자세를 취했다. 그러기 무섭게 철영은 발로 정태를 쓰러뜨렸다. 어느새 정태도 땀에 흠뻑 젖었다. 이마에서 땀이 줄기가 되어 흘러내렸다. 정태는 지금의 고난이 목표를 달성하기 위해 통과해야 할 시험처럼 느껴졌다. 그 와중에서도 정태는 생각했다.

'그녀를 구해내기 위해서는 더 힘든 과정을 이겨내야 한다. 이런 육체적인 고통에 신음하고 무너지면 안 된다.'

"척추를 접어불라. 원위치여!"

철영은 또 정태를 걷어찼다. 엎어진 정태가 엎드려뻗쳐 자세로 돌아왔다. 이번에도 철영의 발길질에 옆으로 쓰러졌다.

"자동이여!"

정태의 팔은 후들거리기 시작했지만 결연한 눈빛만은 끄떡없었다.

"다 죽여버리겠어! 씨팔, 다 죽여버리겠어!"

평화로운 화요일 저녁. 저녁식사를 마치고 막사로 돌아온 이들은 내쉬의 절규를 들어야 했다. 내쉬는 미친 사람 같았다. 복도를 달려가다가 벽을 끌어안고 울다가 화장실 문을 발로 걷어차며 쓰러졌다. 다시 일어났다가는 또 쓰러지고 바닥에서 뒹굴었다.

중대장 제니도 인사계 데이비스도 막사에 있었지만 말리지 않았다. 제니는 일단 내쉬를 그냥 내버려두라고 지시했다. 모두들 복도에 가만히 서서 내쉬를 지켜볼 뿐이었다. 내쉬의 오열하는 소리가 막사 안을 쩌렁쩌렁 울렸다.

"다 죽여버리겠어! 이 좆 같은 군대, 씨이팔! 이게 다 뭐야? 안 돼, 안돼!"

내쉬는 마침내 복도 바닥에 쓰러져버렸다. 그제야 제니가 옆에 서 있던 코트니에게 명령했다.

"내쉬를 부축해줘."

코트니는 바닥에 쓰러진 내쉬의 팔을 잡고 일으키려고 했다. 하지만 시체처럼 늘어진 내쉬는 쉽게 일으켜 세울 수 없었다. 그 광경을 지켜보던 민성이 코트니를 도와 내쉬를 일으켰다. 내쉬의 벌려진 입으로 거품과 침이 뒤섞여 흘렀다. 민성은 코트니와 함께 내쉬를 방에다 데려다놓고 나왔다.

"도대체 어떻게 된 거야?"

저녁을 먹고 들어온 승훈이 놀란 얼굴로 민성에게 물었다.

"내쉬 부인이 죽었대요."

승훈의 표정이 차갑게 굳었다.

"왜 죽었대?"

"총에 맞아서요. 강도를 당했대요."

승훈은 지난번 필드에 나갔을 때 내쉬와 함께 보초를 서던 기억을 떠올렸다. 아내와 아이 사진을 보여주며 행복해하던 그의 얼굴, 피부를 쿡쿡 찔러오는 추위에도 아랑곳하지 않고 환하게 웃던 내쉬의 얼굴이, 입에 달고 다니던 욕설은 사라지고 느긋해지던 말투가 생생히 기억났다. 가족은 여기서 고생하고 있는 유일한 이유라고 했던가?

제니가 복도로 나왔다. 생글거리던 평소와 달리 무표정한 얼굴이었다.

"상준이 내쉬 룸메이트지? 오면 내 사무실에 잠깐 들르라고 해. 일단 코트니에게 내쉬 옆을 지키라고 해."

제니는 민성에게 대신 말을 전하고 중대장실로 돌아갔다. 민성이 안타까워했다.

"돈 버느라고 지구 반대편에서 고생하는데 마누라는 총 맞아 죽고, 지 아이 새끼들도 좆나 불쌍하다니까."

승훈은 민성의 목소리가 들리지 않았다. 흑인 모녀의 환한 미소가 눈앞을 떠나지 않았다.

마지막 키스

　금요일 저녁. 카투사들은 집에 갈 채비를 서둘렀다. 지아이들은 주말 파티 계획을 짰다. 주말 CQ(막사 당직) 근무가 있는 병사들은 우울한 기분으로 군복 주머니에 손을 넣고 CQ 데스크 주위를 어슬렁거렸다.

　부대 안 분위기는 최악이었다. 미국에서 전해진 내쉬 부인의 안타까운 이야기는 미군들을 의기소침하게 만들었다. 코트니만 빼고. 그는 승훈을 따라 서울로 왔다.

　"이 코트니 님이 다시 서울로 돌아왔다!"

　코트니는 서울역에 내리면서 환호했다. 이번엔 클럽에 여자를 꼬시러 가는 코스가 아니었다. 카투사가 집에 미군을 초대하는 자가 초청이었다. 물론 저녁밥만 집에서 먹고 술을 마시러 나갈 계획이었다.

저녁시간이었는데도 지하철은 그다지 붐비지 않았다. 승훈과 코트니는 나란히 앉아서 이야기를 나눴다. 코트니가 물었다.

"헤이, 김. 엄마가 주로 무슨 요리를 잘 하셔?"

"글쎄. 아마 해산물 요리를 했을 거야."

"나 오징어 못 먹는 거, 알지?"

"괜찮아. 오징어는 아닐 거야."

"난 오징어 먹는 사람들을 보면 이해가 안 가. 그건 정말 징그러운 동물이라구."

"걱정 마, 코트니. 오징어도 널 징그럽다고 생각할 테니."

"빌어먹을 녀석."

"내 엉덩이나 빠시지."

별생각 없이 주고받는 욕설에 자리에 앉은 사람들이 그들을 힐끔힐끔 쳐다보았다. 코트니는 입을 다물었다. 코트니는 사실 이제 겨우 스물한 살의 의기소침한 청년이었다. 술기운을 빌어야 대담해졌다. 그러다 실수하는 일도 많았다.

예를 들면 방에서 파티를 하다가 술김에 음악을 지나치게 높여 항의를 받는 때가 있었다. 보통 때의 코트니였다면 음악 소리를 높이지도 않았겠지만 항의를 받으면 바로 볼륨을 낮췄을 텐데 술기가 오르면 꼭 시비를 붙여 싸움으로 번지곤 했다. 결국 다음날 욕을 먹거나 기합을 받는 일이 한두 번이 아니었다.

상관없었다. 깨 있던 취해 있던 시간은 똑같은 속도로 흐른다.

그의 가장 좋은 술친구는 승훈이었다. 함께 술을 마시면서 승훈이 종종 물었다.

"이봐, 코트니, 너무 취한 거 같지 않아?"

매번 코트니는 똑같이 대답했다.

"괜찮아. 난 지금 하느님과 같이 취해가고 있다구!"

그러면서 양손의 가운뎃손가락을 번쩍 치켜들고는 씨익 웃었다.

전철역에서 내린 그들은 택시에 올라탔다.

"삼익 아파트요."

승훈이 목적지를 말하자 코트니가 어설픈 발음으로 따라했다. 그는 승훈이 우리말로 뭔가를 말하면 항상 그대로 따라하는 습관이 있었다.

"김, 우리 오늘 계획이 뭐라고 했지? 다시 한 번 얘기해봐."

"일단 우리 집에 가서 저녁을 먹는다. 그리고 짐을 내려놓고 옷을 갈아입은 다음, 내 단골 바에 가지. 아주 근사한 음악이 기다리고 있어. 거기서 끝장을 내자고. 어때?"

"쿨."

집에 도착했다. 승훈의 엄마는 이미 요리를 해놓고 기다리고 있었다. 승훈은 코트니를 데리고 거실로 들어서면서 인사를 시켜주었다.

"인사해요, 엄마. 이쪽은 코트니, 코트니 이쪽은 우리 엄마."

"왔구나. 반가워요, 미군 친구!"

"안녕하세요?"

코트니는 꽤 정확한 우리말로 말했다.

엄마는 정성껏 준비한 음식을 선보였다. 메인 요리는 오징어 튀김이었다. 승훈은 당황해서 할 말을 잊었다. 코트니는 오징어 튀김을 처음 보는지 의아한 표정으로 물었다.

"처음 보는 음식인데? 이게 뭐지?"

코트니가 오징어 튀김을 손으로 가리키며 물었다. 승훈은 한국에서만 나는 생선이라고 둘러대야지 생각하고 있었다. 그때 엄마가 입을 열었다. 아들의 미군 친구가 온다고 미리 준비해놓은 영어 멘트였다.

"코트니. 디스 이즈 스퀴드(오징어)."

저녁을 먹은 승훈과 코트니는 신사동의 리퀘스트 바 〈U2〉로 향했다. 사장 아저씨가 단골인 승훈을 반갑게 맞아주었다. 둘은 테이블이 아닌 바에 자리를 잡았다. 승훈이 코트니를 돌아보며 물었다.

"듣고 싶은 노래 없어?

"니가 좋아한다면 뭐든지. 니 맘대로 하라구. 미스터 디제이."

코트니는 반달 모양의 바에 나란히 앉아 편안하게 몸을 뻗고는 맥주를 들이켰다. 더없이 행복한 표정이었다. 승훈이 노래를 신청했다.

AC/DC의 〈You Shook Me All Night Long〉이 퍼져나왔다. 승훈과 코트니는 박자에 맞춰 머리를 흔들며 코러스 파트를 신나게 따라 불렀다. 빠른 속도로 맥주병들을 비웠다. 로큰롤을 몇 곡 더 들은 후에 코트니는 펄 잼의 노래를 신청했다. 얼라이브.

노래가 흐르고 둘은 또 술을 마셨다. 승훈은 문득 코트니를 돌아보았다. 방금 전까지 히죽히죽 웃고 있던 코트니의 얼굴이 어느새 굳었다.

"이봐 친구. 갑자기 왜 그래?"

"빌어먹을. 고향 생각이 나. 매일 밤 찾던 술집, 같이 어울리던 친구들, 익숙한 풍경들, 익숙한 냄새들."

코트니는 딴 지 얼마 안 되는 맥주병을 비우고 말했다.

"길을 잃어버렸어."

그는 몽롱한 시선으로 허공을 응시했다. 그리고 한 손을 뻗어보았다.

"뭔가를 잡고 싶은데 아무것도 잡을 수가 없어. 짙은 안개가 날 감싸고 있는 느낌이야. 꼼짝도 못하겠어. 엿 같은 기분이지. 취하지 않고는 못 견뎌내겠어. 넌 이해 못 해."

"이해할 수 있어."

코트니는 쓸쓸하게 웃으며 고개를 가로저었다.

"이봐, 여피 친구. 넌 이해할 수 없어. 그런 막막함을 느끼기엔 넌 너무 많이 가지고 있다고. 넌 가족도 있고, 대학졸업장도 딸 거고, 좋은 직장도 잡겠지. 나에겐 그런 분명한 것들이 없어. 꼭 담배 연기 같아. 절대 잡히지 않아. 그냥 뿌옇기만 해. 언제나."

대화가 잠시 끊기고 에디 베더의 목소리가 침묵의 틈을 메웠다. 코트니가 빙긋 웃으며 말했다.

"아까 오징어 요리, 정말 맛있었어."

"오징어는 못 먹는다고 하더니 나보다도 더 많이 먹던걸?"

"그렇게 요리를 잘하는 엄마를 만나다니, 넌 정말 복도 많은 놈이야."

코트니는 새로 딴 맥주병을 쭉 들이켰다. 승훈은 잠시 생각하다가 말을 꺼냈다.

"요리를 잘하는 여자와 결혼해. 그럼 되잖아."

코트니는 피식 웃으며 담배를 꺼내 물었다. 다시 맥주병으로 향하는 코트니의 손목을 승훈이 잡았다. 승훈은 취기를 억누르는 음성으로 천천히 말했다.

"이봐, 친구. 넌 꼭 요리 잘하는 여자와 결혼할 거야."

코트니가 입을 열었다.

"고향에 있을 때는 모든 사람들이 비슷한 길을 갔지. 떠밀리듯 말이야. 나도 그들 틈에 묻혀 있었고. 내가 결정할 거라고는 TV 채널뿐이었어. 고등학교를 다니면서 마리화나와 친해졌지. 여자와 맥주, 마약, 로큰롤이 내 생활의 전부였어. 학교를 졸업하고 공부를 더 하고 싶은 놈들, 뭔가 나중에 하겠다는 몇몇 놈들은 대학으로 빠졌어. 나를 비롯해서 대부분 나머지 친구들은 고향에 남았어. 부모들이 하던 한심한 일을 이어받을 운명이었지. 난 달라지기 위해서 떠났어. 달라지고 싶어서 이곳으로 왔다고."

코트니는 맥주로 목을 축이고 말을 계속했다.

"하지만 모르겠어. 이 먼 곳까지 왔지만 도대체 달라진 게 뭘까? 여전히 내가 선택할 수 있는 건 고작해야 어느 바에서 취하느냐 정도뿐이지. 뭔가 아주 지독한 녀석이 내 목덜미에 꽉 붙어 있는 것 같아. 제기랄!"

이야기가 끝나자 코트니는 다시 맥주병을 비워냈다. 후우, 길게 숨을 내쉬고는 술기운에 고개를 세차게 흔들었다. 승훈이 말을 꺼냈다.

"나도 어릴 때는 시골에 살다가 서울로 이사를 왔어. 너한테 꼭 들려주고 싶은 비밀이 있는데, 아직은 때가 아냐."

"지금 털어놔."

"아직 내가 마음의 준비가 안 됐어."

승훈은 맥주를 한 모금 들이켰다. 눈을 감고 담배 연기를 길게 내뿜었다. 코트니가 물었다.

"그럼 내가 옛날 얘기를 하나 해줄까?"

승훈은 고개를 끄덕였다. 코트니가 말했다.

"기억나니? 내가 미국에서 처음 캠프 험프리로 왔을 때. 니가 방 안에서 듣고 있던 노래."

"펄 잼의 〈라스트 키스〉."

"그래. 좀 신청해줄래?"

승훈은 코트니를 위해 펄 잼의 〈라스트 키스〉를 신청해주었다.

"내가 그랬지? 내가 제일 좋아하는 그룹인 펄 잼의 노래 중에서도 제일 아끼는 노래라고. 사연이 있어서 그래. 노랫말과 내가 겪은 일이 놀랄 만큼 비슷해. 결정적으로 고향을 떠나오게 된 계기가 되었던 그날."

코트니는 어느 때보다 차분하게 이야기했다.

열아홉 살 생일이었다. 그는 양아버지의 차를 몰래 훔쳐 타고 나왔다. 여자친구와 드라이브를 즐겼다. 그의 여자친구는 역시 같은 마을에서 태어나 자란 친구였다. 누가 먼저 사귀자고 제안할 필요도 없이 자연스럽게 연인으로 맺어진 사이. 어머니가 프랑스 여자였던 그녀의 이름은 미셸. 코트니는 순정을 다해 미셸를 사랑했다. 미셸도 마찬가지로 코트니를 사랑했다.

햇빛도 좋고 바람도 적당했다. 드라이브를 하기엔 최고의 날씨였다. 행복했다.

시 외곽으로 나가는 도로를 달리는 중에 미셸이 불편한 이야기를 꺼냈다. 최근 들어 심해진 코트니의 마약 중독 때문이었다. 코트니는 듣기 싫었다. 완벽한 기분을 망치기도 싫었다.

"미셸. 그만해. 오늘은 나의 열아홉 번째 생일이야. 우리 양아버지나 할 법한 설교는 집어치우라고."

"너를 사랑해. 오래오래 건강한 너를 사랑하고 싶어."

"너의 잔소리 때문에 병들겠는데?"

"제발 부탁이야. 요즘 넌 자제력을 잃었어."

"마리화나가 아니라면 누가 나를 달래주겠어? 이 엿 같은 마을에 사는 낙이라고는 그것밖에 없는데."

"내가 있잖아?"

"그만하라고."

"싫어. 나는 니가 약을 완전히 끊을 때까지 듣기 싫어도 계속 설교할 거야."

"오늘만은 안 돼!"

"코트니. 약속해줘."

"닥치라고 했지?"

"이런 식으로 문제를 회피한다고 해결되지 않아!"

"듣기 싫단 말이야!"

코트니는 최고에서 최악으로 추락하는 기분에 소리를 버럭 질렀다. 그리고 미셸을 보며 저주의 말을 퍼부었다.

쾅.

승훈은 코트니의 고백과 에디 베더의 노랫말이 겹쳐 들렸다.

"그날의 소리를 잊지 못할 거야. 타이어가 내지르는 비명. 유리가 깨지는 소리. 내가 마지막으로 들었던, 고통스러운 비명."

그리고 잠시 기억이 끊겼다. 정신을 차렸을 때 코트니는 차가 엉망으로 구겨져 있음을 알았다.

"내가 눈을 떴을 때 사람들이 둘러싸고 있었지. 따뜻한 액체가 눈으로 흘러들었어. 눈물인지 핏물인지 알 수 없었어. 나는 그녀를 돌아보았어. 구겨진 차에 몸이 끼어 있는 그녀가 말했지. 안아줘요, 내 사랑. 잠시만이라도. 그녀를 꼭 안아주었지만 그녀는 가버렸어. 그날 나는 모두 잃었어. 나의 사랑. 나의 삶."

덤덤하면서도 진실의 힘이 느껴지는 목소리를 가진 에디 베더가 노래했다.

— 오, 하느님 그녀는 어디로 갔습니까? 하느님이 그녀를 데리고 가버렸네. 나는 이제 착하게 살아야겠어. 그래야 죽고 나서라도 그녀를 만날 수 있을 테니까.

코트니는 울고 있었다. 승훈은 조용히 코트니의 손을 잡아주었다. 스물한 살의 미국 청년은 다시 보지 못할 옛사랑을 추억하며 소리 내어 울었다. 먼 이국의 땅에서.

"미안해, 미셸. 미안해."

코트니는 눈물을 닦아내며 되뇌었다. 승훈은 친형처럼 코트니의 등을 감싸주었다. 그리고 귀에 속삭였다.

"넌 분명히 먼 훗날에 미셸을 다시 만날 거야. 넌 착한 녀석이니까. 내가 하느님에게 보증을 서줄게."

귀대

정태가 돌아왔다.

끝날 것 같지 않던 긴 겨울이 뒷모습을 보이던 2월 중순의 어느 날이었다. 정태는 예전보다 마른 몸으로, 하지만 눈빛은 두 배로 더 또렷해진 얼굴로 막사에 돌아왔다. 어떻게 표현해야 할까? 혹독한 훈련에서 살아남은 특수부대원? 아무튼 다른 중대원들은 정태에게서 범상치 않은 기운을 분명히 느꼈다.

정태는 일과시간이 지난 뒤 CQ 프리엘 일병으로부터 호출을 받았다.

"헤이, 박. 중대장이 널 좀 만나야겠대."

평상복으로 갈아입고 방에서 쉬고 있던 정태는 트레이닝복 바지에 하얀 티셔츠 차림으로 중대장실에 들어갔다.

단정하게 군복을 다려 입은 중대장 제니가 정태를 맞이했다. 정태는 열중쉬어 자세로 제니 앞에 섰다.

"편하게 앉아."

"예스, 맴."

책상에 앉아 정태의 신상기록부를 보고 있던 제니는 갈색 가죽 소파로 그를 안내했다. 제니도 마주보고 앉았다.

"많이 힘들었지?"

"괜찮습니다."

"나도 놀랐어. 그 정도로 한 달씩 철창 신세를 지다니. 좀 가혹하다 싶었어."

"규정이니까요."

"그래, 규정이니까."

정태는 민성에게 들어서 알고 있었다. 마르끼즈와의 싸움 때문에 한국군 징계위원회가 열릴 때, 제니는 몇 번이나 한국군 지원단을 찾아가 처벌을 완화시켜 달라고 부탁했다.

"나랑 둘이서 얘기하는 건 처음이지?"

"네."

"민성하고 친하지?"

"네. 훈련소 동기입니다."

"그래. 들었을지도 모르지만, 난 민성이랑 같이 서울에 자주 가봤어."

"알고 있습니다."

"편하게 얘기해. 중대장으로서가 아니라 친구처럼 이야기를 나눌 수 있었으면 좋겠어."

"네."

정태의 굳은 표정은 변하지 않았다. 딱딱한 말투도. 제니는 정태의 얼굴을 살피다가 조심스럽게 물었다.

"부대에 특별히 불만스러운 일은 없어?"

"없습니다."

"그래?"

제니는 밝은 미소를 잃지 않았지만 둘 사이에 감도는 침묵은 명백히 불편하고 어색했다.

"지아이들과는 어때?"

"무슨 말씀이신지요?"

"단도직입적으로 말할게. 마르끼즈 상병하고 싸운 일 때문에 많이 신경이 쓰여. 잘 지낼 수 있을 것 같아? 어떤 중대원들 말로는 박 상병이 지아이들에 대해 좋지 않은 감정을 갖고 있다던데. 너의 말을 직접 듣고 싶었어. 정말 그런가?"

정태는 머뭇거리지 않고 말했다.

"맞습니다."

정태의 대답에 제니는 할 말을 잃었다. 그녀는 흠, 길게 숨을 내쉬고 물었다.

"어째서지?"

"논리적으로도 싫고, 감정적으로도 싫습니다."

"설명해줄래?"

"미군은 불평등하게 우리 땅에서 지배자의 위치로 행동하고 있습니다. 국가 대 국가로 협정을 맺었다는 점을 감안하더라도, 인도주의적인 차원에서 미군은 일방적이고 우월한 태도로 한국과 한국인을 대합니다. 범죄를 저지르고도 합당한 처벌을 받지 않는 점만 봐도 알 수 있습니다. 그래요. 소파(한미상호협정) 규정이 있지요. 당신들이 좋아하는 규정에 부합하다고 모두 선일까요? 제 말에 동의하지 못하신다면 저를 설득해보십시오."

제니는 눈을 지그시 감고 생각했다.

"나는 이렇게 생각해. 한국 사람들 중에서도 나쁜 사람들이 있고 범죄자가 있지. 마찬가지야. 미군들 중에서도 착한 사람도 있고 나쁜 놈들도 있어. 그래. 개중에는 범죄자, 살인자도 있어. 소파 규정이 불평등하다는 점은 나도 인정해. 그러나 이 땅에서 미군 전체가 수행한 평화 유지의 역할을 생각해본다면 어떨까? 6.25 전쟁 이후 미군이 주둔하지 않았다면 한국이 지금처럼 발전할 수 있었을까? 북한의 위협에 안심하면서 경제 성장에만 집중하기 어려웠겠지."

"저도 바보가 아닙니다. 압니다. 인정합니다. 당신들의 역할을 인정합니다. 그렇다 해도 여전히 악행은 악행이고 불평등은 불평등입니다. 저는 대한민국의 국민으로서 미군들의 악행과 우월적 태도에 분노하는 겁니다."

긴 침묵이 흘렀다. 정태가 불쑥 물었다.

"중대장님. 중대장으로서, 제가 이 중대에 있어 불편하십니까?"

"왜 그런 질문을 하지?"

"중대장이 원한다면, 한국군 지원단에 저를 다른 부대로 전출해달라고 요구할 수 있다고 알고 있습니다."

"다른 부대로 가고 싶어?"

정태는 잠시 멈췄다가 대답했다.

"아뇨. 전 이곳이 좋습니다."

"나도 내 병사를 잃긴 싫어. 가능하면 한 명도 빠짐없이, 내가 있는 동안에 잘 지냈으면 좋겠어."

"노력하겠습니다."

"노력 가지고는 안 돼. 여긴 군대야. 너도 그렇고 미군 병사들도 그렇고, 많이 참아내면서 이곳에 머물러 있지. 그렇게 어렵게 유지되는 평화를 깨뜨리지 말아줬으면 좋겠다. 난 박 상병이 앞으로 별탈 없이 군 생활을 하고 제대를 할 수 있기를 원해. 너 자신을 위해서, 그리고 우리 부대와 미 육군을 위해서. 잘 할 수 있겠지?"

"알겠습니다."

둘의 숨소리, 그리고 제니의 손가락이 규칙적으로 테이블을 두드리는 소리가 직사각형의 중대장실 안을 불안정하게 떠돌았다. 서로 마주보지 못하고 이리저리 움직이던 둘의 시선이 마주쳤다. 제니가 피식 웃었고 정태도 미소를 지었다.

"많이 야위었구나."

"캠프 험프리스의 매스홀을 욕했는데 영창에서 먹는 밥에 비하면 특급요리더군요."

"그런 깨달음을 얻다니, 전부 나쁘진 않았군."

"영창, 두 번 갈 곳이 못 되더군요."

"그래. 다신 가지 마. 돌아와서 반가워."

제니는 자리에서 일어섰다. 정태도 자리에서 일어섰다. 제니가 손을 내밀었고 정태는 가볍게 악수를 했다. 제니가 한결 밝아진 목소리로 말했다.

"내일 포메이션 때 보자."

"예스, 맴."

정태는 절도 있는 걸음걸이로 중대장실을 빠져나갔다.

제니는 정태가 사라질 때까지 가만히 서 있다가 긴 한숨을 내쉬며 창가로 다가갔다. 노을에서 흘러나온 빛이 그녀의 금발머리를 물들일 때까지 창가에 서 있었다.

처음이야

봄이 왔다.

IMF라는 암흑 터널은 계속되었지만 계절만큼은 밝고 화사하게 색을 갈아입었다. 캠프 험프리스의 잔디와 조경은 다른 미군기지에 비해서도 매우 훌륭한 편이었다. 잔디 깎기는 기지 내 사병들의 주요한 사역 중 하나였다.

정태는 가끔 혜주를 찾아갔다. 마음으로야 매일 그녀를 만나도 모자랐다. 그리움을 누르고 또 누르다 혜주를 찾았다.

잠시 고시공부의 속도를 늦추고 주말 과외를 시작했다. 그 돈으로 핸드폰 두 대를 마련했다. 둘 다 자기 이름으로 개통시켰고 한 대를 혜주에게 주었다. 011, 016, 017, 018, 019. 핸드폰과 PCS가 섞여 나오던 때였다. 영상 통화도 문자 메시지 서비스도 없던 시절, 그들은 만나지 못하는 날에는 짧게라도 꼭 통화를 했다.

주로 클럽 파라다이스와 그 앞의 골목에서 데이트가 이루어졌다. 혜주를 봐서 행복했고 또 혜주를 봐서 불행했다.

내가 사랑하는 여자는 몸을 판다.

남자로서 그보다 더한 치욕이 있을까? 여자로서 몸 파는 일보다 더한 천한 일이 없으니 그런 여자를 사랑하는 남자도 그에 상응하는 고통을 받아야 했다. 전내(前代)에서 내려온 불가항력적인 운명이 혜주를 내몰았다고, 혜주의 죄가 아니라고 항변하려고 해도 가끔은 또 다른 자아가 비웃었다.

어쨌든 매춘은 매춘이잖아? 돈만 내면 아무 남자에게나 다리를 벌리는 여자라고. 그런 가치 없는 여자를 사랑해?

혜주가 가련하면서도 수치스러웠다. 어린 시절 엄마의 과거를 알게 되었을 때 심정과도 비슷했다.

정태는 조금만 방심하면 들불처럼 번지는 절망감을 초인적인 인내심으로 억눌렀다. 아마도 한 뼘이라도 의지가 모자랐더라면 정태는 참아내지 못하고 혜주를 버렸을 테다.

정태도 알았다. 혜주가 기지촌을 빠져나가려면 여러 가지가 필요하다. 먼저 돈이 필요했다. 혜주는 워낙 그런 대화를 싫어했고 정확히 대답해주지도 않았다. 그의 추측으로는 천만 원은 넘는 돈이 몸값으로 묶여 있는 듯했다. 기지촌을 떠난다 해도 당장 갈 곳이 없었다. 그녀의 엄마가 그랬듯 그녀도 천애 고아였으니까.

해답은 하나였다.

내가 강해져야 해.

돈도 필요했고 혜주가 기지촌 밖의 삶을 시작하도록 준비도 해야 했다. 그러나 제대하기 전에는 뾰족한 방법이 없었다. 정태 또한 집안이 넉넉하지 않았다. 어디서 훔치지 않는 이상 그녀의 몸값을 마련할 길이 없었다. 매일 매일 마음이 급하고 불안했다.

그런 면에서 혜주에게 단골손님 로드리게즈가 있다는 점이 다행스럽기도 있었다. 최악과 차악, 그중에서 차악이라고 하겠다. 여러 남자보다는 한 남자와 주로 관계를 맺는 편이 조금은 더 마음 편했으니까. 게다가 그는 안정적인 수입원이기도 했다.

"나도 평생 여기서 이러고 싶겠어요? 어쨌든 지금은 돈을 모아야 하잖아요. 아직은 모아 놓은 돈이 많지 않아요. 얼른 돈을 모아야 이곳을 뜨든지 말지 하죠."

혜주의 말은 틀리지 않았다. 정태는 그럴 때마다 자신의 무능함을 탓할 뿐이었다.

다만 몇 번 목격한 적이 있었던 로드리게즈의 폭력적인 성향은 걱정이었다. 일어나지 않은 무서운 미래에 대한 두려움이랄까. 정태는 문득 놈의 얼굴이 보고 싶었다.

봄을 맞아 클럽 파라다이스가 대대적인 실내 공사에 들어갔다. 5년 만이었다. 덕분에 종업원들은 3일간 쉬게 되었다. 부대 창립 기념일이 겹쳐서 정태도 그중 하루가 휴가였다. 그 기회를 놓칠 수 없었다.

정태는 전날 밤 혜주의 방을 찾으려고 했다. 일과를 마치고 혜주에게 전화를 걸었는데 원치 않는 대답을 들었다.

"오빠, 미안해요. 로드리게즈가 오기로 했어요."

자주 있는 일이었다. 이번에는 계획이 무산되는 기분까지 겹쳐 마음이 잔뜩 구겨졌다. 오랜만에 혜주의 방에서 같이 자고 다음날 일찍 데이트를 하려고 했는데. 혜주가 달래는 목소리로 말했다.

"내일 낮에 부대로 돌아간다고 하니까 우리 낮에 만나요."

"그래 그럼. 내일 전화해줘."

그렇게 통화를 마무리했지만 마음은 무거웠다. 겨우 1박이었는데도 서울이 집인 카투사들은 일과를 마치기가 무섭게 캠프를 떠났다. 집이 먼 카투사들은 부대에 남았다. 정태도 방에서 공부를 하려고 했다.

책을 펴긴 했는데 자꾸만 불편한 영상이 책장 위로 어른거렸다. 얼굴도 생김새도 모르는 로드리게즈가 혜주를 탐하는 장면이었다. 만족스러운 표정으로 혜주를 유린하는 놈의 실루엣이 점점 선명하게 보였다. 현기증이 났다. 물을 마셔도 입이 말랐다.

결국 정태는 책을 덮고 일어섰다. 옷을 챙겨 입고 캠프를 나섰다. 홀린 사람처럼 혜주의 집으로 향했다. 혜주의 방은 불이 꺼져 있었다.

아직 둘이 밖에서 술을 마시고 있으려나? 저 방에, 내가 누웠던 그 침대에서 섹스를 하고 있으려나?

혜주의 방으로 이어진 계단이 눈에 들어왔다.

한번 올라가볼까? 문에 귀를 대면 소리가 들릴지도 몰라.

정태는 감당할 자신이 없었다. 혹시라도 들릴 무서운 소리들을. 상상이 아무리 괴로워도 직접 겪는 고통이 더 클 테니까.

마음이 갈기갈기 찢어졌다. 보이지 않는 피가 철철 흘렀다. 정태는 시멘트 벽을 손바닥으로 픽픽 치면서 아픔을 달랬다. 결국 다시 부대로 돌아왔다.

고통스러운 밤이 지나고 늦은 새벽에 겨우 잠이 들었다.

다음날 점심시간이 되어서야 일어났다. 매스홀에서 점심을 먹고 방에 들어오는데 주머니 속의 핸드폰이 울렸다. 혜주였다. 혜주는 들뜬 목소리로 말했다.

"오빠 언제 만날 수 있어요? 저는 바로 나가도 되요."

로드리게즈가 지금 막 나간 모양이구나?

정태는 괴로운 생각을 누르고 말했다.

"금방 갈게."

정태는 바로 포스트런을 타고 캠프를 나갔다. 혜주가 캠프 입구까지 나와 기다리고 있었다.

"오빠!"

혜주는 어쩔 줄 모르게 좋아하는 얼굴로 정태의 손을 잡았다. 보통 때의 옷차림과 달랐다. 클럽에 어울리는 야한 원피스 대신, 청바지에 노란색 후드 티셔츠를 입고 화장을 지운 모습이었다. 대학생, 아니 평범한 여고생처럼 발랄하게 보였다.

그런 식이었다. 혜주를 만나기 전 이중적이고 괴롭던 마음은 막상 그녀를 만나면 사라졌다. 혜주의 웃는 눈을 보면, 반가움을 감추지 못하는 명랑한 목소리를 들으면, 둘 사이를 가로막고 있는 막막한 장애물들이 착시 현상처럼 보이지 않았다. 그냥 함께여서 행복했다.

"오빠. 나 소원이 있는데."

"뭔데?"

"놀이동산 가보고 싶어요."

"놀이동산?"

"에버랜드요. 중학교 수학여행 때 마지막으로 가보고 못 가봤어요. 늘 가보고 싶었는데. 이런 기회가 또 어디 있겠어요?"

정태도 혜주의 계획에 동참했다. 평택에서 용인은 그리 멀지 않았다. 수원역에서 에버랜드까지 한번에 가는 버스가 있었다. 나란히 버스에 앉아 창밖을 보면서 혜주는 정태 옆에 찰싹 붙어 있었다.

기막히게 따스한 봄날이었다. 버스의 창으로 생명력을 한껏 머금은 햇살이 비쳤다.

이상했다. 마치 평범한 또래 여학생과 놀러가는 기분이었다. 정태는 기대하지 않았던 행복감에 할 말을 잊었다. 그저 혜주를 꼭 끌어안았다. 이대로라면 몇 시간을 더 달려도 상관없었다.

에버랜드는 한산했다. 그들에게는 쉬는 날이었지만 일반인들에게는 평범한 월요일 오후였다.

"최고다! 줄을 안 서도 다 탈 수 있잖아요. 수학여행 왔을 때는 한 시간씩 줄 섰던 기억밖에는 없어요. 고마워요, 오빠!"

혜주는 정태의 팔짱을 낀 채 신이 나서 돌아다녔다. 정태도 어릴 때 학교에서 단체로 몇 번 와봤던 경험을 빼면 놀이동산은 처음이었다. 혜주가 이끄는 대로 놀이기구를 탔다. 롤러코스터 안에서도 혜주는 정태의 손을 놓지 않았다. 바이킹을 탈 때도 혜주는 정태 옆에서 떨어지지 않았다. 열 개는 족히 넘는 놀이기구를 타면서 참 많이도 웃고 떠들었다.

혜주는 순간순간이 아쉬운 듯 바쁘게 움직였다.

"오빠, 이거 타요. 오빠, 저것도 타요."

"와, 진짜 무섭겠다. 완전 재밌겠다."

혜주의 눈에서 생기가 흘러넘쳤다. 그런 모습을 보는 정태의 눈에는 사랑이 흘러넘쳤다. 이대로 영원히 시간이 멈춰버리기를 기도했다. 그렇다면, 이 인공의 세계에 평생 살아도 좋다고 생각했다.

길쭉한 추로스 과자를 손에 들고 돌아다니기도 했다. 스티커 사진도 찍었다. 둘의 모습을 합성해 미래에 태어날 아기 사진도 뽑아보았다.

"세상에 이렇게 예쁜 공주님 봤어요?"

혜주가 탄성을 질렀다. 아기 스티커 사진은 두 장이 나왔고 둘은 한 장씩 나눠가졌다. 불행히도 시간은 멈추지 않았다. 저녁이 되었고, 그들은 돌아가야 했다. 혜주는 자꾸만 뒤를 돌아보았다. 다시 못 볼 모습이라도 되는 것처럼 아쉽게. 출구가 얼마 남지 않은 길에서 혜주가 걸음을 멈췄다. 정태도 따라 섰다.

"왜?"

"왜냐하면요."

그러면서 혜주는 정태의 머리를 끌어잡고 입을 맞췄다. 입술이 열리고 혜주의 부드러운 혀가 밀려들어왔다.

찬란한 빛이 쏟아져 들어왔다. 축복의 종소리가 들렸다. 한 남자의 첫키스였다. 입맞춤은 길었다. 촉촉하고 매끄러웠다. 그리고 봄날 온기처럼 따스했다.

입을 떼고 나서도 정태는 한참 동안 말을 하지 못했다. 정태는 보았다. 혜주의 눈에 어린 감격을. 혜주의 입술은 아직도 입맞춤 중인 양 떨리고 있었다. 혜주가 겨우 말했다.

"첫 키스를 캠프 근처에서 하긴 싫었어요."

정태는 혜주를 안았다. 그리고 귀에 속삭였다.

"고마워."

무엇이 고마운지 정확히 말하라면 어려웠다. 그래도 정태가 표현하고 싶었던 솔직한 심정은 고마움이었다.

그들은 수원역에서 평택으로 향하는 버스 뒷자리에서 최악의 승객이 되기를 자처했다. 잠시도 쉬지 않고 입을 맞췄다. 다행히 승객이 적어 근처에 사람이 없었기 망정이지 쫓겨나도 할 말이 없는 행동이었다. 숨이 가쁘고 맥박이 요동쳤다. 입술은 입술을 원하고 눈은 눈을 원했다. 서로를 탐욕스럽게 가지려고 했다. 가득 차 있던 물이 터진 둑을 넘어 쏟아지듯 그들은 멈출 줄을 몰랐다.

평택역에 돌아왔을 때는 9시가 다 되어 있었다. 체력에 자신이 있는 정태조차도 몸이 노곤했다. 그런데도 혜주는 힘이 남아도는 표정으로 생글생글 미소 지었다.

"안 피곤해?"

"오빠님은 나보다 3년 더 늙어서 피곤한가보다."

"나는 피곤하기도 한데 배도 고프다. 배고프지 않아?"

"엄청요. 뭐 먹고 들어가요."

정태는 망설이다가 제안했다.

"니 방에 처음 갔던 때처럼 방에서 라면 먹을까?"

둘의 시선이 마주쳤다. 혜주가 말했다.

"좋아요."

함께 손을 잡고 골목을 걸었다. 둘은 말이 없었다. 걸음을 멈추지도, 입을 맞추지도 않았다. 그렇게 방에 들어가서 라면을 삶아 먹었다. 그릇을 치우고 나란히 침대에 앉았다.

누구도 쉽게 먼저 말을 꺼내지 못했다. 정태는 놀이공원의 회전목마처럼 생각이 핑핑 도는 착각에 빠졌다.

원하는 게 뭐야?

스스로 물어도 대답은 없었다. 혜주는 정태의 처분을 기다리는 양 가만히 앉아 있었다. 너무 오랜 시간이 흘렀다. 마침내 혜주가 물었다.

"저를 원하면서도 원하지 않나요?"

정태는 대답하지 않았다.

"제가⋯."

잠시 말을 끊었던 혜주가 어렵게 말을 이었다.

"더럽다고 생각하죠? 그래서 차마⋯."

정태는 섣부르게 말하고 행동한 뒤에 후회하기 싫었다. 생각하고 또 생각한 다음 입을 열었다.

"지금부터 내가 하는 행동을 오해하지 않았으면 좋겠어."

혜주가 무슨 뜻인지 모르겠다는 표정으로 정태를 보았다.

"그리고 내 행동에 따라 와줬으면 해. 그럴 수 있지?"

마법에 걸린 소녀처럼, 혜주는 고개를 끄덕였다.

정태는 침대에서 일어나 혜주 앞에 무릎을 꿇었다. 혜주의 청바지를 벗겼다. 후드 티도 속옷도 벗겼다. 혜주는 눈을 감고 정태의 손을 허락했다. 정태는 알몸이 된 혜주를 침대에 편안하게 눕혔다. 혜주의 다리를 벌리고 그 사이에 엎드렸다. 혜주는 당황한 기색이 역력했다.

"오빠."

혜주의 목소리가 떨렸다.

"일종의 의식이라고 생각해줘. 내 진심을 보여주는 의식. 나는 너를 원해. 그리고 너를 더럽다고 생각하지도 않아."

정태는 혜주의 다리 사이에 핀 꽃에 입을 맞췄다. 욕망을 드러내는 음탕한 혀 놀림이 아니었다. 충실한 사랑이 담긴 부드러운 키스였다. 혜주가 부르르 몸을 떨었다.

"백 번 천 번도 더 입 맞출 수 있어."

정태는 떨리는 목소리로 말했다.

"이 방에서 벗어나는 날, 아픈 기억이 없는 공간에서 너를 가질게."

누워 있는 혜주의 눈에 눈물이 고였다. 정태는 다시 혜주의 아래에 긴 입맞춤을 했다.

"사랑해."

이제 정태의 목소리는 떨리지 않았다. 분명하고 확신에 찬 음성으로 말했다.

"구혜주도 아이린도 모두 사랑해."

파티의 추억

완연한 봄이 찾아온 어느 날이었다. 중대 사정으로 다음날 아침 포메이션이 두 시간이나 늦은 아침 8시 반으로 미뤄졌다는 기쁜 소식이 전해졌다. 지아이들은 여유로운 기분으로 이른 저녁부터 파티를 벌였다.

딕켄 중사와 에스코바 중사의 주도로 중대 건물 앞에서 바비큐 파티가 열렸다. 드럼통을 잘라 만든 구이통 위에 석쇠를 얹고 큼직하게 잘린 고기와 소시지들을 구워 먹었다. 맥주와 함께하는 바비큐는 노을이 내려앉는 저녁의 분위기를 한껏 고조시켜주었다.

"탱탱하게 부푼 소시지 더 먹을 사람!"

서빙을 맡은 프리엘과 피터스는 고기가 구워지는 대로 중대원들에게 공급했다. 넉넉하게 준비했는데도 음식과 술이 금방 바닥났다.

바비큐 파티를 1차로 끝낸 중대원들은 죽이 맞는 이들끼리 무리지어 방에서 파티를 벌였다. 코트니와 승훈, 그리고 여군인 포레와 캐리까지, 네 명이 포레의 방에서 술을 마셨다. 마침 다음날이 포레의 생일이라 생일 축하를 겸한 자리였다.

넷은 잔뜩 취한 목소리로 생일 축하 노래를 불러주었다. 포레는 감격해하며 한 명씩 깊이 포옹했다. 승훈은 E컵을 자랑하는 그녀의 큰 가슴이 압박하는 기분이 썩 괜찮다고 생각했다.

힙합 마니아 캐리가 음악을 틀었다. 투팍의 〈캘리포니아 러브〉. 그루브감 충만한 노래에 다들 몸을 흔들며 술을 마셨다. 그러다가 술에 취한 코트니가 발이 꼬여 윌라커에 부딪히며 넘어졌다. 그 바람에 윌라커 위에 놓여 있던 뭔가가 바닥에 툭 떨어졌다. 다들 경악했다. 설마….

"뱀이다!"

팔뚝만 한 길이의 녹색 뱀이 바닥을 기어다녔다. 자세히 보니 바이브레이터였다. 형광색의 고무 재질로 둘러싸여 있었는데 바닥에 떨어지면서 전원이 켜진 모양이었다. 바이브레이터는 살아 있는 뱀처럼 꿈틀거리며 요동을 쳤다.

초록뱀의 정체를 알아채고는 다들 미친 듯이 웃었다. 포레는 얼굴이 벌겋게 달아올랐다. 같은 여군인 캐리는 바이브레이터를 집어들고 정체불명의 섹시 댄스를 췄다. 포레는 캐리에게서 바이브레이터를 뺏으려고 덤벼들었다. 캐리는 약을 올리며 승훈에게 바이브레이터를 던졌다. 포레가 승훈에게 부탁했다.

"헤이, 빨리 돌려줘!"

"맨입으로 줄 순 없지. 뽀뽀라도 한 번 해주면 모를까."

포레는 서슴지 않고 승훈을 꽉 끌어안고 화끈하게 키스해주었다.

"좋았어!"

승훈은 초록뱀을 엄마에게 돌려보냈다.

"오늘 술 제대로 받는데?"

코트니는 연거푸 몇 잔 위스키 글라스를 비운 후 짜릿한 표정을 지으며 소리쳤다.

승훈과 캐리는 음악에 맞춰 엉덩이를 부비며 춤췄다. 한참 파티가 물이 올랐을 무렵, 누군가 밖에서 노크하는 소리가 들렸다.

"헬로우?"

"제기랄, 뭐야?"

포레가 귀찮다는 듯 문을 벌컥 열었다.

"헤이, 음악 소리가 너무 크지 않아? 좀 쉬려고 하는데 음악 소리 좀 줄여줘."

클락이라는 이름의 뉴욕 출신 백인 병장이 서 있었다. 그는 전입한 지한 달도 되지 않았다. 행동이 어리숙한 탓에 '멍청이'라는 별명으로 중대원들 사이에서 놀림을 받는 터였다. 포레는 어깨를 으쓱 들어보이고는 뒤를 돌아보았다.

"같이 놀자는 얘기 같은데?"

코트니가 들어오라는 고개짓을 했다. 클락은 손을 내저었다.

"이봐, 우린 널 알고 싶어. 같이 어울려보자고."

미모가 뛰어난 캐리가 말했다. 클락은 잠시 고민을 하다가 진지하게 대답했다.

"진심으로 고맙네, 친구들."

클락은 정중한 인사와 함께 방으로 들어왔다. 원래 있던 넷은 계속 파티를 즐겼다. 음악 선택권을 받은 코트니는 힙합에서 록으로 장르를 바꿨다. 커다란 스피커에서 Guns and Roses의 〈You Are Crazy〉라는 노래가 흘러나왔다. 빠른 리듬에 요란한 소리로 질러대는 노래였다. 다 같이 코러스를 따라 불렀다.

"넌 내 인생을 이해 못해. 넌 제대로 미쳤어."

그들은 클럽에 온 것처럼 일어서서 춤을 췄다. 클락은 분위기에 전혀 적응하지 못하고 의자에 앉아 맥주를 홀짝거렸다. 포레는 그런 클락이 못마땅한 표정이었다. 코트니도 승훈의 귀에 대고 불만을 토로했다.

"저 새낀 왜 머저리처럼 분위기를 방해하지?"

"글쎄 말이야. 우리 저 머저리 녀석 좀 놀려줄까?"

"어떻게?"

"일단 좀 먹이자고."

승훈과 코트니는 클락에게 집중공격을 퍼부었다. 작당을 한 지 1시간도 안 되어 클락은 눈에 띄게 몸이 축축 늘어졌다.

"어, 이거 취하는데?"

클락은 고개를 내저으며 위스키 글라스 잔을 내려놓았다. 그런데 클

락을 취하게 하느라 코트니까지 취해버렸다. 침대 앞에 서 있던 코트니
가 갑자기 휘청 하더니 무릎을 꿇었다. 그리고 한 손으로 자기 입을 틀
어막았다. 신나게 술을 마시고 있던 포레가 소리를 질렀다.

"이런 똥 같은 녀석, 꺼져 버려! 승훈! 니 친구 사고치기 전에 빨리 화
장실로 데리고 가. 내 방에서 토를 했다간 그대로 다시 먹게 할 테니까."

"쌍!"

승훈은 한국말로 욕을 하고는 코트니를 부축해 밖으로 나갔다. 복도
는 몹시 혼란스러웠다. 춤을 추고 있는 지아이들도 있었고 갱스터 랩의
묵직한 비트와 찢어지는 로큰롤의 기타 소리가 뒤섞였다. 카투사들의
방에서는 가요가 흘러나왔다.

승훈은 코트니를 부축해서 복도를 지나 계단을 내려갔다. 코트니는
승훈의 귀에 대고 풀린 혀로 중얼거렸다.

"지금 천국으로 가는 계단을 걷고 있나?"

"아니. 화장실로 가는 계단이야."

"승훈. 넌 내가 취할 때마다 이렇게 부축해주는군. 고마워."

"넌 어차피 내일이면 기억도 못 하잖아."

"헤이, 너 그거 알아?"

코트니는 제대로 발음이 안 되는 목소리로 더듬더듬 계속 떠들었다.

"정말 신기한 현상을 발견했어. 술이 깨면 취했을 때의 기억이 안 나
잖아. 그런데 또 취했을 때는 말이야, 멀쩡할 때 기억이 안 나고, 예전에
취한 상태에서 생긴 일들이 기억나. 봐, 니가 예전에 부축해줬던 일을 기

억하잖아."

화장실에 들어가자마자 코트니는 칸막이 안으로 다이빙 하듯 달려 들어갔다. 그리고 변기에 머리를 처박고 토를 하기 시작했다. 소리가 얼마나 컸던지, 승훈은 태어나서 들은 소리 중에 제일 더러운 소리라고 생각했다.

그런데 소리가 그치고 시간이 지나도 코트니가 나오지 않았다. 승훈은 코트니가 있는 칸막이 안을 들여다보았다.

"맙소사!"

변기 옆에 쓰러져 있는 코트니의 팔과 얼굴에 갈색 파편들이 묻어 있었다. 똥이 분명했다.

"이런 빌어먹을 경우가 있나!"

구역질을 겨우 참고 변기 안을 확인했다. 대변과 토가 뒤섞여 엉망이었다. 냄새가 얼마나 역했던지 눈물이 찔끔 났다. 승훈도 옆 칸 변기로 가서 토하려고 했다. 그런데 그 변기 역시 똥덩어리들이 둥둥 떠다녔다.

이건 뭐지? 나도 취했나? 이게 꿈이야 현실이야?

승훈은 다른 칸막이의 변기들도 확인했다. 마찬가지였다. 모두 대변이 그득 차 있었다.

일단 승훈은 코트니를 흔들어 깨웠다. 녀석은 고개를 절래절래 흔들며 일어났다. 승훈이 사태의 심각성을 알렸다.

"야, 인마. 큰일났어. 똥을 뒤집어썼다고."

"어, 내가 어떻게 된 거지?"

"거울 좀 봐."

코트니는 세면대 앞에 섰다. 그는 말 그대로 똥 씹은 표정으로 얼굴이 일그러졌다.

"갓 뎀!"

그리고는 당장 옷을 모두 벗고 샤워실로 뛰어들어갔다. 승훈은 방으로 가서 코트니가 갈아입을 옷을 가져왔다.

"어떤 개자식이 똥을 싸고 안 내린 거야?"

코트니는 샤워를 마치고 나오면서 분노로 몸을 떨었다. 변기들이 모두 대변이 가득했던 이유는 화장실을 나서면서 밝혀졌다. 화장실 문 앞에 A4 용지에 쓴 경고문이 붙어있었다. 너무 작아서 보지 못했던 경고문.

변기 고장.

그리고 그 밑에는 '플로어 서전(복도와 화장실 청소와 관리를 책임지는 하사관) 클락'이라는 이름이 적혀 있었다. 코트니가 주먹으로 문을 쾅쾅 치며 울분을 토했다.

"제기랄! 엿 같은 클락 녀석! 화장실이 똥으로 넘쳐나는데, 손바닥만 한 종이 한 장만 달랑 붙여놓으면 끝이야? 머저리 같은 자식!"

"정말 어이가 없군."

"이대로 돌아가기엔 너무 화가 나는데? 녀석한테 어떻게 복수를 하지?"

코트니는 분이 풀리지 않아 어쩔 줄을 몰랐다. 그때 승훈이 빙긋이 웃으며 말했다.

"좋은 생각이 있어!"

승훈과 코트니가 다시 포레의 방으로 돌아왔다. 브리트니 스피어스의
노래에 맞춰, 포레와 캐리는 레즈비언 커플처럼 서로 등을 붙인 포즈로
춤을 추는 중이었다. 클락은 그 모습을 보며 반쯤 정신이 나간 상태로
소파 위에 앉아 있었다. 빈 맥주병을 축 늘어진 손에 든 채로.

"어이, 어딜 갔다 온 거야? 파티를 즐겨야지."

클락은 잔뜩 혀가 꼬부라진 목소리로 승훈과 코트니에게 말했다.

"안 그래도 파티의 클라이막스를 즐기러 온 참이야."

코트니는 씨익 웃어 보이며 클락 곁으로 다가갔다.

"내가 널 위해 맥주를 더 갖고 왔다고."

코트니는 손에 들고 있던 버드하우스 병을 클락에게 건네주었다. 클
락이 반색했다.

"이런. 친구, 정말 고마워."

코트니는 정색을 하며 말했다.

"고맙긴. 자네같이 책임감 있는 군인에게 합당한 대우지."

"그래, 난 책임감 있는 군인이야. 그런데 오늘은 너무 취했는걸? 자네
가 예뻐 보일 정도니 말이야."

클락은 흐느적거리는 손으로 맥주병을 잡고 길게 한 모금을 들이켰
다. 옆에서 그 광경을 지켜보고 있던 승훈은 웃음을 참느라 죽을 지경이
었다. 한참 맥주를 들이킨 클락은 입에서 병을 떼고 중얼거렸다.

"취하긴 많이 취했군. 맥주에서 오줌 맛이 나다니. 제기랄 그만 마시고 가서 자야겠어."

악마

정태는 주말에도 혜주를 보고 싶었다. 그러나 혜주의 주말은 로드리게즈의 차지였다. 로드리게즈는 일요일 오후에 부대로 돌아갔고 정태는 그때쯤 서울에서 돌아와 혜주를 만났다. 일요일 저녁은 클럽도 일주일 중에 손님이 제일 없는 시간이어서 혜주도 다른 날보다는 비교적 쉽게 시간을 낼 수 있었다.

4월의 마지막 일요일. 정태는 평택역에서 캠프로 오는 시내버스에 있었다. 원래대로라면 혜주의 전화가 와야 할 시간이었는데 전화기가 울리지 않았다.

캠프 앞 정류장에 내렸다. 다시 핸드폰을 확인했다.

무슨 일이 생겼나? 통신에 문제가 있나?

혜주에게 전화를 걸어볼까 생각도 했다. 주말에는 항상 혜주가 전화를 걸었다. 암묵적인 합의라고 해도 좋았다. 정태로서도 혜주가 로드리게즈와 함께 있을 때 전화를 걸고 싶지 않았으니까.

안정리 거리에는 카투사 혼자 있을만한 장소가 마땅치 않았다. 정태는 걸어서 캠프로 들어갔다. 포스트 런 버스를 기다릴까 하다가 계속 걸었다. 봄날 오후의 바람이 싱그러웠다. 이름을 모르는 꽃향기가 묻어 있었다. 천천히 걷다가 어딘가에서 들리는 노랫소리에 걸음을 멈췄다.

— 처음엔 아무것도 없었지. 하지만 꿈이 서서히 빛나면서 두려움은 마음속 깊이 사라졌어.

정태는 소리가 들리는 쪽으로 걸음을 옮겼다. 46수송부대의 막사 건물이었다. 1층 어떤 방에 창문이 열려 있었는데 열린 창을 통해 방에 틀어놓은 음악 소리가 들렸다. 바로 그 노래였다. 혜주가 아이린이라는 이름을 얻은 계기, 〈플래시 댄스 왓 어 필링〉

아이린 카라는 계속 노래했다.

— 나는 음악을 들어. 눈을 감고 리듬을 느껴. 리듬이 내 심장을 감싸는 기분이야.

얼마 전 노래방 데이트가 기억났다. 혜주와 두 번째로 간 노래방이었다. 혜주는 이번에도 현란한 춤과 노래로 정태를 긴장하게 만들었다. 시간이 얼마 남지 않았을 때 정태가 아이린 카라의 노래를 불러달라고 부탁했다. 혜주는 조금 쑥스러워하면서 번호를 눌렀다.

혜주는 노래방 화면도 보지 않고 완벽하게 춤을 추며 어린 시절 소중

한 꿈을 노래했다. 노래가 끝난 뒤 혜주의 눈에는 눈물이 맺혀 있었다. 정태는 오랫동안 박수를 쳐주었다. 그리고 기도했다. 언젠가 혜주의 꿈이 이루어지기를.

남의 부대 막사 앞에서 아이린 카라의 노래를 다 듣고 난 뒤 또 핸드폰을 확인했다. 역시 전화는 없다.

계속 기다릴까? 아님 혜주의 집으로 가볼까? 로드리게즈와 마주치면 어떡하지?

이중적인 감정이었다. 로드리게즈의 얼굴이 궁금하면서도 또 두려웠다. 보통 또래보다 성숙하다고 해도 이제 24살 젊은 남자가 견디기에는 너무 복잡하고 어려운 감정이었다.

결국 호기심은 두려움을 넘어서지 못했다. 정태는 한 시간을 더 걷다가 방으로 돌아왔다.

다음날 사무실에서 혜주의 핸드폰으로 전화를 걸었다. 전화기가 꺼져 있었다. 가슴이 철렁했다. 핸드폰을 사준 후 몇 달 동안 그런 적은 없었는데.

불안으로 괴로워하면서 오후를 보냈다. 일과를 마치자마자 정태는 캠프 밖으로 나갔다. 걱정이 되어 더는 견딜 수가 없었다.

혜주의 방으로 가려고 하다가 클럽 파라다이스로 향했다. 미군 전용 클럽들이 골목을 따라 늘어선 안정리의 골목. 정태는 사람들의 눈에 띄지 않게 골목 모서리에 붙어 서서 '클럽 파라다이스' 입구를 주시했다.

안에 들어가려고 하다가 뭔가 개운치 않은 기분에 머뭇거렸다. 이제 겨우 6시 반이다. 혜주는 보통 7시쯤 클럽에 나왔으니 기다리다보면 혜주를 만나게 될 터였다.

"헤이, 왓스 업!"

"요, 브라더!"

흑인 지아이들 한 무리가 시끄럽게 떠들며 클럽 안으로 몰려 들어갔다. 정태는 손목시계를 확인했다. 저녁 7시. 거의 첫 손님들인 셈이다. 정태는 동상처럼 꼿꼿하게 서서 클럽 입구에서 시선을 떼지 않았다.

저녁 어스름이 깔리기 시작하더니 어느새 하늘은 남빛으로 변했다. 골목은 요란한 네온사인들의 불빛으로 꿈틀거렸다. 시간이 지날수록 그곳을 찾는 지아이들이 늘어나고, 하나둘씩 짝을 이루어 클럽을 빠져나오는 여종업원과 지아이의 모습도 보이기 시작했다. 하지만 혜주는 나타나지 않았다.

저녁 9시. 정태는 다시 전화를 걸어보았다. 아직도 핸드폰은 꺼져 있었다.

정태는 자리를 떴다. 클럽 거리를 지나 낡은 주택들이 다닥다닥 늘어선 골목으로 들어섰다. 혜주의 방이 있는 이층집 앞에 섰다. 혜주의 방은 불이 꺼져 있었다. 정태는 혜주의 방으로 올라가는 계단 앞에서 한참 더 기다렸다. 걱정과 호기심, 그리고 두려움까지, 온갖 불편함에 출렁거리는 정태의 마음은 지옥이었다.

어려운 발걸음을 뗐다. 좁은 계단을 올라 혜주의 방 앞에 이르렀다. 알

루미늄 문의 자물쇠 부분이 심하게 망가져 있음을 보았다.

왜 이러지? 무슨 일이 있었나?

정태는 떨리는 손길로 문을 잡아 당겨보았다. 문은 주먹 하나가 들어갈 정도로 열린 위치에서 덜컹 멈췄다. 안에서 철사 따위로 헐겁게 감아 놓은 듯했다. 힘을 줘서 잡아당기면 열려버릴 것 같았다. 그때 힘없는 목소리가 문틈을 통해 흘러나왔다. 혜주였다.

"로드리게즈?"

정태는 자기도 모르게 아랫입술을 꽉 깨물었다.

"후 이즈 잇?"

다시 혜주의 목소리가 들렸다. 정태는 대답을 하지 않았다. 방바닥에 발을 끄는, 느린 발자국 소리가 들렸다. 문이 열렸다. 하얀 란제리 차림의 혜주가 나타났다. 정태를 본 혜주는 황급하게 몸을 돌리고 다시 문을 걸었다.

"문 열어봐."

"돌아가요."

"안 열어주면 부수고 들어간다."

"제발 돌아가요."

"문 열어."

닫히지도 열리지도 않은 문을 사이에 놓고 그들은 계속 버텼다. 결국 혜주가 안쪽에 걸어놓은 철사 걸개를 벗겼다. 다시 문이 열렸다. 정태가 방에 들어갔다.

혜주는 침대 위에 쪼그려 앉아 무릎에 얼굴을 파묻은 모습이었다. 정태를 등지고. 어둠 속에 형태만 보이는 혜주의 실루엣이 꼭 죽음에 이르는 상처를 입은 들짐승처럼 보였다. 정태의 손이 전등 스위치에 닿는 순간, 혜주가 말했다.

"부탁이야. 불 켜지마."

정태는 불을 켰다. 혜주에게 다가갔다. 침대 곁에 앉아 조심스럽게 혜주의 손을 치우고 얼굴을 살폈다.

입술 한쪽이 찢어졌고 눈썹 윗부분도 심하게 부풀어 올랐다. 왼쪽 광대뼈도 시커멓게 멍이 들고 부었다. 혜주는 변명하듯 말했다.

"별거 아녜요. 그냥 좀 다쳤어요."

혜주는 아직도 공포에 짓눌린 목소리였다. 정태가 물었다.

"로드리게즈 짓이지?"

혜주는 말없이 고개를 끄덕였다.

"별거 아니라고? 넌 도대체 얼마나 더 다친 후에야…"

갑자기 혜주가 눈을 크게 떴다.

"그래서 어쩌라고요? 경찰에 신고라도 하라고?"

"더 이상은 만나지 마."

"말 쉽게 하지 마세요. 지난달부터 로드리게즈가 돈을 안 갖고 와요. 돈이 필요하다고 얘기를 하면 그때마다 알았다면서 돈은 안 갖다 줘요. 안 되겠다 싶어서 지난 토요일엔 문을 안 열어줬어요. 그랬더니…"

거기까지 말하고 혜주는 말을 끊었다.

"계속 얘기해봐."

"문을 부수고 들어왔어요. 그리고 날 때렸고. 난 정신을 잃었어요. 깨보니까 침대에 묶여 있었어요."

"그리고?"

혜주는 떨리는 눈동자로 정태를 바라보았다. 그러다 울부짖었다.

"제가 어떻게 그 얘기를 오빠한테 해요? 정말 듣고 싶어서 그래요?"

정태는 가슴 한구석에 카운터펀치를 맞은 심정이었다. 이를 꽉 다물었다.

"그럼 보여줄게요."

혜주가 자리에서 벌떡 일어났다. 속옷을 홀렁 벗어 던졌다. 하얀 알몸은 곳곳에 멍이 들었다. 그리고 사타구니 근처에 섬뜩한 붉은줄이 늘어섰다. 젖가슴 주위와 배에도 흉한 벌레들처럼 생긴 검붉은 상처들이 남았다.

"이제 됐어요? 응? 이게 보고 싶었던 거야?"

혜주는 자리에 주저앉아 다리를 활짝 벌렸다. 음모가 하나도 남아 있지 않게 털을 밀어버린 상태였다. 성기 주위에도 칼에 베인 상처들이 어지럽게 흩어져 있었다. 정태는 주먹을 꼭 감아쥐며 고개를 내저었다.

"그만해. 옷 입어. 혜주야."

"깨끗하니까 보기 좋죠? 왜요? 알고 싶어했잖아요? 응? 더 자세하게 얘기해줄까요?"

정태는 떨군 고개를 못 들었다.

"왜 날 똑바로 보지 못해요? 저예요, 구혜주."

혜주의 음성은 위태롭게 떨렸다. 정태는 아예 눈을 감았다. 혜주는 흐느꼈다.

"이런 모습 오빠한테 보이고 싶지 않았어요. 왜 찾아왔어요? 왜 날 이렇게 비참하게 만들어요?"

혜주는 침대에 쓰러졌다. 정태는 혜주 곁에 조용히 누웠다. 그리고 혜주를 끌어안았다. 혜주는 결국 정태의 가슴에 얼굴을 파묻고 울었다.

"미안해, 혜주야. 오빠가 미안해."

정태는 천천히 혜주의 헐벗은 등을 쓰다듬었다. 혜주는 남은 이야기를 마저 들려주었다.

"그렇게 난리를 쳐놓고는 나를 씻겨주고 약을 발라줬어요. 잘못했대요. 자기 사랑을 의심하는 내가 너무 미워서 그랬대요. 이제 저도 다신 녀석을 안 보려고 하는데 어차피 놈은 곧 갈 거래요. 대위로 진급을 해서 다음 달이면 미국으로 돌아간대요. 그때까지만 만나주면 가기 전에 돈을 충분히 주겠대요."

정태는 아무 말도 하지 않았다. 혜주의 알몸에 박힌 상처들이 고스란히 자신의 몸 위로 옮겨온 것처럼 고통스러웠다. 온종일 제대로 먹지 못했다는 혜주를 데리고 나가서 저녁을 먹였다. 혜주는 음식에도 별로 손을 대지 않았다.

며칠 동안 정태의 마음은 피를 흘렸다. 낮에는 일이 손에 안 잡혀서 자꾸만 업무 실수를 했다. 밤이면 몸이 묶인 채 고문을 당하는 악몽에 시달렸다.

    어김없이 주말이 찾아왔다. 금요일 저녁에도 정태는 서울로 돌아가지 않았다. 대신 곧장 혜주의 집 앞으로 갔다. 로드리게즈를 보고 싶었다. 밤늦은 시간까지 혜주의 방 가까운 골목에 숨어 있었다. 놈은 나타나지 않았다.

    토요일 아침. 정태는 다시 혜주의 집 앞으로 향했다. 기상 캐스터가 나들이 지수 100이라는 흥분된 목소리를 감추지 못할 만큼 화창한 봄날씨였다. 정태는 전날 밤처럼 혜주의 집이 엿보이는 골목 언저리에 몸을 숨겼다.

    뭘 어떻게 해야겠다는 구체적인 생각은 없었다.

    보자마자 달려가서 두들겨 팰까? 경찰에 신고를 해야 하나? 이 정도 일로는 미군한테 손도 못 댈 텐데. 혜주의 말대로 차라리 그냥 놔두는 게 더 나을지도 몰라. 어차피 곧 미국으로 돌아간다니까.

    5월의 첫 토요일 오후. 부드러운 햇살이 세상을 감싸고 있는 계절에도 정태의 마음은 한겨울이었다. 그는 생각했다.

    로드리게즈가 미국으로 가면 다 해결될까?

    아니다. 제2의 로드리게즈가 나타날지도 모른다. 그렇지 않다 해도 혜주는 미군들 품을 떠돌아야 한다. 크게 바뀌는 건 없다.

    그때 묵직한 구둣발 소리가 모퉁이 너머에서 들렸다. 정태는 숨을 죽이고 더 안쪽으로 몸을 숨겼다. 발자국 소리는 점점 가까이 다가왔다. 로드리게즈라는 확신이 들었다. 놈은 마침내 계단을 오르기 시작했다. 그제야 정태는 숨을 죽이고 조심스럽게 고개를 내밀었다. 악마의 얼굴을 확인했다.

혜주의 방문 앞에 뚱뚱한 체구의 지아이가 서 있었다. 콧수염을 기르고 담배를 옆으로 빼문 히스페닉계 지아이. 그는 장교가 아니었다. 이름도 로드리게즈가 아니었다. 정태는 그의 진짜 이름을, 그를 호칭하는 많은 별명도 알고 있었다.

'마르끼즈. 거짓말쟁이, 떠벌이, 싸이코 마르끼즈.'

방아쇠를 당겨

트럭은 덜컹거리면서 산길을 올랐다. 정태, 민성, 코트니, 마르끼즈 그리고 갠디가 트럭 뒤에 타고 있었다. 아침부터 내린 봄비는 장맛비처럼 굵고 단단했다. 트럭 위로 씌워진 비닐 천장 틈새로 쉴 새 없이 빗물이 스몄다. 축축한 공기가 그들의 몸을 휘감았다. 하늘은 검은색에 가까운 회색이었다.

그들은 1년에 한 번 있는 실탄 사격 훈련을 위해 사격장으로 가는 길이었다. 민성은 트럭 뒤로 보이는 비 오는 풍경에 흠뻑 취한 듯했다. 마르끼즈와 코트니는 코를 골면서 졸았다. 정태는 M16A2 라이플을 두 손으로 꼭 잡은 채 고개를 숙이고 있었다. 마르끼즈 쪽을 쳐다보지 않으려고 애썼다. 흙길 양쪽으로 고인 물웅덩이를 트럭 바퀴가 밟고 지나가는 소리가 들렸다.

"좆 같군. 비 오는 날 사격이라니."

덩치 좋은 흑인 갠디는 혼자 중얼거리다가 담배에 불을 붙였다. 갠디의 담배가 거의 타 들어갈 때쯤 트럭이 멈췄다.

그들은 사격장에 도착하자마자 안전 교육을 받고 사로 안에 들어갔다. 참호가 양쪽으로 스무 개씩 파져 있고 수십 미터 앞에 표적지가 있다. 사격장에서는 통제 타워에서 내리는 명령만 따라야 한다. 조금이라도 명령하지 않은 행동을 하면 즉시 사격장 전체에 사격 중지 명령이 떨어지고 안전 요원들의 제지를 받는다.

정태는 참호 안에 들어갔다. 오른쪽 참호에 마르끼즈가 있다는 걸 알았다. 총을 점검하고 있는 마르끼즈의 모습이 또렷이 눈에 들어왔다.

마음만 먹는다면 놈을 죽일 수도 있어.

혈관 속의 피가 갑자기 빨리 도는 기분이었다.

지붕이 아슬아슬하게 비를 막았지만 참호 안은 축축하게 젖어 있었다. 시야도 좋지 않았다. 정태는 아무래도 상관없었다. 들고 있는 M16A2 라이플에만 집중했다. 그동안 그를 짓눌렀던 질투와 원망의 주체가 지금 바로 옆에 있다. 도저히 누르지 못하는 감정의 폭발에 입이 마르고 현기증이 났다. 그는 멍하니 마르끼즈를 보았다.

저 놈이야. 나의 여자를 유린하고 모욕한 놈이. 거짓말을 하고 때리고 칼질까지 했어.

타워에서 뭐라고 말을 했지만 그저 웅웅거리는 웃음소리로 들렸다.

주위를 보니 사람들이 사격 자세를 취하고 있었다. 정태도 개머리판을 어깨에 붙였다. 다시 무슨 소리가 들렸다. 사람들이 실탄이 든 탄창을 총에 장전했다. 정태도 장전을 했다.

철모 뒷부분에 고인 빗방울이 주루룩 등으로 흘렀다. 실탄을 장전한 이후로 정태의 몸은 떨리기 시작했다. 따라서 총구도 부들부들 흔들렸다. 어떤 목소리가 말했다.

헤이, 뭘 망설여? 제기랄. 당겨버려! 그놈은 악마야. 혜주에게 한 짓을 봤잖아?

정태는 고개를 돌려 마르끼즈 쪽을 봤다. 마르끼즈는 방아쇠에 손가락을 걸고 멀리 앞에 보이는 표적을 겨누고 있었다.

간단했다. 10미터도 안 되는 거리다. 총구를 90도 오른쪽으로 틀어 방아쇠를 당기면 끝.

진짜 악마라도 이 정도 거리에서 M16A2을 맞는다면 끝장이 나겠지.

또 뭐라고 웅웅거리는 소리가 들렸다. 정태는 마르끼즈 쪽으로 총구를 돌리려고 했다. 몸이 제대로 움직여주질 않았다. 빗물인지 눈물인지 모르는 액체가 눈으로 흘러 들어왔다.

두 손에 감각이 돌아오는 듯했다. 차가운 금속의 느낌이 선명하다. 갑자기 터져나오는 주위의 폭발음 소리. 이해할 수 없이 마음이 편해졌다. 정말 끝없이 편해졌다.

"내 말 들려? 정신 차려!"

정태는 눈을 떴다. 그는 침대 위에 누워 있었다. 시릴 정도로 환한 병원의 불빛이 눈 바로 위에서 빛났다. 그리고 민성의 얼굴이 보였다.

"정태야, 말을 해봐! 괜찮아?"

정태는 무슨 말이라도 해주고 싶었지만 목이 꽉 막혔다. 그저 쉭쉭 새는, 이상한 소리가 흘러나왔다.

"잘했어, 계속 말을 해봐!"

민성과 함께 정태를 보고 있던 의사가 말했다. 정태는 애써 입을 열고 물었다.

"어떻게 된 일이야?"

정태가 말하는 걸 본 의사는 이제 됐다는 표정으로 고개를 끄덕이더니 돌아갔다. 민성이 안도의 한숨을 내쉬며 정태의 손을 잡았다. 그리고 정태가 의식을 잃고 있던 동안의 상황을 설명해주었다.

"사격이 개시되기 직전에 니가 갑자기 총을 든 채로 참호 안으로 쓰러졌어. 놀란 안전 요원들이 사격 중지를 부르고 응급차를 부르고 난리가 났지. 의사 말로는 지나친 긴장으로 인한 쇼크란다. 대체 뭘 하면서 지내길래 기절까지 할 정도로 스트레스를 받는 거야?"

정태는 대답하지 않고 긴 한숨을 쉬었다. 민성이 계속 얘기했다.

"넌 곧장 캠프 안의 43병원으로 실려 왔고 몇 시간째 혼수상태로 있었어. 니 소식을 들은 캡틴 제니도 쇼크로 쓰러질 뻔했다고."

사격을 나간 시간은 오전 10시쯤이었는데 벌써 늦은 오후였다. 아침부터 내리기 시작한 비는 거짓말처럼 말끔히 그쳤다.

일단 의식을 회복한 정태는 오래 걸리지 않아 멀쩡해졌다. 혼수상태에서 깬 지 한 시간만에 체온과 맥박을 체크하고 막사로 돌아갔다.

그날 밤 그는 캠프 험프리스 전체를 한 바퀴 달렸다. 생각을 정리하고 싶었다.

로드리게즈의 정체를 혜주에게 얘기해줘야 할까를 고민했다. 기분 같아서는 당장 사실을 까발리고 싶었지만 그랬다간 마르끼즈가 혜주에게 무슨 짓을 할지 몰랐다. 정태도 두려웠다. 마르끼즈가 아니라, 마르끼즈의 광기가.

캠프 험프리스에서 남은 마르끼즈의 복무기간은 보름. 놈은 보름 뒤 미국으로 떠난다. 차라리 그냥 로드리게즈로 기억되고 사라지는 편이 낫다는 결론에 다다랐다.

캠프 한 바퀴를 다 돌고 자정이 되어 막사 앞에 도착한 정태는 땀에 흠뻑 젖었다. 샤워를 해도 기분은 상쾌하지 않았다.

다 말해버릴까?

그는 아직도 망설이는 중이었다.

마지막 밤

    시간은 흘러 민성은 정태와 함께 병장으로 진급했다. 프로모션 세리모니(Promotion Ceremony)라고 불리는 진급식은 중대원들이 모인 가운데 부대 앞 공터에서 열렸다. 민성은 이제 6개월 뒤면 캠프 험프리스와도 안녕이라는 생각에 진급식 내내 싱글벙글 웃었다. 중대장 제니도 민성이 웃는 이유를 알았다.

    "직업 군인이 될 생각은 없어?"

    제니는 민성의 계급장을 바꿔 달아주며 농담을 했다.

    "저와 결혼해주신다면요."

    민성도 농담으로 맞받아쳤다. 정태는 진급식 내내 굳은 표정이었다. 제니와 악수를 할 때만 보일 듯 말 듯 미소를 지었다. 제니는 정태에게도 애정을 담은 말을 건넸다.

"박 상병은 항상 자랑스러운 중대원이었어. 이제 병장이니까 사병들을 더 잘 이끌어줘."

정태가 짧게 대답했다.

"예스, 맴."

진급을 하는 이들도 있었고 부대를 떠나는 이들도 있었다. 마르끼즈도 그중 한 명이었다. 그는 보름 전부터 업무에서 손을 떼고 미국으로 갈 준비를 하며 빈둥거렸다.

"드디어 오늘이 한국에서의 마지막 날이라고?"

샤워실에서 들리는 갠디의 말이 세면대에서 세수를 하던 정태의 귀를 잡아끌었다. 일과가 끝나고 막사로 돌아와서 씻던 중이었다.

"그럼. 오늘 밤엔 평생 못 잊을 파티를 열 셈이야."

마르끼즈의 목소리도 들렸다.

"그렇게 화끈한 파티라면 나도 초대해주면 안 될까?"

갠디가 졸랐다.

"미안하지만 나 혼자 즐기는 비밀 파티거든. 떠나기 전에 못 보게 될지도 모르니까 작별인사를 미리 해두지. 잘 지내, 친구."

마르끼즈의 목소리는 들떠 있었다.

왜 마르끼즈가 혜주에게 계급과 이름을 속여왔는지 알 것도 같았다. 지난겨울, 필드에서 스쳐 들었던 그의 농담이 고막을 찢을 듯이 크게 메아리쳤다.

— 한국에서 제일 하고 싶은 일이 뭔지 알아? 갈보년을 멋지게 죽여버릴 테야. 그리고 흔적도 남기지 않고 사라져야지. 이건 농담이 아니야.

그때는 다들 허풍이라고 생각했다. 정태는 식은땀이 났다. 곧장 방으로 향했다. 핸드폰을 챙겨들고 막사 뒤의 공터에서 전화를 걸었다. 저녁 6시. 아직 혜주가 출근 전이었다. 몇 번 신호가 간 후 혜주가 전화를 받았다. 그녀에게 전화를 걸 사람은 정태밖에 없었다.

"오빠."

"아직 집이지?"

"응. 이제 막 나가려고요."

"저녁은 먹었어?"

"네. 참 어제 꿈에서 오빠 나왔는데."

"무슨 꿈이었는데?"

정태는 조바심을 애써 감추며 아무렇지도 않게 물었다.

"진짜 황당한 꿈이었어요. 근데 끝내주게 기분 좋았어. 웃지 마요. 있잖아, 오빠랑 내가 2인조 댄스 그룹을 결성한 거예요. 웃기지? 내가 노래를 하고 오빠는 랩을 맡고. 무대에서 같이 춤추면서 노래도 불렀어요. 그런 꿈을 꿨다니까요. 오빠는 이현도보다 더 멋있게 랩을 했어요."

혜주는 기분이 좋아보였다. 하지만 정태는 여유가 없었다.

"혜주야. 내 말 잘 들어."

"전 항상 오빠 말을 잘 들어요."

"로드리게즈 말이야."

정태는 잠시 멈췄다가 계속했다.

"내가 아는 사람이야."

"로드리게즈를요?"

"이름이 로드리게즈가 아냐. 마르끼즈야. 알베르토 마르끼즈. 계급은 상병이고."

"무슨 소리예요?"

"잘 들어. 얼마 전에, 사실은 그놈 얼굴을 보려고 니네 집 앞에서 기다린 적이 있어. 그런데 니 방에 들어간 놈이 바로 우리 중대에 있는 마르끼즈라는 놈이야. 거짓말쟁이 마르끼즈라는 별명으로 불리는, 형편없는 자식이지. 예전에 오빠 미군하고 싸워서 영창에 갔던 일 기억나지? 바로 그놈이었어."

혜주는 아무 말도 하지 않았다.

"얘기 안 해주려고 했어. 니 말대로 어차피 며칠 뒤면 미국으로 떠날 놈이었으니까. 녀석은 미친놈이거든. 괜히 이 얘길 꺼냈다가 너한테 해코지를 할까 걱정도 됐어. 그래서 그냥 묻어두려고 했어."

"사실이에요?"

혜주의 목소리는 차분했다.

"사실이야. 모든 게 다 사실이야. 근데 중요한 게 있어. 오늘 로드리게즈가 오겠다고 했지?"

"그동안 밀린 돈을 받기로 했어요."

"만나지 마."

길게 내쉬는 혜주의 숨소리가 수화기를 통해 들렸다. 잠시 뒤 그녀의 대답이 돌아왔다.

"만나야 돼요. 모른 척할게요. 난 어차피 돈만 받으면 되니까. 적은 돈도 아니에요."

"안 돼."

"왜요? 로드리게즌지 마르끼즌지, 어쨌든 그놈은 내일 미국으로 돌아가잖아요."

"그래서 안 돼."

"알아듣게 좀 얘기를 해줘요."

"널 해칠지도 몰라."

"그동안 험한 꼴 많이 당했거든요? 걱정하지 마요."

"그런 게 아냐! 내 말 좀 들어!"

"알았어요. 조심할게요."

"아냐, 그게 아냐. 무조건 만나지 마. 느낌이 안 좋아."

"알았어요."

"약속해!"

"알았다니까요!"

혜주는 소리를 질렀다. 정태는 가슴이 터져버릴 것만 같았다.

"그 자식 정말 미친놈이야. 제발 내 말 들어. 알았지?"

"알았어요."

혜주는 힘없는 목소리로 전화를 끊었다. 정태는 막사로 돌아갔지만 꼼짝도 할 수 없었다.

그날 밤. 승훈과 코트니는 CQ를 섰다. 밤새 막사 건물을 출입하는 사람은 모두 그들 앞을 지나쳐야 했다.

다음날 야전훈련이 있었다. 화생방 훈련을 위주로 3일 동안 진행할 예정이었다. 새벽에 일어나야 했던 부대원은 모두 일찍 잠이 들었다. 승훈과 코트니는 텅 빈 복도 가운데 앉아 펄 잼의 노래를 들으며 코러스를 흥얼거렸다.

"이봐, 코트니. 노래 좀 제대로 듣게 그만 닥쳐줘. 넌 정말 지독한 음치야."

"멍청한 녀석. 로큰롤에는 음치가 없어. 중요한 건 스타일이라고. 너 같은 편견을 가지고 있는 한심한 놈들이나 들으라고 셀린 디온이나 머라이어 캐리 같은 암캐들이 있잖아."

"로커와 너 같은 음치와의 차이가 뭔지 알아? 그들은 노래를 잘 부를 수 있으면서 자신의 스타일을 갖고 있다는 거고 넌 원래 노래를 못 부른다는 거야. 그리고 그 무능함을 스타일이라고 우기려고 하지."

그때 누군가가 CQ 데스크 앞으로 천천히 걸어왔다. 외출복 차림의 마르끼즈였다.

"어이! 마르끼즈! 한국에서의 마지막 밤을 보내러 가는 거야?"

코트니가 손을 들어 보이며 인사했다.

"당연하지. 마지막 파티를 하러 가는 길이야."

마르끼즈는 승훈에게 윙크를 해보였다.

"이봐, 그 따위 게이스러운 눈짓은 니네 엄마에게나 하라고."

승훈이 쏘아붙였다.

"헤이, 카투사 보이. 이제 다신 못 보게 될지도 모르는데 너무 그럴 거 없잖아? 우리 마지막으로 악수나 하자고."

마르끼즈는 코트니와 승훈에게 차례로 악수를 건넸다.

"너희 두 놈은 이 마르끼즈 님의 마지막 모습을 보는 영광을 누리는 셈이야."

마르끼즈는 커다란 엉덩이를 흔들며 현관을 빠져나갔다.

오프스프링의 〈컴 아웃 앤 플레이〉가 스테레오에서 흘러나왔다. 코트니는 흥분한 목소리로 말했다.

"오프스프링! 내가 제일 좋아하는 펑크 그룹이야."

승훈이 대답했다.

"펑크라구? 랜시드를 제외한 90년대 펑크 밴드들, 특히 그린데이와 오프스프링 등등은 펑크의 탈을 쓴 마마보이 호모 녀석들일 뿐이야."

"대체 무슨 근거로 그런 말을 하나?"

승훈은 근엄한 목소리로 대답했다.

"90년대에는 진정한 펑크가 존재할 수 없어."

"무슨 소리야?"

"펑크의 정신은 반항과 반체제야. 90년대엔 반항할 이유가 없다고. 다들 배가 불러 있으니까 말이야."

"헤이, 맨. 니가 무슨 대단한 평론가나 되는 것처럼 떠들어대는데, 중요한 건 오프스프링의 노래가 정말 신나는 펑크라는 사실이야."

"신나는 노래를 쓸 줄 아는 놈들이라는 건 나도 인정해. 나도 분위기 전환용으로 즐겨 듣는다고. 하지만 펑크라는 이름은 붙이지마. 아까도 말했지만 요즘 제대로 된 펑크 밴드는 랜시드밖에 없어. 누구나 다 그 사실을 알지. 심지어는 오프스프링조차도."

"이런. 지난 빌보드 뮤직 어워드 오프닝 기억나? 덱스터 홀란드(보컬/기타: 오프스프링의 리더)가 나와서 뭐라고 했는지? 마이크에다 대고 'You Stupid Dumbship Goddamn Motherfucker!'라고 외쳤지. 아무나 그럴 수 있는 건 아냐. 예전에 짐 모리슨이 TV 카메라 앞에서 가운뎃손가락을 들어보였던 일처럼 말이야."

코트니는 승훈을 향해 가운뎃손가락을 들어보이며 말했다.

"이봐, 코트니. 광기와 쇼맨십은 달라. 덱스터 홀란드가 어떤 작자인지 알기나 해? 조용하고 평화로운 캘리포니아 주의 오렌지카운티 출신. 숫자들과 씨름하기를 좋아해서 수학반 회장으로 활동했고 밴 헤일런을 싫어하고 스케이트보드도 타지 못하던 범생이가 있었지. 집도 잘 살았고 대학도 번듯한 곳을 갔지. 세상에, 바이러스 복제에 관한 학위도 있다고. 다른 멤버들도 마찬가지야. 두 다리 쭉 뻗고 잘 수 있는 집도 있고, 생활비 걱정도 없고, 건실한 부모를 가지고 있는 녀석들이지."

"그게 무슨 상관이야?"

"코트니 군은 아직도 내가 말하고자하는 바를 이해하지 못했군."

"그게 뭔데?"

"녀석들은 펑크를 흉내낼 뿐이지, 펑크 음악을 하는 건 아냐. 펑크 정신이 뭔지도 제대로 모르는 놈들인데 뭐. 껍데기일 뿐이야."

"이봐, 가난만큼이나 따분한 생활도 엿 같아. 알아?"

승훈과 코트니가 과연 90년대에 진정한 펑크가 가능한가에 대한 이야기로 열을 올리는 동안, 그들의 눈에 띄지 않게 막사의 1층 옆문으로 다가가는 그림자가 있었다.

막사 건물은 여러 개의 출구가 있었다. 먼저 1층에 정문과 뒷문, 그리고 3층까지 각층에 양옆으로 계단과 이어진 옆문이 있었다. 전부 여덟 개의 문이 있는 셈이었다. 낮에는 모든 문을 다 열어놓는데 CQ가 근무를 시작하는 저녁 10시 이후에는 1층 정문만 빼고 나머지 문은 다 잠그는 게 원칙이었다. CQ는 30분마다 각층의 옆문과 1층 후문이 제대로 잠겨 있는지 확인하는, 안전점검(Security Check)이라고 불리는 임무가 있었다. 단, 건물 안에서 밖으로 몰래 나가는 건 가능했다. 규정상은 안 되는 일이었지만.

그림자는 잠겨 있는 1층 옆문을 열고 소리 없이 건물을 빠져나갔다. 승훈과 코트니는 그런 줄도 모르고 대화를 계속했다.

"어쨌든 오프스프링은 정말 멋진 그룹이야."

"어쨌든 펑크는 아냐."

"아무래도 좋아. 카투사 녀석이 뭐라고 하든 오프스프링은 전혀 신경 쓰지 않을 테니까."

"아무렴."

승훈은 비아냥거리는 말투와 함께 어깨를 으쓱했다. 코트니는 고개를
내저으며 자리에서 일어났다.

"어딜 가려고?"

승훈이 물었다.

"안전점검 할 시간이야. 좀 걷고 싶기도 하고."

"좋은 군인이야. 내가 중대장에게 코트니 일병이 ACQ(CQ를 보조하는
역할)의 임무를 충실하게 수행했다는 것을 보고해주지."

코트니는 가운뎃손가락을 들어보이고는 발걸음을 옮겼다. 오프스프
링의 노래 멜로디를 낮게 휘파람으로 불면서 걸어가던 코트니는 1층 왼
쪽 옆문 자물쇠가 풀려 있는 걸 발견했다. 그는 혼잣말로 중얼거렸다.

"이런. 어떤 쥐새끼가 우리 막사의 안전을 위협하는 거지? 이 코트니
님이 있는 한 어림없지."

코트니는 문을 안에서 잠그고 2층으로 올라갔다.

혜주의 방. 천장에 매달린 백열전구 하나가 좁은 방 안에 창백한 빛을
흩뿌렸다. 마르끼즈는 침대에 누운 자세로 느긋하게 담배를 피웠다. 샤
워를 마친 혜주가 화장실 문을 열고 나왔다. 잠옷 차림으로.

"오, 아이린. 오늘이 마지막 밤이라니 너무 아쉬운데?"

마르끼즈는 혜주를 보고는 몸을 일으켰다. 담배꽁초를 화장대 위에

있는 재떨이에 비벼 끄고는 그녀에게 다가갔다. 혜주는 멈춰 서서 눈을 감았다. 마르끼즈의 손이 잠옷 아래로 들어갔다. 안에 아무것도 입지 않고 있음을 확인한 마르끼즈는 만족스러운 표정을 지으며 말했다.

"준비를 다 하고 나왔군? 좋아."

마르끼즈는 혜주를 번쩍 들어 침대 위에 눕혔다. 혜주는 몸에 힘을 빼고 가만히 있었다.

"이봐, 아이린. 슬프지 않아? 난 이제 미국으로 돌아가는데."

"가서 잘 지내."

"뭐라고? 겨우 할 말이 그것뿐이야. 애원해봐. 제발 데려가달라고. 그러면 널 데리고 가줄 수 있을지도 모르지."

"됐어."

"하긴 넌 금방 다른 지아이 녀석의 페니스를 잡고 늘어지겠지."

마르끼즈는 꼼짝도 하지 않고 누워 있는 혜주를 내려다보며 침대 옆에 서 있었다.

"상관없어. 너 같은 암캐란 원래 그럴 수밖에. 하지만 이제 그 짓도 마지막이야."

"로드리게즈. 무슨 말이 그렇게 많아?"

혜주는 짜증난 얼굴로 마르끼즈를 쳐다보았다. 그는 비릿한 미소를 흘리며 말했다.

"그 짓을 원해? 응? 이 창녀야, 그 짓을 하고 싶지?"

마르끼즈는 혜주의 머리를 쓰다듬었다. 혜주는 그의 손을 치웠다.

"먼저 돈을 보여줘. 그동안 널 사랑했기 때문에 믿어줬잖아. 이제 넌 떠날 테니까 미뤄온 돈은 계산해야지."

"역시 창녀답군. 그럼, 아주 철저하게 계산을 해줘야지."

마르끼즈의 입가에 싸늘한 미소가 번졌다. 혜주는 그의 얼굴을 보고 몸을 일으키려고 했다. 하지만 마르끼즈의 억센 손이 그녀의 젖가슴을 짓눌렀다.

"더러운 년."

혜주가 고개를 돌릴 새도 없이 마르끼즈는 주먹으로 그녀의 얼굴을 내리쳤다. 퍽, 소리와 함께 혜주의 입가에서 피가 튀어나왔다. 곧이어 다음 주먹이 그녀의 배 한가운데를 질렀다.

혜주의 몸이 풀썩 들렸다가 떨어졌다. 그녀는 갑작스럽게 찾아든 고통으로 오그라들었다.

"헤이, 이렇게 쉽게 뻗어버리면 내가 서운하지. 안 그래? 이제부터 즐길 시간인데 말이야."

새벽 1시가 넘어가면서 코트니는 꾸벅꾸벅 졸기 시작했다. 승훈은 마운틴 듀를 한 모금 마시고 음악 잡지 〈롤링 스톤즈〉의 책장을 넘겼다. 잠시 잡지를 보다가 손목시계를 확인했다.

이제 세 시간 뒤, 막사에 있는 모든 방문을 두들겨 부대원들을 깨워야한다. 필드를 나가야 하니까.

승훈과 코트니는 필드를 가기 전날 CQ를 서게 되어 진심으로 기뻤다.

규정상 CQ 근무를 하고 다음날은 쉬게 되어 있기 때문에 필드로 출발하는 날의 부산함과 온갖 힘든 일들을 면제 받는 셈이다. 물론 하루 쉬고 다음날 아침 따로 필드에 나가야 했지만.

같은 시간. 검은 옷을 입은 남자가 막사 건물 밖에서 옆문을 열려고 애쓰고 있었다. 1, 2, 3층의 여섯 개 비상구가 모두 안에서 잠겨 있음을 확인했다.

길게 옆으로 뻗은 막사 건물의 생김새 때문에 건물 양끝 쪽에 있는 방에 사는 부대원들은 중앙 입구를 이용하는 일을 귀찮아했다. 원칙은 일과시간 이후에 건물 옆문을 이용하면 안 되었지만, 담배를 피러 나오거나 바람을 쐬려고 잠깐 밖에 나가면서 옆문이나 후문을 열어놓는 경우가 종종 있었다. CQ들도 안전점검을 건성으로 하거나 건너뛰는 경우가 많아 한두 개 정도의 옆문은 밤에도 열려 있곤 했는데.

몰래 막사에 들어가려던 남자로서는 운이 없는 셈이었다. 그는 결국 포기하고 현관을 향해 걸음을 옮겼다.

승훈은 〈롤링스톤즈〉지에서 콘(KORN, 미국의 하드코어 록밴드)의 3집 앨범에 림프 비즈킷의 프레드 더스트가 게스트로 참여할 예정이라는 기사를 읽으면서 눈이 번쩍 뜨였다. 림프 비즈킷은 콘과 앙숙인 밴드였는데, 어떻게 된 일이지?

"헤이, 코트니 이것 봐! 프레드 더스트가 콘 3집 앨범에 참여한대!"

졸고 있던 코트니는 대답이 없었다. 대신 조심스럽게 현관문이 열리는 소리가 들렸다.

새벽 1시가 넘은 시간에 누구지? 마르끼즈 놈이겠구나. 진탕 술을 마시고 들어왔겠군. 취해서 떠들어대는 소리를 어떻게 들어주지?

그런데 예상했던 요란함이 없었다.

승훈이 고개를 들었다. 졸고 있던 코트니도 눈을 떴다. 앞에 있는 사람은 정태였다. 그는 고개를 푹 숙이고 걸어 들어왔다. 승훈은 정태의 얼굴을 힐끗 본 후 다시 잡지로 눈을 돌렸다.

"헤이, 박 병장. 어딜 갔다 오는 거야? 나가는 것도 못 봤는데?"

코트니가 졸린 목소리로 중얼거렸다. 정태는 대답을 하지 않고 복도 끝 자기 방을 향해 걸어갔다.

"빨리 자두는 게 좋을걸? 정확히 세 시간 후에 내가 널 깨울 테니까 말이야!"

코트니가 정태의 등 뒤에 대고 소리를 질렀다.

문이 부서질 듯 요란하게 두드려대는 신경질적인 노크 소리가 한창 달콤한 민성의 잠을 깨웠다. 들리는 목소리는 승훈인 듯했다.

"비상! 비상!"

민성은 겨우 눈을 떴다. 3단 서랍장 위의 알람시계를 보았다. 새벽 4시 정각.

민성은 기동 타격대(Q.R.F. QUICK READY FORCE)의 일원이었다.

일정은 몇 번이나 숙지를 했다. 무기고로 가서 무기를 꺼내고, 미리 짜 놓은 시나리오대로 캠프 내에서 적 공격 대처 훈련을 하고, 필드에 나갈 짐을 꾸려 차에 부리고, 커다란 트럭을 타고 훈련 장소에 도착한다. 화생방 수트를 입고 방독면을 쓰고 한 시간 정도 야영 장소를 수색한 뒤 텐트를 치고, 철조망을 치고, 참호를 파고….

민성은 일단 침대에서 일어나야겠다고 생각했다.

아침 7시. 민성을 비롯해 열 명쯤 되는 기동 타격대원들이 트럭을 타고 가고 있었다. 갠디와 제미슨은 곤히 잠들었다. 민성은 애써 졸음을 견뎠다. 한참 달콤하게 졸고 있다가 갑자기 '개스! 개스!'하는 고함을 들으면서 방독면을 쓰기 싫었기 때문에. 아직 잠이 채 깨지도 않은 상태에서 기분 나쁜 고무가 얼굴에 철썩 달라붙는 그 느낌이란. 차라리 마음속으로, '이제 1분후면 방독면을 쓸 거야. 한 시간만 참으면 돼', 준비를 하는 편이 더 나았다.

"난 궁둥이가 뭉개지도록 일을 하겠지. 하루 종일 땅을 파고 밤새도록 보초를 서고. 난 겨우 이병이니까."

렉터의 말은 비관적이고 엄살이 섞여 있었지만 불행히도 대부분 사실이었다. 필드 훈련을 나가면 힘든 일은 모두 이병들의 몫이었다.

"헤이, 너무 그러지 마. 나도 이병이잖아."

카투사 이병 상준이었다. 렉터는 아랑곳하지 않고 불평을 계속했다.

"첫째 날은 좆 같이 일만 하다가 가고, 둘째 날은 땅만 실컷 파고. 따분하기 짝이 없는 클래스를 듣고 밤엔 잠도 제대로 못 자고 유령처럼 숲 속을 쏘다니며 보초나 서야지.”

렉터의 불만은 계속 이어졌다.

“잠깐 조용히 해봐.”

졸고 있던 프리엘이 심각한 목소리로 분위기를 잡았다. 다들 귀를 기울였다.

“화요일 서전 타임 때마다 이 숙영지에 서른 번은 더 왔지. 밖을 내다 봐도 대충 트럭이 어디서 꺾는지 알 수 있고, 엉덩이에 전해지는 길의 상태만으로도 지금 어디 있는지 정확히 안단 말이지. 이제 거의 다 왔어. 느껴져? 이 떨림? 궁둥이의 느낌만으로도 알아. 거의. 그리고 이제 화생 방 경보가 울릴 때가 됐는데….”

뿌우웅.

말이 끝나자마자 프리엘의 엉덩이에서는 찢어지는 파찰음이 터져나 왔다. 동시에 미군들이 소릴 질렀다.

“이런 똥 같은! 신의 저주를 받을 녀석!”

“너의 똥구멍에 수류탄을 박아버리고 싶다!”

자고 있던 몇몇 태평들도 소란스러운 분위기에 깼다.

“헤이, 개스야, 개스! 방독면을 쓰라고.”

모두 프리엘의 농담에 낄낄대며 웃었다.

민성은 잠깐 정태와 눈이 마주쳤다. 떠도는 먼지들, 북적이는 사람들, 그 뿌연 공간을 뚫고 정태의 불안한 시선이 흔들리고 있었다. 무슨 일

있냐고 물어보려던 참이었는데, 갑자기 트럭이 멈췄다.

트럭 뒤쪽을 막고 있는 두꺼운 천이 확 걷혔다. 화생방 옷을 껴입고 방독면을 뒤집어 쓴, 얼굴이 식별 안 되는 사람이 소리쳤다.

"개스! 개스!"

이번엔 농담이 아니라는 걸 모두 잘 알고 있었다. 제일 바깥쪽에 타고 있던 상준이과 렉터가 총과 군장을 들고 트럭 밖으로 뛰어내렸다. 둘은 뛰어내리자마자 다리 사이에 총을 끼우고 방독면을 썼다. 다들 차례로 트럭에서 뛰어내렸다. 정태가 마지막이었다.

고된 하루였다. 새벽 4시 반에 일어나서 캠프 내 훈련을 마치고 숙영지에 도착하자마자 화생방 훈련을 했다. 숙영지 수색을 하고 실전을 가장한 군사 훈련을 했다.

보통 필드를 나오면 사병들은 텐트를 치고 잠을 자는데 이번 필드에서는 따로 텐트를 안 치고 하사관이나 장교들처럼 가건물 안에서 자기로 결정했다. 가건물은 나무판으로 대충 지었는데 보통 20명 정도 함께 지낼 크기였다.

저녁 7시. 민성은 자신의 자리로 배정된, 문에서 가장 가까운 간이침대에 걸터앉아 밖을 내다보았다. 서서히 어둠이 찾아오는 하늘이 시원해 보였다.

야전 훈련을 나오면 진정한 어둠을 체험했다. 도시의 어둠은 불빛과 뒤섞여 있지만 야전에서는 해가 지고 나면 완벽한 어둠이 찾아왔다. 보이는 건 오직 별빛뿐. 보초를 서면서 돌게 되는 숙영지는 캄캄한 어둠에 잠겨 있었다.

"댐 잇! 문 좀 닫아! 모기 들어오잖아."

갠디가 소리를 질렀다. 민성은 문을 닫았다. 카트라고 불리는 간이침대 위에 늘어져 있다보니 소대장이 들어왔다. 뒷머리 뼈끝이 이상하게 돌출되어 혹처럼 뾰족하게 보이는 파슨스 중사였다. 그는 가끔 아무 생각 없이 사병들을 혹사시켰고 인간적인 정이 별로 없었다. 카투사들은 그를 혹부리라고 불렀다.

언제나처럼 '재미 좋아?'라고 크게 소리를 지르며 들어온 파슨스는 보초 순번을 불러주었다. 그의 소대에서 한 명, 다른 소대에서 한 명, 이렇게 두 명이 한 조가 되어 보초를 섰다.

"저녁 8시부터 10시까지 렉터. 10시부터 자정까지 나이슬리. 자정부터 새벽 2시까지 민성. 새벽 2시부터 4시까지 포레, 새벽 4시부터 6시까지 갠디. 불만 있는 사람은 나한테 개소리하지 말고 지저스한테 기도를 드리도록. 내일 보초 순번에는 좋은 시간이 걸리게 해달라고 말이야."

민성은 꽤 깊이 잠들었다. 제니와 키스하는 꿈을 꾸고 있는데 막 분위기가 좋을 타이밍에 잠이 깼다.

"이봐. 일어나."

전 시간에 보초를 선 나이슬리였다.

"타이밍 한번 기막히군."

민성은 내키지 않는 기분으로 군장과 총을 챙겨 메고 숙영지 입구로 향했다. 다른 소대에서 차출된, 함께 보초를 설 사병과 그곳에서 만나야 했다.

누군가가 미리 와서 기다리고 있었다. 민성은 귀찮게 자꾸 말을 걸지만 않는다면 누구든 상관없다고 생각했다. 가까이 다가갔는데도 어둠 때문에 얼굴을 확인할 수 없었다. 얼굴을 확인하기 전에 섬뜩한 소리를 들었다. 걸음을 멈췄다.

분명히 누가 울고 있었다. 그것도 억누르지 못한, 터져나오는 울음소리였다. 새벽의 숲 속. 어렴풋한 달빛 속에서 흐느낌이 이어졌다. 겁이 덜컥 났다.

귀신일까? 혹시 이 근처에서 억울하게 죽은 원혼이 있나?

민성은 정신을 차리려고 애썼다. M16A2라이플을 잡은 손에 힘을 꽉 주었다. 듣다보니 우는 목소리는 남자였다.

그래, 남자 귀신 따윈 없잖아. 아니, 저승사자는 남자였지! 근데 저승사자가 울지는 않을 텐데?

민성은 총을 앞세우고 걸음을 옮겼다. 더는 안 되겠다 싶어 주머니에 있는 야광막대를 부러뜨렸다. 숙영지 입구에 웅크리고 앉아 있는 사람은 정태였다.

정태가 울다니.

민성은 처음 우는 소릴 들었을 때보다 더 놀랐다.

"정태야. 괜찮아?"

민성의 목소리에 정태가 고개를 들었다. 야광막대가 발산하는 푸른 빛 속에 정태의 얼굴이 보였다. 눈물이 흐른 자리가 흥건했다.

"아, 새끼. 귀신인 줄 알았어. 무슨 일이야?"

정태는 흐느낌을 멈추고 말했다.

"집에 일이 좀 있어서. 놀라게 해서 미안하다."

민성은 천천히 다가와서 정태의 어깨를 두드려주었다. 둘은 한참 동안 깊은 침묵을 공유했다. 민성이 문득 물었다.

"기억나니? 우리 처음 캠프 험프리스 오던 날."

"응."

"그때가 생생한데, 벌써 제대가 몇 달 안 남은 병장이구나."

정태는 말이 없었다.

"나 그때 널 처음 봤어. 논산훈련소에서 평택역으로 기차 타고 왔잖아. 내려서 엎드려뻗쳐 기합을 받았지. 내 옆에 니가 있었어. 넌 모르지?"

"모르겠는데?"

"몇십 분을 기합 받았잖아. 다들 힘들어서 적당히 팔도 쉬고 다리도 쉬고 떠들기도 하고 그랬잖아. 그런데 넌 꼼짝도 안 하고 견뎌내더라."

"기억이 안 나네."

"인상적이었어. 그런데 또 둘이서 같은 중대로 배치를 받고. 사실 조마조마했어."

"뭐가?"

"니가 사고라도 칠 줄 알았거든. 양놈들하고 각을 워낙 세웠어야지."

"괜히 신경 쓰게 해서 미안하다."

"아냐. 사실 나도 좋은 게 좋다고 그냥 넘어가서 그렇지 양놈들 때문에 배알 꼬일 때가 많거든. 그래도 다행이야. 오늘 마르끼즈 출국일이지? 지금쯤은 비행기 안에 있겠구나. 솔직히 니가 그 녀석 패줄 때 통쾌했어."

정태는 별로 대화를 나누고 싶지 않은 듯 보였다. 민성도 입을 다물었다. 그러다 문득 새카만 하늘을 가르는 빛을 보았다.

"어, 저것 봐라!"

민성은 총 끝으로 하늘의 별똥별을 가리켰다. 그리고 말했다.

"옛날 사람들은 별똥별이 한바탕 난리가 날 징조라고 했다는데. 몇 달 안 남은 군 생활 지금처럼만 잔잔하게 넘어갔음 좋겠다."

그리고 문득 정태를 보았다. 그는 눈을 감고 소원을 비는 모습이었다. 간절히. 아주 간절히.

3부 폭풍 속으로

폭풍 속으로

싸늘한 냉기와 독한 소독약 냄새가 지배하는 부검실. 철제 침대 위에 피부가 허옇게 변한 마르끼즈의 시체가 누워 있다.

목 한쪽에 엄지손가락만 한 크기의 붉은 구멍이 나 있다. 그 안쪽으로 노란 지방층과 속살 조직들이 드러나 보인다. 왼쪽 가슴에도 비슷한 크기의 자상이 있고 옆구리 쪽에는 둥근 모양의 자상이 늘어섰다.

미 8군 소속 수사과의 랜트 소령과 데보라 대위는 팔짱을 낀 채 마르끼즈의 시체를 내려다보았다. 곁에서 고무장갑 낀 손을 마르끼즈의 배 위에 가볍게 얹고 손가락을 툭툭 두들기는 사람은 검시관 화이트 소령이었다. 그는 랜트 소령의 친구이기도 했다.

"뭐하고 있나? 빨리 얘길해줘."

랜트 소령은 부검 결과를 얘기해줄 생각은 안 하고 다섯 살 먹은 자기 딸 자랑을 늘어놓는 화이트 소령이 짜증나기까지 했다. 랜트 소령이 소리를 높여 다그치자 화이트 소령은 어깨를 으쓱하며 반문했다.

"뭐가 그리 급해? 약으로 푹 재워놨으니까 썩지도 않을 텐데."

"이봐. 난 부검실에서 자네 딸 얘기를 듣고 싶진 않아. 더구나 이렇게 끔찍한 시체를 옆에 놓고 말이야."

"좋아, 좋아. 그럼 잘 들으라고."

화이트 소령은 오른손 검지로 마르끼즈의 복부 자상을 짚어 보였다.

"자. 사망 원인은 자상으로 인한 과다출혈이야. 여기 배 쪽이 제일 먼저야."

"그걸 어떻게 알죠?"

메모 노트를 들고 있는 붉은 단발머리의 데보라 대위가 안경을 치켜올리며 물었다.

"그건 말이지. 가슴과 목에 있는 상처는 칼날 모양 그대로 보존되어 있지? 여기 복부 자상의 모양을 봐. 칼에 찔리고 나서 심하게 몸을 비튼 흔적이 남아 있어. 의식이나 힘이 가장 또렷하게 남아 있었을 때야. 하여튼 배를 찔리고 나서 방어를 포기할 정도로 심한 육체적, 정신적 충격을 받았어. 그 이후에 가슴과 목을 찔린 거지. 가슴이 먼저인지 목이 먼저인지는 모르겠지만. 칼날이 상당히 깊이 박혔어. 복부대동맥이 완전히 절단됐어. 바로 병원으로 옮겼다고 해도 글쎄, 쉽지 않았을 거야. 결국 가슴과 목을 더 찌를 필요도 없었던 셈이지. 목격자가 있었다면서?"

"쇼크 상태야. 정신 차리는 대로 곧 진술을 받아야지."

화이트 소령은 부검 전에 읽어본 사건보고서를 다시 펼쳐보았다.

평택 기지촌의 한 클럽 여종업원 방에서 아직 신원이 공식적으로 확인되지 않고 있는 '로드리게즈'라는 이름의 백인 남자가 죽은 채로 발견되었다. 세입자인 여종업의 비명을 듣고 집주인이 올라가서 현장을 발견했고 곧장 경찰에 신고를 했다. 경찰과 캠프 험프리스 헌병대에서 출동했다. 사건은 미 8군 수사과로 넘어왔다.

온통 피투성이였던 사건 현장에는 피살자가 하의를 벗은 채 침대 구석에서 죽어 있었고 여종업원은 알몸으로 두 손이 침대에 묶인 상태였다. 사건의 유일한 목격자인 여종업원의 진술에 따르면 사건의 정황은 다음과 같이 간단하게 요약된다.

그녀와 가까운 사이였던 피살자가 성관계를 맺기 전 그녀를 폭행하고 침대에 묶었다. 평소에도 가학적인 성관계를 즐기던 그는 그녀를 목 졸라 죽이려고 했다. 그때 복면을 한 남자가 들어와 피살자를 죽이고 사라졌다.

확인 결과 그녀의 몸에서 타박상으로 보이는 상처들이 발견되었다. 목을 조른 흔적도 선명했다. 살인 흉기로 쓰인 칼은 피살자의 가슴에 꽂혀 있었는데 지문이 발견되지 않았다.

수사팀에서는 즉시 캠프 험프리스의 전 부대에 로드리게즈라는 이름을 가진 미 복귀병이 있는지 알아보았다. 로드리게즈라는 이름을 가진 사람은 모두 여섯 명. 한 명은 젊은 중위, 한 명은 상사, 나머지 네 명은 일반 사병이었다. 모두 멀쩡하게 살아 있었다.

랜트 소령은 그 사실을 확인하는 순간 사건이 쉽게 풀리지 않겠다는 불안감을 느꼈다. 하지만 동시에, 무슨 일이 있더라도 범인을 잡고 말겠라는 신념도 강해졌다. 랜트는 타고난 승부욕의 소유자였다.

"지문은?"

랜트가 물었다. 화이트는 서류를 들춰보며 대답했다.

"지문은 피해자와 그 여자 지문뿐이야. 칼을 그대로 놔둔 걸 보면 가해자가 고의적으로 지문을 지웠거나 처음부터 장갑을 꼈을 가능성이 높아. 보란 듯이 말이지. 참, 자네가 알아봐달라고 했었지? 이 로드리게즈라는 친구, 죽기 전에 성행위는 없었어."

"여종업원도 성행위 사실은 없었다고 하더군. 혹시나 해서 부탁했던 거야."

"그 여자 진술은 신빙성이 있어 보여. 입을 제대로 열게 되면 뭔가 풀리겠군. 젠장, 어제 잠을 제대로 못 잤더니…"

화이트는 졸린 듯 하품을 하면서 들고 있던 서류를 내려놓았다. 랜트는 가운데가 움푹 팬 턱을 만지작거렸다. 그의 습관이었다.

"소령님, 그래도 아직은 모르지 않습니까? 제가 아까 말씀드린 공범 가능성도 있고요."

데보라의 말에 랜트는 신중한 표정으로 천천히 고개를 끄덕였다.

"공범?"

화이트가 끼어들었다.

"아, 혹시 여종업원이 다른 남자와 같이 사건을 꾸민 게 아닌가 의심스러워서요."

데보라는 메모 노트를 한 장 앞으로 넘겨본 후 계속 말을 이었다.

"치정인지 돈 문제인지는 모르겠지만, 그럴 가능성도 있지 않겠습니까? 상황이 너무 넌센스예요. 이 남자를 누가 죽였던 동기가 있을 텐데. 사람을 죽이려면 대단한 이유가 있어야 하지 않을까요? 여종업원 말대로 전혀 모르는 사람이라면, 말이 안 되잖습니까?"

화이트 소령은 잠시 생각을 해보다가 대답했다.

"그럴 가능성도 있고. 정말 공범이 있다면, 그 여자는 정말 대단한 여자야. 여자를 검진한 조단 대위의 말에 따르면 여자도 죽을 뻔한 고비를 넘겼대. 기도가 파열되기 직전까지 목이 졸렸고 타박상도 심각하고. 만약 공범이 있다고 치면, 스토리를 어떻게 보고 있나?"

화이트의 물음에 데보라 대위는 정확한 음성으로 대답했다.

"몇 가지 가정을 생각해봅니다. 먼저 이런 경우. 로드리게즈를 다른 곳에서 살해하고는 그곳에 데리고 와서 미지의 남자에 의해 살인극이 벌어진 상황으로 꾸몄을 수도 있죠. 또 다른 경우. 로드리게즈가 그곳에서 정사를 벌이기 직전, 숨어 있던 남자에 의해 죽은 겁니다. 또 다른 경우는…"

"데보라, 그만 해. 아직 우리끼리 얘기일 뿐이잖아."

랜트 소령이 데보라를 저지시켰다. 그는 증거가 나오기 전에 성급하게 추론하는 방식을 경계했다. 선입견이 생기면 나중에 확보한 물증까지도 왜곡해서 해석할 우려에서였다. 그러나 화이트 소령은 흥미로운 표정으로 또 데보라에게 물었다.

"그렇다면 술집 여자의 몸에 생긴 상처는?"

"첫 번째 가정이라면 공범자와 그녀 사이에서 고의적으로 만들어낸 걸 거고, 두 번째 가정이라면 로드리게즈가 실제로 변태 짓을 했겠죠."

화이트는 고개를 끄덕거리며 말했다.

"젠장, 시체 헤집는 것보단 수사가 재밌군. 랜트, 자네 여기 로드리게 즈라는 친구랑 친하게 지내볼 생각 없나? 내가 이 똑똑한 빨강머리 아가 씨랑 같이 수사를 해볼 테니까."

랜트는 화이트의 농담에 반응을 보이지 않고 마르끼즈의 얼굴만을 뚫어지게 내려다보았다. 속으로 시체에게 말을 걸었다.

자네 무슨 비밀을 숨기고 있나? 말해줘.

"다른 건 없나?"

랜트가 화이트를 돌아보며 물었다.

"로드리게즈의 트레이닝복 바지에 묻어 있던 피는 자신의 피로 밝혀졌어. 젠장. 현장에서 지갑이 발견 안 됐다면서. 범인이 지갑을 훔쳐갔나봐. 덕분에 이렇게 신원 확인이 안 되고 있는 거지."

"알았네. 혹시 또 특별한 게 나오면 곧장 연락해줘."

"그렇게 하지. 이제 어떻게 할 셈인가?"

"범인을 잡아야지."

랜트는 마지막으로 마르끼즈의 얼굴을 보았다. 그리고 데보라에게 눈짓으로 가자는 신호를 줬다.

"또 뵙죠."

데보라는 화이트와 간단하게 악수를 나누고 랜트의 뒤를 따랐다.

"헤이, 로드리게즈. 먼 나라에서 고생했네."

화이트가 시체를 치우면서 중얼거리는 목소리가 랜트의 등 뒤로 들려왔다.

며칠 뒤인 1998년 6월 1일.

제니는 사무실에서 일하는 중이었다. 중대의 트레이닝 홀리데이라서 사무실에는 나올 필요가 없었지만 밀린 서류작업이 꽤 있었다. 필드 트레이닝이 끝나고 대부분의 사병이 4박 5일간의 긴 외출 패스를 받았다. 이미 카투사들은 어제 저녁 모두 집으로 떠났고 지아이들도 금요일 저녁 파티 준비에 들떴다.

제니는 필드 트레이닝 평가보고서를 정리한 파일을 저장하고 컴퓨터를 껐다. 캡틴 브랜든, 루테넌트(중위) 래리와 함께하기로 한 저녁식사 약속을 떠올리며 막 중대장실을 떠나려는 참이었다. 차르르 소리와 함께 팩스가 한 장 들어왔다. 제니는 별생각 없이 팩스를 뽑아들었다.

미국의 포틀랜드 캠프 인사처에서 온 팩스였다. 전입신고를 하기로 되어 있던 스페셜리스트 마르끼즈가 오지 않고 있다는 내용이었다.

뭐지? 마르끼즈는 보름 전 비행기로 한국을 떠나지 않았던가? 도대체 어디서 뭘 하고 있길래?

제니는 인상을 찌푸리며 팩스를 내려놓았다. 그녀는 이미 자기 중대를 떠난 사병의 뒷처리까지 해줄 의무는 없다는 생각을 하면서 팩스를 파일 정리함에 넣었다. 그리고 가벼운 발걸음으로 중대장실을 빠져나가려 했는데 또 팩스가 들어오는 소리가 들렸다.

"지저스 크라이스트!"

제니는 다시 발걸음을 돌려 팩스 앞으로 다가갔다. 팩스가 도착하자마자 내용을 훑어보았다.

"맙소사. 마르끼즈잖아?"

잠을 자는 듯 눈을 감은 마르끼즈의 얼굴 사진이 팩스에 담겨 있었다. 제니는 그 아래 적힌 내용을 믿기 어려웠다.

― 위 인물은 지난 5월 27일 밤 평택 안정리에서 발생한 살인사건의 피해자임. 먼저 보낸 협조 공문에 언급된 '로드리게즈'라는 이름(추정)을 가진 인물의 부검 후 사진임. 각 부대에서는 미복귀자가 있는지 확실하게 점검할 것. 미복귀자와 본 팩스의 사진 속 인물이 동일하거나 흡사할 경우 즉시 8군 수사과 사무실로 전화를 해야 할 의무가 있음.

제니의 손이 심하게 떨리기 시작했다.

"아무리 사소한 일이라도 그냥 넘어가면 안 됩니다. 전부 다 말씀해 주세요."

데보라는 침묵을 지키는 제니에게 좀 더 강한 목소리로 다그쳤다. 이미 제니는 용산까지 가서 피살자의 시신을 직접 봤다. 피살자가 스페셜리스트 마르끼즈가 틀림없다는 것을 확인했다. 또 한참 전에 도착했어야 할 마르끼즈가 아직 오지 않고 있다는 포틀랜드 기지 인사처의 공문까지 랜트와 데보라에게 보여주었다.

랜트 소령과 데보라 대위는 제니와 함께 캠프 험프리스로 돌아왔다. 그리고 중대장실에서 제니의 진술을 기다리고 있는 중이었다. 사건보고서를 읽은 제니는 좀처럼 입을 열지 못했다.

"이봐, 대위. 충격을 받은 심정은 이해하네. 좋아. 잠시 혼자 있게. 우린 나가서 소다라도 좀 마시고 올 테니까."

랜트 소령은 데보라를 데리고 중대장실을 빠져나갔다. 자정이 가까운 시간, 혼자 남은 제니는 풍성한 금발머리를 두 손으로 쥐었다. 핏기가 사라진 마르끼즈의 얼굴이 눈앞에서 떠나지 않았다. 그리고 또 다른 부대원의 얼굴이 자꾸 떠올랐다.

제니는 책상으로 돌아가 CQ 로스터를 확인했다. 5월 27일, 필드를 나가기 전날 CQ와 ACQ는 승훈과 코트니였다. 그녀는 방 배정 상황이 기록된 보드를 확인했다. 정태는 피터스와 함께 방을 썼다.

아직은 확신도 의심도 하지 말자. 정태는 다른 중대원과 다르지 않아.

하지만 제니는 자신이 양심을 회유하고 있음을 금방 인지했다. 동기면에서 보자면 정태는 누가 판단하더라도 유력한 용의자였다. 그리고 수사 요원들은 그 사실을 알아야 했다.

또 제니는 알고 있었다. 중대장으로서 자신의 진술이 수사 장교들의 판단이나 이후의 수사와 재판 과정에 얼마나 큰 영향을 미치게 될지를.

제니는 방에 걸려 있는 성조기를 물끄러미 바라보았다. 초임 장교 임관식에서 성조기에 대한 맹세를 하던 순간이 생생하게 기억났다.

정의. 양심. 충성.

제니는 길게 심호흡을 하고 눈을 감았다.

지휘하던 부대에서 살인사건이 일어나다니. 만약 중대원들끼리의 살인사건으로 밝혀진다면? 군인으로서 커리어에 심각한 얼룩이 남는 셈이었다.

어떻게 해야 하나?

문이 열리고 랜트와 데보라가 들어왔다. 둘은 제니가 입을 열기를 기다리고 있었다.

부끄럽게 살지 말자.

제니는 담담하게 말을 꺼냈다.

"CQ에게 비상 연락망을 돌리라고 지시하겠습니다. 부대원들은 늦어도 내일 오후까지는 전원 복귀할 겁니다. 당신들이 부대원들을 상대로 조사를 할 수 있도록 협조하겠습니다. 그리고 마르끼즈에 대해서 말하자면 대인 관계가 그리 좋은 편은 아니었습니다. 다툼도 많았고, 한 사병과는 크게 싸우고 그 사병이 영창까지 갔다 온 적이 있었습니다."

랜트와 데보라의 눈동자가 동시에 커졌다. 랜트는 상체를 앞으로 굽히며 신중한 목소리로 물었다.

"무슨 일 때문에 싸웠나?"

"그 사병은 카투사입니다. 필드 훈련을 나갔다가 리커버리 사역을 하는 도중이었는데, 말다툼이 몸싸움으로 번졌습니다."

"그 카투사에 대해 좀 더 이야기를 듣고 싶은데요?"

데보라가 말했다. 제니는 주먹을 꼭 감아쥐고 차분한 목소리로 말을 이었다.

"평소에도 마르끼즈와 사이가 좋지 않았습니다. 다른 점에서는 믿을 만한 훌륭한 병사였습니다."

데보라의 얼굴에 예리한 빛이 스치고 지나갔다.

"그럼…."

랜트가 손을 들어 데보라에게 조용히 하라는 신호를 보냈다. 랜트는 제니에게 물었다.

"그 병사를 만나볼 수 있나?"

"예스, 써."

제니는 낮은 목소리로 대답했다.

랜트와 데보라는 숙소로 돌아갔다. 새벽 1시, 제니도 방으로 돌아갔다.

더운 물로 샤워를 하고 누웠지만 잠이 오지 않았다. 다시 자리에서 일어나 펜을 잡았다. 남편에게 편지를 쓰려고 했지만, 몇 번을 쓰다가 구겨 버리고 결국 펜을 놓았다.

그녀는 두 손을 모으고 기도를 시작했다.

진실과 진심

비상 연락을 받은 민성은 부대로 돌아왔다. 입대한 후 주말에 나가 있는 동안에 이런 식으로 비상 연락을 받은 경우는 처음이었다.

심상치 않은 분위기가 감돌았다. 보통 때 같으면 막사 주변에서 담배를 피거나 어정거렸을 부대원의 모습이 전혀 보이지 않았다. 막사 건물로 들어갔을 때 CQ 데스크에 앉아 있던 ACQ 렉터가 지시사항을 전달했다.

1. CQ의 호출이 있을 때까지 방 안에서 대기할 것.
2. 화장실을 이용하는 경우 외에는 방을 이탈하지 말 것.
3. 막사 밖으로의 출입을 통제함.

"도대체 무슨 일이야?"

민성이 다그치듯 물었다. 렉터는 짐짓 불편한 기색을 감추지 못했다. 그가 말했다.

"화장실에 가봐."

그때 CQ인 레이 병장이 나이슬리를 데리고 계단을 내려왔다. 둘 다 잔뜩 긴장한 표정이었다.

뭔가 단단히 문제가 생겼군.

민성은 방으로 가서 가방을 던져놓고 트레이닝복으로 옷을 갈아입은 다음, 렉터의 말대로 화장실로 향했다.

맙소사. 여기서 집단 종교의식이라도 벌이고 있나?

화장실은 부대원들로 붐볐다. 카투사들은 한국말로, 미군들은 영어로 떠들어댔다. 다들 격양된 억양이었다. 공간이 벌통처럼 웅웅 울렸다. 민성이 혼란스러워하고 있는데 승훈이 다가왔다. 그에게 물었다.

"어떻게 된 겁니까? 왜들 화장실에 모여 있어요?"

"마르끼즈가 안정리에 있는 클럽 여종업원 방에서 살해당했다."

민성은 놀라서 주먹을 꼭 쥐었다. 승훈은 억양의 변화 없이 설명을 이었다.

"미 8군 중앙수사팀이 와서 부대원들 진술을 받고 있어. 원래는 방에서 대기하라는데 어디 답답해서 그럴 수 있어? 건물 밖으로 못 나가게 하니까 다들 여기 와서 떠드는 거지."

"용의자는 없고요?"

승훈은 어깨를 으쓱 올린 다음 느린 걸음으로 화장실 문을 열고 나가 버렸다. 상준이 다가와서 알려주었다.

"박정태 병장님이 유력한 용의자로 몰리고 있어요."

순간 민성의 눈앞으로 어떤 장면이 재현되었다. 며칠 전 필드 훈련에서 보았던 정태의 모습. 자정이 넘은 시간에 그는 혼자 울었다. 귀신인 줄 알고 겁을 먹었을 정도로 서럽게 울었다. 정태가 뭐라고 변명했지?

— 집에 일이 좀 있어서. 놀라게 해서 미안하다.

민성은 가슴이 철렁 내려앉았다.

"설마…. 정태는 어딨어?"

"아직 안 왔어요. CQ 말로는 집에 통화가 안 되서 메시지를 남겨놨다는데 아직 연락도 없네요. 수사팀 쪽에서 박 병장님 집에 헌병들을 출동시키려는 걸 중대장이 겨우 막았어요."

민성은 그제야 화장실에 감도는 미묘한 분위기를 파악했다. 한쪽엔 지아이들이, 한쪽엔 카투사들이 편을 가르듯 정확히 나누어졌다. 카투사를 보는 지아이의 시선이나, 지아이를 보는 카투사의 시선이나 모두 곱지 않았다.

"갓 댐 잇! 빌어먹을 살인마 녀석은 왜 안 오는 거야? 난 예전부터 알고 있었어! 이 싸이코 개자식! 목을 따주겠어!"

재미슨이 카투사 쪽을 보며 소리쳤다. 카투사들은 그의 얼굴을 힐끗 돌아볼 뿐 별 반응을 보이지 않았다.

지아이들이 시끄럽게 웅성거리는 반면 카투사들은 조심스러운 얼굴로 침묵을 지키거나 낮은 목소리로 대화를 나누었다. 그때 화장실 문이 벌컥 열리고 프리엘이 들어왔다.

"박 병장이 왔어!"

화장실 안이 술렁이기 시작했다. 지아이들은 화장실 밖으로 나갔다. 카투사들도 곧 화장실을 빠져나갔다. 민성도 뛰쳐나갔다. 정태는 복도에 CQ와 함께 서 있었다.

"이 개자식, 무슨 짓을 한 거야!"

재미슨이 소리를 지르며 정태에게 다가갔다. 다른 지아이들도 정태를 에워쌌다.

"저 자식 눈빛을 봐. 처음부터 다 알고 있다는 식이잖아!"

지아이들은 정태를 땅에 묻을 기세로 흥분했다. 정태는 전혀 동요하지 않았다. 그저 무표정한 얼굴로 서 있었다.

"중대 열중쉬어!"

CQ가 큰 소리로 중대장의 등장을 알렸다. 다들 차렷 자세를 취했다. 제니가 굳은 얼굴로 CQ 데스크 앞으로 다가왔다. 정태를 둘러싸고 있던 중대원들이 길을 비켰다. 제니는 정태 앞에 멈췄다. 잠깐 동안 시선을 주고받더니 말했다.

"박 병장은 짐을 내려놓고 중대장실로 오도록. CQ가 동행하도록."

제니의 명령은 짧고 간결했다.

"예스, 맴."

정태의 대답도 그랬다.

중대장실의 분위기는 엄숙했다. 한쪽 구석에 제니가 곧은 자세로 앉았고 랜트 소령이 중대장 책상 앞에, 그리고 데보라 대위가 그의 곁에 앉아 있었다. 책상 위 소형 녹음기가 돌아가는 소리가 들릴 정도로 사무실 안은 조용했다.

유일하게 서 있는 정태는 열중쉬어 자세였다. 전방 15도 위에 시선을 둔 채로. 랜트 소령은 담배를 피우면서 정태를 찬찬히 뜯어봤다. 랜트는 이런 식의 심문을 할 때면 언제나 자기 암시를 했다.

이놈은 치타의 사정거리에 들어온 가젤이야. 악어에게 이미 다리를 물린 물소 새끼야. 내가 너를 꼼짝없이 쓰러뜨려주겠어. 내 솜씨를 지켜봐.

마음의 준비를 마친 랜트는 불쑥 엉뚱한 질문을 했다.

"담배 태우나?"

"아닙니다."

"좋아. 담배는 건강에 좋지 않아. 결국 자넬 죽일 수도 있지. 안 그런가?"

정태는 대답을 하지 않았다.

"안 그런가?"

"잘 모르겠습니다, 소령님."

"난 잘 모른다는 대답을 제일 싫어해. 그런 말은 절대로 하지 말게."

"예스, 써!"

랜트 소령은 숨을 고른 후, 정태와 시선을 마주했다. 그리고 천천히 입을 열었다.

"지난주 일요일 밤, 어디 있었나?"

"저녁을 먹고 체육관에 가서 운동을 했고, 그리고 방에 돌아왔습니다. 잠들 때까지 공부를 했습니다."

"내가 들은 바로는, 카투사들은 보통 주말에 집에 간다고 하던데?"

"그렇습니다."

"내가 최근 자네 외출외박 현황을 전부 확인해봤어. 꼬박꼬박 주말에 외박 패스를 끊어나가다가 최근 몇 달은 주말에 집에 가지 않고 부대에 있었던 때도 많더군. 무슨 변화가 있었나?"

"전 보통 막사에서 공부를 합니다."

"공부? 무슨 공부를 하지?"

"사법고시 준비 중입니다."

"법을 공부하고 있다고? 그거 재밌군."

눈싸움을 벌이듯 서로 마주보는 랜트와 정태, 어느 한쪽도 물러섬이 없었다. 랜트는 묘한 미소를 지었다. 그는 스릴을 느꼈다.

좋아. 이제 이미 확보한 증거와 정황을 들이밀 타이밍이다.

"마르끼즈와 싸워서 한국군 영창까지 갔다고 들었다. 듣기로는 한국군 영창이 무척 견디기 힘든 곳이라던데."

"저는 견딜만했습니다."

"마르끼즈 생각을 하면 아주 배가 아팠을 거 같은데? 같이 사고를 치고도 그 친구는 겨우 일주일 동안 청소하는 벌이 고작이었잖아. 그건 불공평해 보이는데, 미래의 변호사로서 어떻게 생각하나?"

"미군 규정과 한국군 처벌 규정이 다르니까요."

"그래도 감정의 문제는 그렇게 분명하지 않잖나?"

"네. 마르끼즈가 죽이고 싶도록 미웠습니다."

정태의 갑작스러운 말에 랜트는 당황했다. 데보라 대위도 흠칫 놀라 눈을 동그랗게 떴다. 제니는 입술을 파르르 떨며 정태를 보았다.

"지금 뭐라고 했지?"

데보라 대위가 녹음기가 제대로 돌아가는지 확인하고는 되물었다.

"마르끼즈가 죽이고 싶도록 미웠다고 말했습니다."

랜트가 바로 직격탄을 날렸다.

"그래서 죽였나?"

이번에는 정태가 묘한 미소를 흘리며 대답했다.

"제가 마르끼즈를 싫어한다는 사실은, 제 말처럼 죽도록 싫어한다는 사실은 중대원이 전부 다 알고 있었습니다. 그런 상황에서 제가 마르끼즈를 죽였을까요? 모두가 저를 의심할 게 뻔한데요? 전 그런 짓을 할만큼 바보는 아닙니다. 한국 사법고시가 미국 변호사 시험보다 어려우면 어려웠지 결코 쉽지는 않습니다."

랜트는 담배를 재떨이에 비벼 껐다. 정태는 랜트의 시선을 피하지 않았다. 랜트는 고개를 끄덕거렸다.

그래. 인정해주지. 적어도 바보는 아니라는 걸.

같은 시간, 정태의 방.

헌병대 병사 두 명이 방을 샅샅이 뒤지고 있었다. 책상에 꽂힌 고시서적과 서랍 속 물건, 옷장 안의 옷가지 주머니까지. 현장 감식용 카메라로 사진까지 찍어가면서 철저하게 수색했다.

같은 시간, 용산 미 8군 수사대 본부의 수사관 브록만 소령 사무실.

혜주와 마주보며 앉아 있는 브록만 소령은 둔해 보일 정도로 큰 체구의 소유자였다. 웨스트포인트 출신이라는 자부심 하나로 살아온 그의 군복은 플라스틱처럼 빳빳하게 다려진 각이 잡혀 있었다.

혜주는 팔목에 붙은 거짓말 탐지기 전선들이 뱀처럼 징그러웠다. 앞 벽에 설치된 슬라이드 화면을 보는 혜주의 얼굴은 불안으로 가득했다. 브록만 소령은 혜주의 작은 표정 하나하나를 놓치지 않고 눈에 담았다. 브록만은 지시사항을 다시 알려주었다.

"아주 간단해. 슬라이드를 보면서 아는 사람인지 아닌지만 얘기해주면 돼. 알았지?"

혜주는 브록만 소령의 말뜻을 대충 알아들었지만 말간 얼굴의 여자 통역사가 소령의 질문을 한국말로 다시 말해주었다.

혜주는 멍한 얼굴로 고개를 끄덕였다. 브록만 소령은 슬라이드 기계를 만지는 병사에게 눈짓을 줬다. 병사가 슬라이드를 켜자 스크린에 갠디의 슬라이드 사진이 떠워졌다.

"아는 사람이면 고개를 끄덕여. 모르는 사람이면 고갤 내저으면 돼."

혜주는 갠디의 얼굴을 보면서 고개를 내저었다. 브록만 소령은 거짓말 탐지기와 연결된 맥박수 그래프를 살폈다. 별 반응이 없이 평이하게 선이 이어졌다. 다음 슬라이드로 넘어가자 프리엘의 사진이 떠올랐다. 다시 아니오. 그다음 사진은 랜트 소령의 사진. 혜주는 잠시 멈칫 표정이 변한 후에 고개를 끄덕였다. 브록만 소령이 맥박 그래프를 확인했다. 그 레프는 이번에도 별 반응이 없었다.

"그래, 잘 하고 있어. 계속 볼까?"

브록만 소령은 편안한 어투로 혜주의 긴장을 풀어주려고 했다. 이번에는 민성의 사진이 슬라이드 스크린에 나타났다. 혜주는 고개를 내저었다. 다음으로 뜬 사진은 정태의 얼굴. 혜주는 침을 삼켰다. 그래프를 살피던 브록만 소령의 눈도 커졌다. 갑자기 맥박 그래프가 요동치기 시작했다. 혜주는 잠시 머뭇거리다가 고개를 내저었다.

순진한 여자군. 너무 시시해서 재미가 없잖아.

브록만 소령은 다시 고갯짓을 했다. 슬라이드를 넘기던 병사가 다음 사진을 떴다. 코트니였다. 혜주는 고개를 내저었고 그래프도 진폭이 줄어들었다.

철컥 소리와 함께 마지막 사진이 나타났다. 마르끼즈의 증명사진이었다. 혜주는 고개를 끄덕이지도 내젓지도 못했다. 이번에도 맥박 그래프는 정태를 봤을 때만큼 요동쳤다.

용돈이라도 쥐어주고 싶네. 랜트가 바보짓만 하지 않는다면, 범인을 잡아넣는 건 시간 문제군.

브록만 소령은 만족스러운 표정을 지으며 자리에서 일어났다.

다시 23지원단 중대장 제니의 사무실.

CQ의 호출을 받은 승훈과 코트니가 중대장실로 내려왔다. 둘은 헐거운 열중쉬어 자세로 중대장실 문 앞에 나란히 섰다. 서로 대화도 움직임도 없었다. 파리 한 마리가 둘 주변을 불안하게 맴돌 뿐.

잠시 뒤 문이 열리고 정태가 나왔다. 승훈은 정태와 시선이 마주쳤다. 정태를 보는 승훈의 눈빛은 더없이 싸늘했다. 그는 조용히 말했다.

"널 처음 봤을 때부터 불안했어."

정태는 아무 말도 없이 승훈을 스쳐 걸어갔다. 복도에 모인 중대원들의 시선이 둘의 마주침을 주시했다.

승훈은 코트니와 함께 중대장실로 들어갔다. 둘은 사무실 안의 최고 계급인 랜트 소령에게 경례를 붙인 후 열중쉬어 자세를 취했다.

"몇 가지 물어볼 게 있어서 불렀네. 자네 이름이 김승훈, 자네 이름이 마크 코트니, 맞나?"

"예스, 써."

승훈과 코트니는 동시에 짧게 대답했다.

"좋아. 자네 둘이 5월 27일 CQ 임무를 수행했지?"

"예스, 써."

"그다음날 중대 필드 트레이닝이 있었지?"

"예스, 써."

"좋아. 중요한 질문은 이제부터네. 먼저 김 병장에게 묻겠네. 평소에 개인적으로 박정태 병장과 사이는 어땠나?"

"좋지 않은 편이었습니다. 사고방식이 틀려서 다투는 일이 많았습니다."

"음. 그래?"

랜트의 머리에 복잡한 계산들이 이어졌다. 랜트는 승훈과 코트니의 증언이 사건의 열쇠임을 확신했다. 이미 충분한 살해 동기가 확인된 상황에서, 정태는 확실한 알리바이를 확보하지 않는 이상 제 1용의자로 굳어져 기소를 피할 수 없었다.

군대 밖의 경우라면 아무리 정황 증거가 확실해도 결정적 물증이 없이는 유죄 판결이 힘들지만, 이번 사건이 O. J. 심슨 케이스가 아니라는 걸 랜트는 너무나도 잘 알았다. 그런 면에서 CQ를 맡았던 두 병사의 진술은 절대적이었다.

피살자의 이름이 로드리게즈가 아니라 마르끼즈라는 사실이 밝혀지면서, 랜트는 유일한 증인이었던 여종업원의 증언을 신뢰하면 안 된다고 판단했다. 오히려 범행을 은폐하기 위해 고의로 거짓 진술을 했고 공범이 있을 가능성도 높다고 생각했다.

그날 밤 당직 사병이 정태가 나갔다 오는 장면을 목격했다면 정태는 충분히 유죄로 만들 수 있었다. 살인을 했다는 증거도 없지만 살인을 하지 않았다는 알리바이도 없으니까. 무죄 추정의 원칙은 철조망 밖 비싼 변호사가 우글거리는 민간인들 세상의 얘기다. 게다가 미군이 카투사를 죽였다면 또 모를까.

당직 사병의 진술만 있으면 된다.

랜트 소령은 침착하게 승훈에게 질문을 던졌다.

"김 병장, 그날 밤 정태를 본 적 있나?"

"예스, 써."

데보라 대위의 입가에 희미한 미소가 걸렸다. 제니의 입에서 낮은 숨소리가 흘러나왔다. 랜트 소령은 다음 질문을 계속했다.

"언제쯤인가?"

"새벽 1시쯤에 나가는 걸 봤습니다."

그렇지!

랜트는 자신도 모르게 왼쪽 주먹을 꼭 감아쥐었다. 마르끼즈의 사망 추정 시간이 자정에서 새벽 2시 사이였다. 그는 사건 해결을 눈앞에 둔 순간에서만 느낄 수 있는 짜릿함을 애써 달래며 최대한 침착한 목소리로 물었다.

"상황을 자세하게 설명할 수 있겠나? 언제 나가서 언제 들어왔는지?"

"그날 밤 저와 ACQ 코트니는 CQ 데스크에 앉아서 음악을 듣고 있었습니다. 새벽 1시쯤 정태가 방에서 나왔습니다. 잠이 오지 않는다면서 담배를 피러 현관 밖으로 나갔고 담배를 피운 후 곧장 방으로 돌아갔습니다."

그의 말이 끝나는 순간, 랜트 소령은 내뱉으려던 숨을 턱 멈추었다. 데보라 대위는 믿을 수 없다는 표정으로 잔뜩 인상을 찌푸렸다. 제니의 입가에 희미한 미소가 돌아왔다.

긴 침묵이 흘렀다. 랜트 소령은 승훈의 얼굴을 뚫어지게 바라보았다.

이 자식, 너 거짓말을 하고 있지?

랜트는 평정심을 잃었다. 그는 코트니에게 시선을 돌렸다.

"이번엔 마크 코트니 일병에게 묻겠네. 자네는 그날 밤 김 병장과 함께 ACQ를 있지?"

"예스, 써."

"지금 대답한 김 병장의 진술에 모두 동의하는가?"

코트니는 대답을 하지 않았다. 랜트 소령은 매서운 시선으로 그의 눈을 바라보았다. 데보라 대위는 손에 들고 있는 볼펜을 점점 더 빠른 속도로 돌렸다.

코트니는 정면에 마주보이는 창문을 응시했다. 그 위로 반사된 승훈의 시선과 마주쳤다.

방금 전, 승훈이 방에서 제안했다.

— 밤에 정태가 들어오는 걸 봤던 일, 없던 일로 해줘.

— 무슨 소리야? 위증을 하라는 거야? 그것도 내가 싫어하던 정태 놈을 위해서?

— 니가 그랬지? 미셸을 다시 찾을 수 있다면 무슨 짓이든 하겠다고.

— 미셸하고 정태하고 무슨 상관인데?

— 만약 이 사건의 범인이 정태라면, 너와 똑같은 심정에서 그랬을 거야.

— 뭐?

— 그는 한 여자를 지키고 싶어 했을 뿐이야.

— 이봐. 날 힘들게 만들지 마. 아니 너도 정태하고는 앙숙이잖아? 대체 왜 갑자기 못 도와줘서 안달이야? 이유가 뭔지나 좀 알자.

— 나중에 꼭 들려줄게.

— 제기랄. 내 인생에 나중은 없어. 만의 하나라도 위증이 밝혀지면 난 정말 큰 트러블에 빠지게 될 테지.

— 친구를 위해 한 번만 모험을 해줘. 콜?

방에서 승훈이 신신당부한 부탁이 귓가에 울렸다. 코트니는 확답을 주지 않은 상태에서 중대장실로 들어왔다. 이미 승훈은 위증을 했다. 어떡하지?

"코트니 일병?"

랜트가 그를 다그쳤다. 코트니는 천천히 심호흡을 하고 입을 열었다.

"예스, 써. 모두 사실입니다. 저도 그날 밤 정태가 잠깐 담배만 피고 들어오는 모습을 목격했습니다."

유리창 위에서 승훈과 코트니의 시선이 마주쳤다. 데보라는 돌리고 있던 볼펜을 떨어뜨렸다. 랜트는 코트니와 승훈의 얼굴을 차례로 응시하다가 다시 물었다.

"마르끼즈가 살해된 일을 알고 있나?"

“예스, 써.”

승훈과 코트니의 입에서 동시에 짧은 대답이 튀어나왔다.

“자네들의 증언이 결정적이라는 사실도 알고 있나?”

“예스, 써.”

“만의 하나 사실과 다른 진술을 할 경우, 자네들은 위증죄에 해당됨도 알지?”

“예스, 써!”

그 뒤로 긴 침묵이 흘렀다. 랜트가 관자놀이를 주무르던 손을 뗄 때까지. 그는 아까보다 힘 빠진 음성으로 말했다.

“자네들이 한 말이 모두 사실이길 바라네. 돌아가게.”

승훈과 코트니는 경례를 붙인 후, 빠른 걸음으로 중대장실을 빠져나갔다.

랜트, 데보라 그리고 제니는 한참 말이 없었다. 랜트가 데보라에게 낮은 목소리로 말했다.

“이상하지?”

데보라는 당연하다는 투로 대답했다.

“둘 다 거짓말을 하고 있어요.”

랜트는 턱을 만지며 혼잣말처럼 중얼거렸다.

“결국 정공법을 택해야겠군.”

중대장실을 나온 승훈과 코트니는 둘 다 군복 등판에 땀이 흥건하게 배었다. 방으로 들어오자마자 코트니가 승훈의 멱살을 잡아올렸다.

"이 개자식! 일이 잘못되면 책임질 거야?"

"할 수 있는 한 책임질게."

"대체 왜 그랬어? 말해봐."

승훈은 코트니의 시선을 피했다. 코트니는 멱살을 풀고 침대에 벌렁 누웠다. 그리고 소리쳤다.

"아, 젠장. 나도 모르겠다!"

그는 봄 햇살마저도 싫고 부담스러운지 이불로 얼굴을 덮어버렸다.

랜트 소령은 중대원들이 지켜보는 가운데 막사 건물 뒤에서 정태를 차에 태웠다.

경부고속도로를 타고 서울로 올라가는 내내 랜트는 컨트리 가수인 가스 브룩스의 앨범을 반복해서 들었다. 그는 웅얼웅얼 노래를 따라 부르면서 껌을 씹었다. 정태에게 말을 걸거나, 심지어 돌아보는 일도 없었다. 여드름이 얼굴에 많이 난 갈색 머리의 운전병과 간단한 잡담을 나눌 뿐이었다.

반포대교를 건너고 얼마 지나지 않아 용산 메인포스트 캠프가 나타났다. 차는 천천히 입구를 향해 다가갔다. 입구를 지키던 헌병이 손을 들어 차를 멈췄다. 그때 랜트가 불쑥 고개를 돌려 정태를 봤다.

"궁금하지? 내가 왜 자넬 여기로 데리고 왔는지?"

정태는 그의 질문에 대답하지 않았다.

캠프 안으로 들어간 일행은 차에서 내렸다. 랜트가 정태를 데려간 곳은 거짓말 탐지기가 설치된 조사실이었다. 정태는 순순히 테스트에 응했고 랜트 소령은 정태의 군대 생활과 마르끼즈와의 관계에 대해 이런저런 질문들을 던졌다. 그러다가 문득, 대수롭지 않은 목소리로 물었다.

"구혜주라는 여자 알지? 지금 널 기다리고 있어."

정태는 표정의 변화 없이 나지막한 목소리로 대답했다.

"누구라고요? 처음 듣는 이름인데요?"

"헤이, 왜 그래? 그녀가 자넬 잘 안다고 다 얘기했는데 뭘."

"글쎄요, 전 처음 듣는 이름인데요? 구혜주라고 하셨나요?"

랜트 소령은 탐지기의 그래프를 확인했다. 평온한 선이 이어졌다.

이럴 수가. 이 녀석은 분명히 나를 속이고 있는 게 확실한데!

"얄팍한 거짓말 따위, 정말 혐오스러워."

정태는 여전히 담담한, 어찌 보면 당당한 표정과 자세로 앉아 있었다.

"좋아. 여자를 만나보면 알겠지. 너무 머리를 믿다가는 생각지도 못했던 늪에 빠진다고. 조심해."

조사실에서 나와 랜트 소령의 사무실에 도착했을 때는 저녁 6시가 조금 넘은 시간이었다. 랜트 소령은 바로 어딘가로 전화를 걸었다. 그리고 몇 분 걸리지 않아서 사무실 문이 열렸다. 브록만 소령이 혜주를 앞세우고 사무실로 들어왔다.

정태는 혜주를 힐긋 보고 바로 시선을 앞으로 했다. 혜주는 아예 정태 쪽을 쳐다보지 않으려고 했다.

"자, 자. 이러지 말고. 자넨 여기 앉고 아가씨는 이쪽으로 앉지."

랜트 소령은 작은 테이블을 사이에 놓고 정태와 혜주를 마주보게 앉혔다. 혜주 옆에 통역관이 자리 잡았다. 랜트 소령은 정태와 혜주를 함께 살필 수 있는 옆자리 소파에 편하게 앉았다. 그러나 눈빛만큼은 사냥감을 응시하는 매의 눈이었다.

"인사들 하지. 조사실 의자는 딱딱해서 말이야. 내 사무실에서 얘기 나누자고."

랜트 소령이 가벼운 말투로 분위기를 흐트리려고 했다. 정태는 혜주를 보면서 슬쩍 고개 숙여 인사했다. 혜주는 애써 시선을 아래로 깔고 있었다. 랜트 소령은 그런 혜주를 보며 천천히 말했다.

"첨에 미스 구는 증인으로 여기 와 있었어. 하지만 지금은 유력한 용의자 중 한 명이 됐어. 거짓말을 하고 있기 때문이지. 내가 정말 싫어하는 거짓말."

통역관의 말을 듣고 혜주는 랜트 소령을 보며 영어로 말했다.

"전 거짓말을 하지 않았어요."

"마르끼즈를 로드리게즈라고 말한 게 거짓말이 아니면 뭔가? 그것 때문에 초동 수사가 엉망이 됐어!"

"전 로드리게즈라고 알고 있었어요. 그가 저에게 이름을 거짓말로 얘기해준 거죠."

랜트 소령은 혜주의 항변은 아랑곳하지 않고 다그쳤다.

"그것뿐만이 아냐. 박정태 병장을 모른다고 했는데 거짓말 탐지기는 그렇지 않다고 하는데?"

혜주의 표정이 흔들렸다. 랜트가 파고들었다.

"나는 지금 둘의 시선 속에서 진실을 보고 있어. 이제 그만 털어놓지 그래?"

혜주는 말을 잊은 것처럼 꼼짝도 하지 않았다. 랜트가 일어나서 혜주 앞으로 다가갔다. 그는 허리를 굽혀서 혜주의 얼굴 바로 앞에 자신의 얼굴을 들이민 채 소리 질렀다.

"내가 원하는 건 딱 한 가지야! 사실대로 말하라고!"

혜주는 고개를 피하면서 눈을 감아버렸다. 랜트는 정태 쪽으로 휙 고개를 돌렸다.

"좋아, 미래의 변호사 양반. 내 눈으로 똑똑히 보여. 넌 이 여잘 알고 있어."

"처음 보는 여잡니다."

랜트 소령은 화가 치밀어올랐다. 실마리가 막 잡힌 상황에서 당직 사병들의 결정적 진술은 오히려 정태를 위한 강력한 알리바이가 됐다. 그런데다가 유력한 용의자란 놈은 능숙하게 그물을 빠져나가고 있었다.

"날 지금 엿 먹이나? 너희 둘, 내 눈에는 다 보여. 보통 관계가 아니잖아? 나중에 증거가 나오면 곱게 넘어가지 않을 거야. 지금 실토해."

정태는 또렷한 목소리로 말했다.

"우리 둘 관계가 다 보인다고 했죠? 정말 대단하네요. 왜냐면 지금 막 저 여자를 첫눈에 보고 반했거든요. 정말 아름다운 여자네요."

고개를 숙인 채 떨고 있던 혜주가 놀라 고개를 들었다. 정태는 그녀에게 빙긋이 웃어주었다. 혜주도 픽 웃어버렸다. 갑자기 정태가 노래를 부르기 시작했다.

"가끔 그대 생각을 할 때마다…"

쿨의 〈슬퍼지려 하기 전에〉였다. 함께 노래방에서 춤을 추던 노래. 혜주가 연습해달라고 부탁했던 노래.

랜트는 당황한 표정으로 정태를 노려봤다. 정태는 댄스곡을 발라드 부르듯 차분하게 불렀다. 마치 아빠가 딸에게 자장가를 불러주는 분위기였다.

"늘 가까운 듯 멀게만 느껴지는데…"

랜트는 참지 못하고 폭발했다.

"이 놈이 뭐하는 거야!"

정태가 노래를 멈추지 않자 랜트 소령은 통역관을 보며 물었다.

"이 노래가 뭐야?"

통역관은 어리둥절한 표정으로 설명했다.

"한국 가요인데요, 아주 유명한."

랜트는 수사관의 직업의식을 넘어 개인적인 호기심이 부풀어올랐다. 대체 무슨 일이 있었던 거냐? 응? 너희 둘, 무슨 짓을 한 거야?

정태는 혜주와 시선을 마주한 채 계속 노래했다.

"이렇게 만날 때엔 날 사랑한다지만 뒤돌아서면 왠지 슬픈 예감만이."

혜주의 눈에서 눈물이 툭, 툭 떨어져내렸다. 정태도 목이 메었다. 더는 노래하지 못했다.

　— 나를 바라보는 그대 눈빛. 말하지 않아도 우리의 마지막을 준비하려 해.

킬러 박

부대를 발칵 뒤집어놓은 마르끼즈 살인사건의 파장은 점점 커져 갔다. 다른 용의자는 나타나지 않았다. 사건을 담당한 랜트 소령과 데보라 대위는 물론이고 대부분의 중대원도 정태를 의심하는 것이 분명했다.

수사팀에서는 혜주와 정태를 몇 차례 더 대질 심문했다.

— 이번 사건 때문에 처음 알게 된 여자입니다. 그런데 몇 번 만나면서 사랑에 빠지게 됐습니다.

정태의 진술은 수사관들을 혼란스럽게, 그리고 화가 나게 만들었다. 혜주는 더는 불안해하지 않고 평온한 얼굴로 수사관들의 지시를 따랐다.

수사팀은 파라다이스 클럽을 찾아갔다. 클럽의 주인아줌마는 수사팀의 전화를 받고는 일찌감치 종업원들에게 단단히 입막음을 해놓은 상태였다.

"무조건 모른다고 혀. 알것냐? 세상에서 제일 나쁜 새끼들이 경찰놈이고 그보다 더 나쁜 것들이 양키 경찰이여. 염병, 올해 삼재가 꼈다더니."

종업원들은 차례대로 수사를 받았다. 수사관이 캔디에게 정태의 사진을 들이밀었을 때 그녀는 눈을 크게 떴다. 어디서 봤을까, 분명히 낯익은 얼굴이었다. 오래 걸리지 않아 기억이 났다. 김치 지아이. 잘 해주겠다던 자신을 거부하고 굳이 아이린을 찾던 무뚝뚝한 손님이었다. 빛이 나올 듯 강인한 눈매가 선명히 기억났다.

캔디는 고개를 들어 수사관을 보았다. 수사관의 어깨너머 못마땅한 얼굴로 담배를 뻑뻑 피워대는 주인아줌마의 살집 좋은 얼굴이 보였다. 캔디는 아무렇지도 않게 대답했다.

"모르겠어요."

"한 번 더 잘 보라고. 정말 본 적 없어?"

"처음 보는 사람이라니까요! 하루에도 수백 명씩 왔다가는데 제가 어떻게 얼굴을 기억해요? 같이 잔 놈 얼굴도 까먹는데."

23지원단 중대원이 아닌 다른 중대의 부대원도 마르끼즈 사건의 진행 상황에 촉각을 곤두세우고 새로운 소문이 돌 때마다 술렁였다. 그들에게 정태는 닉네임 '킬러 박'으로 통했다.

"이봐, 얘기 들었어? 킬러 박이 기소될 거래!"

"세상에! 범인이 잡혔대! 진범은 항공대의 백인 병장이라는데?"

"킬러 박이 자수를 했어!"

"킬러 박의 뒤에 극우 단체가 배경으로 있대. 지아이들을 살인하는 테러 집단이래!"

모두 근거 없는 헛소문이었다. 수사팀은 의혹을 지우지 못했지만, 군법상 가장 큰 효력을 갖고 있는 승훈과 코트니의 진술 이후 다른 진전 상황은 없었다. 당직 사병의 진술은 두꺼운 방패가 되어 정태를 지켰다.

엉뚱한 현상들이 생기기도 했다. 안정리 골목 곳곳에는 붉은 스프레이로 갈겨 쓴 'GUILTY'라는 단어가 유행처럼 등장했다. 심지어는 제 2의 살인을 예고하는 '암살자'의 편지가 수사본부에 도착하기도 했다. 카투사 놈들을 죽여버리겠다는 지아이들의 적개심 서린 외침도 있었다. 그런 일들이 현실화되지는 않았지만 금방이라도 폭발할 것 같은 아슬아슬한 긴장감은 계속 이어졌다.

정작 정태는 태풍의 눈처럼 평정을 지켰다. 가끔 수사 요원들에게 불려가서 조사를 받고 왔지만 일과 생활은 변함없이 진행했다. 중대장 제니가 지아이들의 보복을 대비해 정태의 방을 CQ 데스크 바로 옆방으로 옮기고, 외출할 때는 항상 다른 카투사와 함께 다니도록 한 조치를 빼면, 정태는 이번 일과 상관없는 사람처럼 조용히 지냈다.

23지원단의 지아이들은 정태를 볼 때마다 두려움과 증오가 반반 섞인 시선을 던졌다. 카투사들은 혹시나 그가 사건에 대해 무슨 말을 해주지 않을까 기대를 했다. 정태는 아무 언급도 해주지 않았다.

민성은 정태에게 한 번도 사건과 관련된 이야기를 물어보지 않았다.

민성도 궁금하긴 마찬가지였다. 민성은 정태가 범인이라는 확신이 없었다. 하지만 범인이 아니라는 확신도 없었다. 다만 정태가 범인이 아니기를 바랐다.

민성은 승훈에게는 그날 밤 정말 무슨 일이 있었냐고 물어본 적이 있었다.

"생각해봐. 내가 얼마나 그놈을 싫어했는지. 내가 미쳤다고 거짓 진술을 하겠어? 위증죄로 깜빵에 갈 위험까지 무릅쓰고? 이봐, 난 그렇게 또라이가 아니라고. 또, 코트니 녀석도 얘기했잖아. 우리 둘 다 똑똑히 봤어. 정태는 사건이 일어난 시간에 분명히 막사 안에 있었어. 담배 한 대 피겠다고 잠깐 나갔다 온 걸 빼면."

그 사건을 계기로 제일 많이 달라진 사람은 승훈과 코트니였다. 술과 파티에 절어 살던 둘은 더는 막사에서 술을 마시지 않았다.

항성이 뿜어내는 열기에 행성의 주민이 허덕이는 계절. 그중에서도 여름의 한복판인 8월 초 어느 하루였다. 오후 일과가 거의 다 끝나갈 무렵 민성은 제니의 호출을 받았다. 중대장실에 들어서서 경례를 붙였다.

"부르셨습니까, 맴?"

제니는 책상에서 일어나며 물었다.

"저녁 같이 할까?"

"예스, 맴."

민성은 짧게 대답했다. 캠프 내의 스테이크 하우스로 가는 동안 둘은 대화가 없었다. 주문을 하고 식사가 도착하자 제니가 입을 열었다.

"오늘 말이 없군."

"별로 말을 많이 하고 싶은 기분이 아닙니다."

"요즘 니가 날 피하는 것 같아."

민성은 대답 대신 고개를 내저으며 어색한 미소를 흘렸다.

"미안해. 일이 이렇게 된 건 내가 관리를 잘 못한 탓이야."

"그런 말씀은 하지 마십시오. 죽은 사람에게 이런 말을 하면 미안하지만, 가장 큰 책임은 죽음이 찾아올 때까지 위험한 관계를 지속한 마르끼즈에게 있다고 생각합니다."

"난 23지원단의 중대장이야. 책임을 회피할 생각은 없어."

"책임질 수 없는 부분을 책임질 필요도 없지 않습니까?"

잠시 침묵이 흘렀다. 제니가 나이프를 들었다.

"일단 식사 하자. 점심을 건너뛰었더니 배고파."

식사가 끝나고 웨이트리스가 접시를 치우고 나서 민성이 물었다.

"힘드시죠?"

"다들 힘들겠지."

"그럴까요?"

"그렇겠지. 적어도 우리 중대원이라면 말이야."

"그렇지 않을 겁니다. 대부분의 미군, 또는 카투사들에게 이번 일은 분명히 하나의 큰 사건이었습니다. 하지만 많이 달라지지는 않으리라 예상합니다. 미군과 카투사 그리고 기지촌 여성들까지. 미군 캠프에 몸담고 있는 이들의 관계와 갈등, 그리고 폭력과 불의는 계속되겠지요."

"슬프게 들리는 말이군."

제니는 잠시 말을 끊었다가 다시 이었다.

"날 무력하게 만드는 말이야. "

"중대장님."

민성은 제니를 똑바로 응시했다.

"현실을 인정하세요. 중대장님이 어떻게 조정 못 할 부분입니다."

"그래, 그럴지도 몰라. 하지만 내가 책임을 져야 할 부분이 있는 건 사실이야. 나는 미 육군의 장교야. 한국으로 오는 순간 나에겐 임무가 생겼어. 내 지휘하에 있는 병사들이 이곳에서 조화롭고 평화롭고 안전하게 주둔하도록 만들어야 해."

"중대장님은 저에게 몇 번이나 미 육군의 장교라는 사실을 자랑스럽게 이야기하셨지요. 그렇다면 중대장님은 개인적인 생각으로 스스로를 벌하려고 해서도 안 됩니다."

"무슨 뜻이지?"

"얼마 전에 징계위원회가 열렸다고 들었습니다. 마르끼즈 사건 때문이었지요? 거기서 중대장님은 책임 없음으로 결정이 났다면서요? 중대장님 말대로 미 육군의 장교라면, 상부의 판단과 결정을 받아들여야 하지 않습니까?"

갑자기 제니는 조급한 표정이 되었다. 그녀는 민성 앞으로 몸을 기울이고 물었다.

"민성, 너의 생각은 어때?"

"무슨 말씀이십니까?"

"넌 정태의 유일한 동기잖아. 이 중대에서 정태와 제일 가까운 사람이 겠지. 정태가 마르끼즈를 죽였다고 생각해?"

침묵이 흘렀다. 민성은 물을 마시고 되물었다.

"제 생각이 무슨 의미가 있습니까?"

"수사 초기에 정태와 마르끼즈가 사이가 좋지 않았다는 사실을 수사 팀에 얘기한 사람이 바로 나야."

"짐작했습니다."

"그래. 내가 그랬지. 정태와 마르끼즈의 일을 들춰내서 나에게 이득이 될 건 하나도 없었어. 중대 내에 그런 갈등을 방치하고 있었다는 책임만 추가될 뿐이지. 사실 얼마 전 징계위원회도 그래서 열렸고, 만약 정태가 마르끼즈를 죽였다면, 그 사실이 밝혀졌다면 난 계급장을 떼야 했어."

제니의 목소리가 떨렸다. 민성은 자기도 모르게 그녀의 손을 잡았다.

"내 임무를 다하고 싶을 뿐이야. 책임져야 할 부분이 있다면 책임을 지고 싶고."

"법적인 조사에 의해 정태는 무죄로 결정되었고 중대장님은 사건에 대한 책임이 없음이 밝혀졌습니다. 그 점만이 중요합니다. 반대의 경우로 결과가 나왔다고 해도 따를 수밖에 없고요. 우리는 군인이니까요. 저보다 더 잘 아시겠지만."

맞잡은 제니의 손에 힘이 들어갔다. 그녀는 거의 애원하는 표정으로 물었다.

"너는 어떻게 생각해? 정말, 정태가 마르끼즈를 죽였을까?"

민성은 제니의 푸른 눈동자를 보며 한숨 쉬었다. 잠시 괴로운 순간이 지나갔다. 결국 민성은 대답 대신 고개를 끄덕였다. 제니는 긴 한숨을 내쉬었다.

"말씀하신 대로, 전적으로 개인적인 생각일 뿐입니다."

제니의 푸른 눈동자에 눈물이 맺혔다.

제니의 편지 3

사랑하는 패트릭에게

이제 한 달만 있으면 당신 곁으로 돌아가게 되는군요. 매일 아침 일어날 때마다 그 생각을 하며 힘을 냅니다. 당신이 없었다면, 전 아마 이곳에서의 임무를 끝까지 견뎌내지 못했겠지요.

군인이 되기로 결심한 이후로 이렇게 힘든 시절은 없었습니다. 항상 좋은 일만 있다고 해도 당신과 떨어져 있는 것이 힘겨울 텐데, 요즘처럼 힘든 일이 어깨를 짓누를 때는 몇 배로 힘이 듭니다.

어떻게 하루가 지나가는지 모릅니다. 전화로는 말하지 못했지요. 혹시나 스크린을 당할지도 모르니까요. 편지도 100퍼센트 믿을 수는 없지만 어떤 방식으로든 제 마음을 털어놓지 않고는 못 견디겠네요.

수사는 종결되었지만 저는 아직도 확신하지 못하겠습니다. 수사 결과를 있는 그대로 받아들여야 한다는 걸 알지만, 그렇게 되지 않는군요. 하루에도 몇 번씩 정태와 마주해야 합니다. 그는 내 시선을 피합니다. 그의 슬픈 눈빛을 볼 때마다 끔찍한 영상이 떠오릅니다.

솔직해지기가 두렵습니다. 당신 앞에 용기를 내어 솔직하게 말하면 전 정태가 범인이라고 생각합니다.

아, 이렇게 털어놓고 나니까 가슴에 가득했던 무게가 반으로 줄어드는 기분입니다.

그러나 그런 생각을 할 때마다 숨이 막힙니다. 우리 중대원끼리 살인을 하다니. 마르끼즈와 정태가 나오는 악몽을 꾼 적도 한두 번이 아닙니다. 꿈속에서 저는 여러 역할을 하지요. 마르끼즈의 역할을 하기도 하고 정태의 역할을 하기도 합니다. 둘 사이에 끼어 있었던 술집 여자가 되기도 했습니다.

처음 한국에 왔을 때가 기억납니다. 이 방에서 썼던 첫 편지도 기억나요. 당신에게 말했었죠. 여긴 모든 것이 너무나도 평화로운 곳이라고.

이제 그 말을 취소하겠습니다. 이곳은 더없이 슬픈 땅입니다. 수많은 흉터들이 아로새겨진 땅입니다. 오해와 잘못들 그로 인해 두텁게 쌓인 증오와 갈등. 거기서 파생된 적의가 번득이는 곳입니다.

민성이 그런 이야기를 하더군요. 현실을 인정하라고, 제가 어떻게 조정 못할 부분이라고요.

장교로 임관하면서 전 아무리 힘든 일이라도 그게 임무라면 해내야 한다고 맹세했지요. 성조기 앞에서요.

이제 인정하겠습니다. 제가 임무를 완수하지 못했음을.

곧 미국으로 돌아가겠지요. 다른 임무가 주어지고 다른 생활을 하게 되겠지요. 하지만 제가 군복을 입고 있는 한, 장교 계급장을 달고 있는 한 이번 일로 생긴 흉터는 지워지지 않을 겁니다.

보고 싶어요. 당신의 품에서 다 잘 될 거라는 속삭임을 듣고 싶어요.

그리움의 키스를 보내며 안녕.

                    1998년 8월 20일, 당신의 제니.

안녕, 귀여운 내 친구야

코트니의 복무기한이 일주일 남은 금요일 밤, 승훈과 코트니는 서울행 버스를 탔다. 승훈은 고속도로에 들어선 후 내내 눈을 감고 뜨지 않았다. 잠들지는 않았다. 복잡한 감상이 마음을 어지럽혔다. 무엇보다 코트니와 함께하는 주말이라는 생각에 몹시 쓸쓸한 기분이 들었다.

"이봐, 친구. 자고 있나?"

코트니의 목소리가 들렸다. 승훈은 눈을 감은 채 고개를 끄덕였다. 코트니가 중얼거렸다.

"좋은 꿈 꿔."

버스 안 FM 라디오에서 디제이의 흥겨운 멘트가 흘러나왔다.

"추석이 며칠 남지 않았습니다. 고향으로 돌아가는 여러분, 많이 설레

시죠? 오늘 준비한 노래는 리니드 스키너드의 〈스위트 홈 알라바마〉!"

정겨운 기타 인트로가 뚱땅거렸다. 리니드 스키너드는 남부 컨트리 록의 정서를 품은 목소리로 노래했다.

— 자동차 바퀴는 잘도 굴러가네. 어서 고향으로 가서 가족을 만나야 지.

코트니는 나지막하게 노래를 따라 불렀다. 눈을 감고 있던 승훈의 입 술이 달싹거리면서 그의 노랫소리도 함께 섞였다.

"부대에서 파티할 때 생각나?"

코트니가 물었다. 승훈은 어깨를 으쓱하며 대답했다.

"한두 번이었어야지."

"맞아. 정말 죽여주게 신나던 파티가 많았지. 제일 기억에 남았을 때 가 언제냐?"

"클락 녀석에게 본때를 보여줬던 날, 기억나?"

결국 승훈은 웃음이 터졌다. 둘은 키득거리며 하이터치를 했다. 승훈 이 말했다.

"정말 골 때리는 파티였어."

"난 녀석이 첫 모금을 그렇게 많이 마실 줄은 몰랐어. 맛만 보고 알아 차릴 줄 알았는데. 멍청한 녀석."

승훈은 웃고 있는 코트니를 보며 속으로 사과했다.

미안한데, 그 뒤로 니 얼굴을 볼 때마다 똥 냄새가 나는 것 같았어.

버스는 오래 걸리지 않아 남부터미널에 둘을 내려놓았다. 코트니는 미소 띤 표정으로 남부터미널 주변을 둘러보다가 혼잣말을 했다.

"이제 여기도 낯이 익구나."

그리고는 승훈을 보며 말했다.

"니가 날 처음 서울에 데리고 왔던 날이 기억나. 그땐 널 잘 알지도 못할 때였지."

"그래, 나도 기억나."

잠시 침묵이 흘렀다. 승훈이 물었다.

"자, 마지막으로 서울에서 가고 싶은 데 있어? 나이트클럽? 쇼핑센터? 예쁜 여자들이 많은 거리?"

"가고 싶은 곳이 한 군데 있긴 해."

"어디?"

코트니는 잠시 머뭇거리다가 대답했다.

"너희 집에 가고 싶어. 엄마가 해주신 오징어 튀김을 먹을 수 있다면 더 좋겠지만."

승훈은 코트니를 보며 미소지었다. 그는 택시 안에서 핸드폰으로 집에 전화를 걸었다. 다행히 엄마가 집에 있었다.

코트니와 함께 집에 도착했을 때는 기름 끓는 소리와 튀김 냄새가 집 안에 가득했다.

엄마는 손짓 발짓 콩글리쉬를 조합한 방식으로 코트니와 계속 대화를 했다. 그 모습을 보며 승훈은 신기할 따름이었다. 기분 좋게 저녁식사를 마쳤다. 코트니는 지난번처럼 밥 한 공기를 깨끗이 비웠고 오징어 튀김도 많이 먹었다.

둘은 집을 나와 바 U2로 향했다. 금요일 밤이라서인지 사람으로 붐볐다. 흥겨운 로큰롤이 실내를 들썩였다. 롤링 스톤즈의 〈홍키통키 우먼〉. 승훈과 코트니는 바의 제일 구석 자리에 나란히 앉아 맥주를 주문했다. 코트니가 조용히 입을 열었다.

"오랜만이야."

"그래. 몇 달만이군."

승훈과 코트니는 마르끼즈 사건 이후에 단 한 번도 술을 마시지 않았다. 그러자고 합의하지는 않았는데, 암묵적인 약속이었다. 알코올은 실언과 실수를 부르니까.

"미안해."

승훈이 말했다. 코트니는 별말 없이 맥주를 들이켰다.

"그리고 고맙다."

코트니는 사과를 받는 대신 승훈을 노려보듯 쳐다보며 말했다.

"왜 그랬는지 말해줘. 난 알 권리가 있잖아?"

승훈은 바지 뒷주머니에서 지갑을 꺼냈다. 지갑에서 낡은 사진 한 장을 끄집어냈다. 코트니는 승훈이 건네주는 사진을 받아들었다.

"이게 뭐야?"

"어릴 적 사진이야. 내가 열여섯 살 때."

담벼락에 선 승훈과 금이 누나. 승훈은 쑥스러워서 고개도 제대로 못 들고 있다. 옆에 선 금이 누나는 그날 오후의 햇살처럼 환하게 웃고 있다. 오래전 그날의 기억이 고스란히 되살아났다.

금이 누나는 소년을 담장 앞으로 이끌고 나란히 서서 팔짱을 끼며 포
즈를 잡았다. 두근두근, 소년은 심장이 터져버릴까 두려웠다. 팔꿈치에
꾹 눌리는 누나의 젖가슴. 말랑말랑한 느낌에 현기증이 났다. 친구가 카
메라를 들고 둘 앞에 섰다.

찰칵.

"이 여잔 누구지?"

"금이 누나. 내 첫사랑이야."

승훈은 짧게 말하고는 맥주를 쭉 들이켰다. 그리고 비밀로 간직했던
추억을 털어놓았다.

"아빠는 미군부대를 상대로 식재료 납품 사업을 하셨어. 내가 어릴 때
아빠가 돌아가시고 엄마가 아빠 사업을 대신 하셨지. 그러느라 어릴 때
미군기지 근처에서 살았어. 금이 누나는 우리 집 앞에 살던 누나야. 아이
린처럼 미군 클럽의 여종업원이었지."

코트니의 입에서 낮은 탄식이 흘러나왔다.

"사춘기 시절, 정말 누나를 좋아했어. 누나 앞에만 서면 몸이 굳어버
렸지. 동네 사람들은 양공주라고 수군거렸지만 난 상관없었어. 아니, 그
래서 더 애틋한 정이 갔을지도 모르겠다. 그런데 어떤 미친 지아이 녀석
이 누날 살해했어. 표현하기 힘들 정도로 끔찍하게. 아마 정태가 아니었
다면 아이린이라는 여자도 그렇게 죽었겠지."

코트니는 승훈의 손을 잡았다. 승훈은 쓸쓸한 표정으로 말을 이었다.

"누나의 죽은 모습을 내 눈으로 직접 봤어. 정말 끔찍했지. 엄마는 그 사건 때문에 미군기지 근처에 못 살겠다며 이사를 가셨어. 이사를 가고 나서도 몇 달 동안 누나 생각만 했어. 누나가 그렇게 죽은 게 나 때문인 거 같고. 누나를 지키지 못했다는 생각에 자해를 하기도 했어. 병원에까지 다녔다면, 믿겠어? 외상 후 스트레스 장애. 우울증. 약을 먹으면서 겨우 좋아졌어."

잠시 침묵이 흘렀다.

"그런데 더 심각한 문제가 찾아왔어. 사춘기를 지나고 나이를 먹으면서 누나를 증오하게 됐어. 결국 누나는 창녀였고 스스로 자신을 위험에 빠뜨렸다고 누나를 비난했지. 그런데 누나에 대한 혐오가 여자라는 존재 전체로 번졌어. 냉정한 논리를 따져보면 그렇지 않음을 알면서도, 결국 여자들을 전부 헤픈 존재라고 경멸하는 마음이 자리 잡았어. 그리고 우리나라가 싫어졌어. 나는 많은 여자들과 자봤지만 진심으로 사랑했던 여자는 한 명뿐이야. 금이 누나."

"정신과 의사는 아니지만, 이해할 것 같아."

"그때 클럽에서 정태랑 아이린이 같이 있는 모습을 봤던 일 기억해? 금이 누나를 다시 보는 착각이 들었어. 얼굴은 달랐지만."

승훈은 더는 말을 하지 않았다. 코트니는 맥주병을 들어 건배했다. 둘의 맥주병이 비었을 때 코트니는 손을 들어 위스키를 한 병 주문했다.

"잭 다니얼은 내가 사지. 비밀을 이야기해줘서 고마워."

둘은 술과 음악에 취해갔다. 승훈은 사진을 다시 끄집어냈다. 라이터를 켜 사진에 불을 붙였다. 오래된 사진은 불길에 오그라들면서 재로 변했다. 검은 잿가루가 유리 재떨이에 흩어졌다.

"이제 다 끝났어. 나 김승훈은 다시 태어났다."

승훈은 코트니와 가볍게 하이터치를 했다.

자정이 조금 넘은 시간, U2에서 나온 승훈과 코트니는 택시를 잡아탔다. 코트니는 창밖으로 시선을 던지고 꼼짝 않고 앉아 있었다.

"뭘 그렇게 뚫어지게 보냐?"

승훈이 물었다. 코트니는 시선을 돌리지 않고 중얼거렸다.

"일주일 뒤 미국으로 떠나면… 다시 서울에 올 날이 있을까?"

"비행기만 타면 바로 올 수 있어. 너도 알잖아?"

"다시 널 만나서 미친 듯이 취할 수 있을까?"

승훈은 잠시 뭔가를 생각하다가 대답했다.

"이봐, 코트니 일병."

"왜?"

"아직 밤이 어리잖아."

"그러게 말이야."

"집에 들어가기 전에 한잔 더 할까?"

"콜!"

코트니는 9월의 마지막 주 금요일 아침에 미국으로 돌아갔다.

아침 포메이션을 마치고 방에 돌아온 승훈은 책상에 놓인 사진을 발견했다. 필드 트레이닝을 가서 찍은 사진이었다. 승훈과 코트니는 형제처럼 나란히 서 있다. 배경은 산속. 완전 군장을 하고 손에는 M16A2라이플을 들고 특전사 부대원이라도 된 양 엄지손가락을 치켜든 포즈. 둘 다 환하게 웃는 얼굴이다. 승훈은 자기도 모르게 손가락으로 코트니의 얼굴을 쓰다듬었다.

너의 어이없는 농담을 다시 듣고 싶구나. 내 주변에는 너만큼 바보 같은 소리를 사랑스럽게 하는 친구가 없으니. 술 취한 모습도 그리울 테고. 코트니, 니가 무척 보고 싶을 거야.

승훈의 코끝이 시큰해졌다. 사진 아래 네임펜으로 코트니의 글씨가 적혀 있었다.

— 곧 다시 보자. 친구야.

원복(元服)

월요일 아침. PT복으로 갈아입고 방을 나가려던 정태의 발에 뭔가가 밟혔다. 미 8군 소식을 전하는 영어신문 〈Stars and Stripes〉였다. 누군가 일부러 정태의 방문 앞에 놓고 갔음이 틀림없었다.

정태는 별생각 없이 신문을 들어 쓰레기통에 집어넣으려다 동작을 멈췄다. 1면 중앙에 붙어 있는 포스트잇 용지가 그의 시선을 붙들었다.

— 잘 했어(Good Job, Boy)!

포스트잇을 떼보니 1면 중앙의 사진이 드러났다. 대여섯 살쯤 되어 보이는 갈색 머리의 소녀가 성조기에 싸인 관을 안고 울고 있었다. 사진 위에 헤드라인은 다음과 같았다.

— 살해당한 아버지의 시신 앞에서 오열하는 소녀.

오래전 기억이 떠올랐다. 첫 번째 필드에 나갔다 돌아와서 리커버리 사역을 할 때였다. 잠시 쉬고 있는 참에 마르끼즈가 불평을 늘어놓은 적이 있었다.

— 빌어먹을. 난 딸을 본 지 벌써 1년이 다 돼 간다고.

다들 그의 말을 믿지 않았다. 중대 내에서 마르끼즈는 허풍선이로 낙인찍힌 지 오래였으니까.

정태는 묵묵히 서서 신문을 보았다. 사진 속 아이는 아빠를 부르고 있었다.

그날 아침 PT 러닝에서 정태는 폴아웃(낙오)을 했다. 달리기라면 누구보다 자신이 있는 그가 중간에 처지게 되자 모두들 놀랐다. 입대 후 처음 있는 일이었다.

PT가 끝나고 돌아온 정태는 샤워를 하기도 전에 중대장실 앞으로 향했다. 문 앞에 서서 기다렸다. 달리기를 할 때보다 가슴이 더 빨리 뛰었다. 문이 열리고 제니가 나왔다.

"박 병장! 무슨 일이야?"

제니는 금방이라도 쓰러질 듯 창백한 정태의 얼굴을 보고는 깜짝 놀랐다.

"왜 그래? 어디 아파?"

"아닙니다. 아무것도 아닙니다."

정태는 발걸음을 돌려 자신의 방으로 향했다. 방으로 들어간 그는 책상에 올려놓았던 신문을 집어들었다. 신문을 갈기갈기 찢어 쓰레기통에 넣었다. 침대에 걸터앉아 두 손에 얼굴을 파묻었다. 그리고 기도했다.

신이시여, 저를 용서하지 마십시오.

10월로 접어들자 마르끼즈의 사건이 잠잠해졌다. 수사는 석 달이 넘도록 진척이 없었다. 수사가 종결되지는 않았지만 일단 캠프 험프리스에 머물던 수사팀은 용산으로 철수했다.

정태는 원복을 당했다. 수사 과정에서 그가 감추지 않았던 반미 감정이 문제가 되어 한국군 부대로 전출을 가게 된 것이었다. 전역이 한 달도 남지 않았음을 고려한다면 별의미가 없는 원복이긴 했지만 군대의 명령이니 어찌할 도리가 없었다.

제니는 정태가 자신의 부대에서 병역을 마치고 제대할 수 있게 해달라고 카투사 인사 행정을 담당하고 있는 한국군 지원단에 끈질기게 부탁했다. 소용없었다. 결국 정태는 제대를 정확히 한 달 앞둔 10월 4일, 파주에 있는 한국군 통신부대로 떠날 것을 명받았다.

가기 전날 벌어진 환송 술자리를 마련한 사람은 막 병장을 달고 선임병장을 맡은 상준이었다. 이제 최고참이 된 정태와 민성을 비롯해 20명이 넘는 카투사들이 모두 참석했다. 불참한 사람은 제대를 하루 남긴 승훈뿐이었다.

안정리의 한 중국식당에서 꽤 오랫동안 소주잔이 오고간 후 상준이 정태에게 말을 건넸다.

"가서 며칠 동안 한국 부대 구경하다가 제대하시겠어요?"

"글쎄. 카투사 부대에 있다 왔다고 갈굼당하지나 않을까 모르겠네?"

정태는 조용히 대답했다. 저녁식사 후 이어진 술자리는 꽤 좋은 분위기로 이어졌다. 정태는 편안한 얼굴로 중대원들과 이야기를 나누었다. 정태가 민성에게 잔을 권하며 말했다.

"결국 제대는 같이 못하는구나. 잘 지내다가 제대해라."

민성이 농담으로 받았다.

"매스홀 밥 먹고 싶으면 연락해. 도시락 싸서 갈게."

타고난 분위기 메이커인 민성의 익살 덕분에 술자리엔 웃음소리가 끊이질 않았다. 정태는 슬쩍 가게 문 쪽을 돌아보았다. 기다리는 사람은 오지 않았다.

얼근하게 취한 부대원들은 노래방으로 몰려갔다. 정태는 몸이 좋지 않다는 핑계로 먼저 막사로 돌아왔다. 주인공이 빠지면 안 된다고 다들 불평했지만 결국, '여기까지 나왔는데 군바리가 껀수를 놓치면 되겠느냐? 내가 쏜다!'는 민성의 말에 다들 신이 나서 노래방으로 향했다.

정태는 캠프 정문 앞으로 이어진 안정리 골목을 걸었다. 길을 따라 길게 늘어선 조악한 상가들, 지아이를 유혹하는 클럽의 네온사인이 어지럽게 번득였다.

캠프 정문 앞에 멈춰 섰다. 카투사 신병으로 평택역에 내려 처음 캠프 정문을 통과한 지 꼭 2년이었다.

'평택 안정리'라는 익숙하지 않은 지명, '캠프 험프리스'라고 적힌 정문의 아치, 아파치 헬기와 거대한 군용 트럭들, 로큰롤과 갱스터 랩의 비트, 춤추는 문신들. 이제 모두 안녕.

"익스큐즈 미."

술집 여자로 보이는 필리피노의 어깨에 팔을 두른 살집 좋은 흑인 지아이가 정태의 곁을 스치고 지나갔다. 정태는 다시 걷기 시작했다. 등 뒤로 술 취한 지아이들이 떼로 부르는 노랫소리가 들렸다.

"스위트 홈 알라바마, 이제 난 고향으로 돌아간다네!"

정태는 캠프 안으로 들어가서 포스트 런 버스에 올라탔다. 자리를 잡고 반쯤 열려 있던 창문을 닫았다. 버스가 출발하자 비행장, 부대 안의 교회, 병원 등이 차례로 차창을 스치고 지나갔다.

막사에 도착한 정태는 승훈의 방으로 향했다. 문 앞에 서서 잠시 망설이다가 노크했다.

"후 이즈 잇?"

승훈의 목소리가 들렸다. 정태는 대답하지 않았다. 잠시 뒤 문이 열리고 승훈이 고개를 내밀었다. 정태를 본 승훈의 얼굴은 마치 기다리던 사람인 양 담담했다. 정태가 물었다.

"잠깐 얘기 좀 할 수 있을까 해서요."

"그러지 뭐. 마침 담배 한 대 땡기러 나갈까 했어."

승훈은 담배를 챙겨 들고 막사 건물 뒤 공터로 나왔다. 정태는 어색한 자세로 승훈 앞에 마주섰다. 승훈이 담배에 불을 붙이고 길게 연기를 내뿜었다. 담배가 거의 다 타들어가는 동안 둘 다 말이 없었다. 승훈이 담배꽁초를 몇 걸음 떨어져 있는 재떨이 깡통 속으로 던졌다.

"내일 원복 간다면서?"

"네. 내일 제대하시죠?"

승훈이 고개를 끄덕였다. 다시 침묵이 흘렀다. 바람이 불어서 둘의 셔츠가 펄럭였다.

"너 보면서 궁금했다. 처음부터 한국군엘 지원하지, 너 같은 놈이 왜 카투사로 왔냐?"

"남들하고 비슷한 이유입니다. 공부할 시간이 많을 거 같아서요."

"시시하네."

정태가 고개를 들고 승훈의 시선을 정면으로 마주했다.

"왜 그러셨습니까?"

"뭐가?"

"그날 밤에 절 봤잖습니까."

"봤지."

"근데 왜 그렇게 증언하셨습니까? 게다가 절 싫어하셨잖아요. 코트니 입까지 막으면서. 자칫하면 둘 다 큰일 날 짓이었는데. 왜 그랬습니까?"

"비밀이야. 그럼 너는 왜 그랬냐? 니가 그런 거 맞지?"

정태는 대답하지 못하고 침을 삼켰다. 승훈이 고개를 끄덕였다.

"비밀이겠지."

서로를 보는 시선 속에 불꽃이 튀었다. 문득 승훈이 한숨 쉬며 긴장을 풀었다. 그리고 물었다.

"아이린이라는 여자. 그 정도로 좋아하냐?"

정태는 천천히 고개를 끄덕였다. 승훈은 잠시 눈을 감았다 떴다.

"내일이 지나면 난 다신 캠프 험프리스에 올 일이 없겠지. 너도 곧 제대할 거고. 우리가 또 볼 일 있겠냐? 잘 살아라, 박정태."

승훈이 손을 내밀었다. 정태는 천천히 승훈의 손을 잡고 악수했다.

"그동안 고참 대접 못해 드려서 정말 죄송합니다. 괜히 뻣뻣하게 군 점도 진심으로 사과드리고…."

정태는 승훈의 눈을 보면서 말을 맺었다.

"감사드립니다."

승훈은 다시 담배를 한 대 빼물었다.

"들어가라. 나는 한 대 더 빨아야겠다."

승훈은 담배에 불을 붙이며 밤하늘을 올려다보았다.

"오늘도 이곳 하늘엔 별이 많네! 캠프 험프리스의 마지막 밤이구나."

정태는 그런 승훈을 놔두고 막사 뒷문으로 걸어갔다. 문을 열고 들어가기 직전, 몸을 돌려 승훈을 불렀다.

"김 병장님!"

정태는 절도 있게 경례를 붙였다. 처음이자 마지막으로 승훈에게 하는 진심 어린 경례였다.

"단! 결!"

승훈이 빙긋 웃으며 경례를 받았다.

다음날, 승훈은 한국군 지원단에서 전역 신고를 마치고 캠프 험프리스를 떠났다. 승훈이 캠프를 떠나고 몇 시간 뒤, 파주에 있는 한국군 통신부대에서 온 군용 지프가 막사 앞에 도착했다. 짐을 꾸려나온 정태가 차에 짐을 실었다. 민성이 그를 배웅해주었다.

"건강해라. 복학하고 학교에서 보자."

"잘 있어. 여러모로 신경 써줘서 고맙다."

둘이 악수를 나누고 있는데, 막사에서 제니가 걸어나왔다. 제니를 본 정태가 차에서 내려 경례를 붙였다. 제니가 정태 바로 앞에 와서 섰다.

"그동안 고생 많았다."

"죄송합니다. 이렇게 기간을 다 채우지 못하고 가게 돼서."

"어떻게 해보려고 했는데 쉽지 않았어. 나도 아쉬워."

"걱정 많이 끼쳐드려서 정말 죄송했습니다."

정태는 길게 한숨을 내쉬었다. 제니는 그의 손을 가볍게 잡아주었다.

"박정태 병장 덕분에 많이 배웠다. 내 자신에 대해서."

"대위님은 훌륭한 군인입니다. 진심으로 그렇게 생각합니다."

정태는 한국식으로 허리를 굽혀 인사하고 차에 탔다. 민성과 제니가 지켜보는 가운데 정태가 탄 지프는 막사를 떠나 캠프를 빠져나갔다.

약속해줘요

한 달 동안의 한국군 부대 생활은 휴가나 다름없었다. 훈련소 이후 경험하지 못한 내무반 생활이 낯설기도 했지만 정태에게 일을 시키는 사람도 없었고 말을 거는 사람조차도 없었다. 사고치지 말고 조용히 있다가 나가라는 한국군 상사의 형식적인 면담을 빼면 하루 24시간이 자유시간이나 마찬가지였다.

같은 소대원들의 이름을 다 외우기도 전에 제대일이 다가왔다. 1996년 9월 5일 입대. 26개월이라는 시간이 흐르고 이제 하룻밤만 더 지나면 사회로 돌아간다.

정태는 내무반에 앉아 짐을 꾸리는 중이었다. 짐이라고 해봤자 사복 몇 벌에 고시 책 몇 권이 전부였지만.

"이봐, 박정태! 애인이 면회 왔어."

더플백에 책을 넣고 있던 정태는 하사관의 날카로운 목소리에 고개를 돌렸다.

"네?"

"면회 왔다구 인마! 대단한 애인이다. 제대하기 전날에 면회 오는 건 또 뭐야?"

정태는 천천히 자리에서 일어났다. 헝클어진 더플백을 침상에 그대로 놔둔 채 대충 군화 끈을 조여 맸다. 행정과 선임하사가 끊어준 외출증을 들고 위병소로 달려갔다.

혜주는 아이보리 색 반코트에 검은 가죽 부츠를 신었다. 긴 생머리를 단발머리로 짧게 잘랐다. 정태는 불안한 눈빛으로 주위를 살펴보았다. 혹시나 누가 미행을 하거나 따라오지는 않나 겁이 났다.

정태는 혜주를 데리고 부대 밖으로 나갔다. 시골 동네에서 갈 곳이 없었다. '파주 다방'이라는 작은 간판이 붙은 지하 1층 다방으로 들어갔다.

벽에는 맥주 회사에서 뿌린 철 지난 포스터가 덕지덕지 붙어 있었다. 세월의 때가 거뭇하게 묻은 벽 곳곳에 담뱃불로 지진 자국이 보였다.

둘은 족히 20년은 되었음직한 나무 테이블에 커피 한 잔씩을 놓고 마주 앉았다. 다방에는 조악한 음질의 옛날 팝송들이 흘러나왔다. 터틀즈의 〈해피 투게더〉가 시작했다. 정태가 먼저 입을 열었다.

"여긴 어떻게 알고 왔어?"

"며칠 전에 어떤 카투사 아저씨가 클럽에 찾아왔어요. 같은 부대 친군데, 오빠가 여기 있다고 알려줬어요. 남들 모르게 조용히 가보라고."

정태는 민성의 얼굴을 떠올렸다. 제대를 한 승훈이 안정리에 다시 오진 않았을 테니.

"오빠가 잘 지내나 궁금했어요."

혜주는 조심스러운 목소리로 말했다. 마르끼즈의 사건 이후로 둘은 따로 만나지 않았다. 우연히 마주친 적도 없었고 전화 통화를 한 적도 없었다. 정태가 불쑥 말했다.

"나 내일 제대해."

혜주는 눈을 크게 떴다.

"그래요? 그거 잘 됐다. 좋겠네요."

긴 침묵이 흘렀다. 혜주는 손톱 끝을 만지작거리며 고개를 숙였다. 혜주는 달라졌다. 단발머리로 바뀐 헤어스타일만이 아니었다. 눈가를 떠나지 않던 짙은 마스카라도 보일 듯 말 듯 옅어졌고 치렁치렁하던 귀걸이도 사라졌다. 자극적인 향수 냄새 대신 과일향의 샴푸 냄새가 감돌았다. 평범한 스물한 살 아가씨의 모습이었다.

"저도 곧 안정리를 떠나요."

혜주는 낮은 목소리로 말하며 고개를 들었다. 정태는 놀란 표정을 숨기지 못했다.

"고맙다는 얘기를 하려고 왔어요. 큰일 날 뻔했네요. 내일 제대하는 줄 몰랐는데. 하루만 늦게 왔으면 다신 못 볼 뻔했잖아요."

혜주의 목소리가 미세하게 떨렸다.

"그 사건 뒤로 미군 헌병대 측에서 제가 더 이상 일을 못하도록 막았어요. 클럽 주인아줌마도 매일 같이 헌병대에서 클럽을 찾아오니까 손님도 떨어지고, 저보고 속 시끄러우니까 그냥 가래요. 가게 오면서 갖고 온 빚은 갚을 필요 없대요. 하루하루를 어떻게 보냈는지 몰라요."

정태는 뭐라 설명하기 힘든 감정이 북받쳤다.

'이제 끝이다. 지긋지긋한 운명의 올무가 이제 막 끊어졌다.'

정태는 애써 감정을 누르고 물었다.

"어디로 갈 건데?"

"일단은 예전에 일하던 미용실에서 일하려고요. 며칠 전에 찾아갔었는데 자리를 주시겠대요."

"잘 생각했어. 내가…."

혜주는 정태의 말을 막으며 쏟아내듯 얘기했다.

"오빠를 위해 기도해줄게요. 좋은 일만 생기라고. 고시에 붙어 변호사도 되고, 돈도 많이 벌고. 끔찍한 일들은 다 잊어요. 아이린도 구혜주도 다 잊으라고 기도해줄게요. 좋은 여자랑 결혼해서 예쁜 아기도 낳고…."

혜주의 목소리는 심하게 흔들렸다.

정태가 혜주의 손을 끌어잡았다.

"나는 내일 오전에 부대를 떠나. 집에 들러서 짐 내려놓고 서울역에서 기다릴게."

"안 돼요. 더 이상은 안 돼요."

혜주는 손을 뿌리치고 자리에서 급히 일어났다. 정태가 다시 혜주의 손목을 잡고 말했다. 망설임 없이 분명한 음성으로.

"우리 같이 있자."

혜주의 눈에 눈물이 맺혔다.

"니 말대로 열심히 살 거야. 고시도 붙고 돈도 많이 벌고 예쁜 아기도 낳고 살래. 너랑 같이."

"오빠."

혜주의 뺨을 타고 하염없이 눈물이 흘렀다. 혜주는 흐느끼면서 고개를 내저었다.

"모르겠어요. 어떻게 해야 할지 모르겠어요."

"같이 있으면 돼."

둘 외엔 손님이 없는 낡은 다방, 터틀즈의 노래가 둘을 감쌌다.

— 나와 그대, 그대와 나. 사람들이 뭐라고 말해도 우리는 서로에게 하나뿐인 존재입니다. 그래야만 합니다. 함께 있어서 행복한 우리.

정태는 혜주의 머리를 부드럽게 끌어안았다. 그리고 속삭였다.

"사랑해."

낡은 버스 정류장 표지판 아래 둘이 서 있었다. 정태가 물었다.

"아직도 대답을 안 했어. 내일 나올 거지?"

"오늘 밤 생각해볼게요. 대신 하나만 약속해줘요. 만약 내일 내가 안 나타난다면 다신 절 찾지 마세요."

정태는 굳은 표정으로 혜주를 응시했다.

"약속해줘요, 오빠."

이번에는 혜주의 시선도 흔들리지 않았다. 정태는 심호흡을 하고 나서 대답했다.

"약속할게. 어두워질 때까지 니가 서울역 광장에 나타나지 않으면 다신 널 찾지 않을게."

정태는 목에 걸고 있던 군번줄을 빼서 혜주의 손에 쥐어주었다.

"내일 돌려줘."

버스가 속도를 줄이며 정류장에 들어왔다. 작별인사 대신 둘은 마지막으로 서로의 눈을 보았다. 혜주는 천천히 버스에 올랐다.

정태는 떠나가는 버스가 완전히 시야에서 사라질 때까지 정류장에 서 있었다.

늦은 밤. 혜주는 막 샤워를 마치고 화장대 앞에 앉았다. 거울에 비친 자신의 얼굴을 물끄러미 바라보았다. 오후에 정태를 찾아갔던 일을 떠올렸다.

"우리 같이 있자."

정태의 목소리가 들리는 듯했다.

미안했다. 미안해서 말하지 못했다. 좋아한다고 사랑한다고 같이 있고 싶다고 말하지 못했다. 정태의 인생에 짐만 되는 것 같아 두려웠다.

충분해. 과분하게 사랑받고 행복했어. 반대로, 나 때문에 오빠가 겪은 고통을 생각해봐. 마르끼즈의 죽음을 생각해봐. 아직 수사가 종결되지도 않았어. 안 돼. 오빠는 나보다 훨씬 더 좋은 여자를 만나서 편하고 행복하게 살아야 해.

혜주는 목에 건 정태의 군번줄을 쓰다듬었다. 부적 같다는 생각이 들었다. 혜주는 얼굴에 스킨로션을 골고루 펴 바른 다음 다시 눈을 감았다. 또 정태의 목소리가 귓가에 울렸다.

— 내일부터 우린 정말 행복할 거야.

머리로는 정태를 떠나야 한다고 판단했지만 마음은 그를 떠날 수 없었다. 혜주는 알았다. 아무리 시간이 지나도 정태에 대한 사랑은 변하지 않을 것임을. 정태를 보지 않고 살 수는 있어도 정태를 사랑하지 않고 살 수는 없음을.

정태에게 텔레파시를 보내 물어보고 싶었다.

정말 제가 그렇게 좋은가요? 오빠가 그토록 원하는 대로 이 지옥에서 벗어났잖아요. 그래도 여전히 저를 위해주고 싶은가요?

혜주는 대답을 듣지 못하고 침대에 누웠다. 불을 끄고 잠을 청했다. 그때 어둠 속에서 무슨 소리가 들렸다. 누군가가 혜주의 입을 틀어막았다. 불이 켜졌다.

머리에 검은 스키 마스크를 뒤집어 쓴 두 명의 히스패닉계 백인이 서 있었다. 키가 큰 사내가 혜주의 얼굴 한복판에 주먹을 꽂았다. 혜주는 비명을 지르고 싶었지만 커다란 주먹은 비명소리조차 중간에서 틀어막았다. 남자의 목소리가 들렸다.

"아이린이라고 했지? 쳇, 이런 하찮은 한국년 때문에 우리 브라더가 죽었단 말이지? 이봐, 믿을 수 있겠어?"

다른 남자의 목소리가 들렸다.

"젠장, 술이 다 깨버렸어! 이봐, 그냥 나가는 게 좋겠어. 난 아무래도 못할 것 같아."

"이 병신! 이제 와 무슨 소리야? 아메리칸 하드코어 지아이의 맛을 보여주기로 했잖아."

그 말과 동시에 남자의 주먹이 혜주의 배와 얼굴로 여러 번 날아들었다. 코가 부러진 기분이 들었다. 입술과 눈가가 찢어져 피가 흐르는 느낌이 선명했다. 명치 근처에 떨어진 주먹 때문에 숨도 못 쉴 지경이었다. 혜주는 자꾸 정신이 아득하게 멀어져갔다.

안 돼. 이러면 안 돼.

남자는 혜주가 입은 란제리를 찢어서 벗겨냈다. 혜주의 알몸이 드러나자 구석구석을 쓰다듬었다.

"이봐, 뭐 하는 거야? 잡히고 싶어?"

"끝내주게 젊고 싱싱한데? 그냥 보내버리긴 아까운 몸뚱이야."

"안 되겠어. 그냥 나가자."

초조한 듯 손을 비비는 소리도 들렸다. 한 남자가 젖가슴을 물었다. 그는 게걸스럽게 젖꼭지를 빨다가 말했다.

"어이. 니 남자친구 킬러 박은 어디에 숨었지? 덤벼보시지? 응? 건방진 녀석. 우리 브라더에게 그런 짓을 하고도 아무 일이 없을 줄 알았다면 오산이지. 너의 애인은 이제 곧 죽어. 어떻게 할 거야? 응? 나타나봐.

한판 붙어 보자고!"

말이 끝남과 동시에 남자는 혜주의 목에 칼을 꽂았다. 반쯤 기절했던 혜주의 정신이 반짝 깨어났다. 당황한 남자의 목소리가 들렸다.

"젠장! 피가 다 튀었어! 어떡하지? 분수처럼 피가 튀잖아!"

통증과 공포가 온몸을 타고 번졌다. 애써 눈을 떴다. 눈앞에 어른거리는 남자들의 모습이 점점 흐려졌다. 그리고 정태의 얼굴이 나타났다. 정태가 말했다.

— 이 방에서 벗어나는 날, 아픈 기억이 없는 공간에서 너를 가질게.

미안해요. 이 방에서 결국 벗어나지 못했어요.

아련하게 스쳐 지나가는 정태의 따스한 눈빛에 혜주는 옅은 미소를 지었다. 곧 캄캄한 암흑이 의식을 덮쳤다.

안녕, 내 사랑.

혜주는 미소를 띤 채로 죽었다.

노벰버

수요일 오후의 서울역. 바람이 많이 차가워졌다. 11월. 노벰버라는 단어가 주는 쓸쓸한 분위기가 바쁘게 지나가는 사람들의 표정에서도 묻어났다.

IMF 이후 기하급수적으로 늘어난 노숙자들은 점점 추워지는 날씨에도 상관없이 광장 곳곳에서 눈에 띄었다. 지하도와 서울역 건물 안에는 훨씬 더 많았다.

정태는 광장이 보이는 건물 계단 위에 서 있었다. 손목시계를 확인했다. 오후 5시가 훌쩍 지났고 이미 하늘은 어두워지기 시작했다. 정태는 마지막으로 광장을 둘러보았다. 혜주는 보이지 않았다. 낯선 얼굴들뿐.

연락할 방법이 없다. 예전에 사주었던 핸드폰은 마르끼즈의 일이 터지면서 감추어 버렸다.

이제 클럽 파라다이스에서도 혜주의 행방을 모를 텐데.

정태는 역 건물 안으로 걸음을 옮겼다. 평택으로 가는 가장 빠른 기차 표를 끊었다.

끔찍한 악몽을 꾸었다. 잠에서 깼을 때는 온몸이 식은땀이었다.

밤을 꼬박 새고 아침에야 겨우 잠이 든 혜주는 오후 늦게 눈을 떴다. 가벼운 몸살 기운을 느꼈다. 혜주는 따뜻한 물로 샤워를 하고 다시 침대 에 잠깐 누웠다. 차분하게 마음을 정리했다.

일어나서 짐을 꾸렸다. 커다란 여행 가방에 넣은 화장품과 옷가지들 이 전부였다. 텅 빈 방을 보면서 혜주는 길게 심호흡을 했다. 모자를 눌 러쓰고, 트레이닝복으로 갈아입고 밖으로 나왔다. 천천히 안정리 골목 을 걸었다. 정태와 팔짱을 끼고 함께 걷는 착각이 들었다.

그래. 그 추억만으로도 평생을 견딜 수 있어.

눈물이 흐르기 시작했다.

"왜 자꾸 울어. 바보같이."

안정리를 떠나는 혜주의 발걸음은 가볍지 못했다. 계속해서 스스로를 다독이며 평택역까지 쉽지 않은 길을 왔다.

30분 뒤에 출발하는 기차표를 끊고 플라스틱 의자에 앉았다. 역 안에 설치된 TV에서 뉴스가 나왔다. 심각한 얼굴의 저녁 뉴스 앵커는 금융권 에 대한 공적자금 투입에 관련된 소식을 바쁘게 전했다. IMF가 남긴 폐

허에서 힘겨워하는 사람들에 대한 리포트가 이어졌다.

혜주는 TV에서 시선을 돌렸다. 날뛰는 감정과 싸우며 시간을 흘려보냈다. 10분 뒤 기차가 도착한다는 안내 방송에 정신을 차리고 플랫폼으로 나갔다.

저녁 6시 30분. 이미 어둠이 충분히 내려앉았다. 혜주는 체구에 비해 커 보이는 짐가방을 들고 기차에 올랐다. 기차 안으로 들어가기 직전에 잠깐 걸음을 멈추고 뒤를 돌아보았다. 혜주 때문에 객차로 오르는 계단 앞에 멈춰 서 있던 아저씨 승객과 눈이 마주쳤다.

"안 들어가고 뭐해요?"

아저씨의 다그침에 혜주는 기차 안으로 걸음을 옮겼다.

그때 반대편 방향으로 가는 철로에 기차가 막 들어섰다. 문이 열리고 기차에서 내리는 승객들 중에 정태가 섞여 있었다.

어둠이 내린 팽택역. 정태는 플랫폼을 따라 걸었다. '나가는 곳'이라고 적힌 안내판 앞에 멈췄다. 급한 마음의 속도만큼 빨리 걷던 정태는 꼼짝도 하지 못했다.

— 하나만 약속해줘요. 만약 내일 내가 안 나타난다면 다신 절 찾지 마세요.

혜주의 목소리가 귓가에 메아리쳤다.

정태는 벽에 등을 기댄 채 스르르 주저앉고 말았다. 정태는 다리에 힘을 주고 일어섰다. 멍하니 플랫폼 기둥을 바라보던 정태는 주먹으로 기둥을 때렸다. 있는 힘을 다해. 묵직한 고통이 뼈를 타고 머리까지 전해졌다. 비명에 가까운 소리를 질렀다.

"혜주야!"

절규하는 소리가 워낙 커서 플랫폼에 서 있던 승객 대부분이 정태를 돌아봤다. 정태는 더 빠른 속도로 기둥을 때렸다. 까진 살갗에서 피가 배어나왔다.

"혜주야!"

무릎을 꿇었다. 초저녁 하늘에 막 등장한 별과 달이 한 남자의 굽은 등을 내려다보고 있었다. 오래 오래.

12년 후

마흔여덟 번의 계절이 바뀌었다. 2010년 가을.

계절이 바뀐 만큼 세상도 변했다. 인터넷이 일상생활의 중심에 섰고 음성 통화만 가능하던 핸드폰은 스마트 폰으로 변신해 네트워크의 주인공으로 등장했다. 변화의 속도는 사람들이 실감 못할 정도로 빨랐다.

법무법인 '법촌'은 서울 삼성역 아셈타워 20층에 자리한 대형 로펌이었다. 소속 변호사 수백 명이 넘는 규모에 연간 수임건수 순위로도 항상 5위권을 유지했다. 정태도 법촌의 소속 변호사 중 한 명이었다.

정태는 젊은 변호사 중에 가장 적극적으로 업무를 해낸다는 평가를 받았다. 군 제대 후 4학년 때 사법고시를 합격한 후 사법연수원을 마치고 바로 법촌에 입사해 다른 로펌으로 옮기지 않고 7년의 경력을 쌓았다. 회사 내에서 실세로 통하는 남경제 고문 변호사의 신임까지 두텁게 받는 터라 동료 변호사들의 부러움을 샀다.

정태의 사무실은 고문 변호사가 아닌 일반 소속 변호사 중에는 가장 전망이 좋은 위치였다. 창의 블라인드를 걷어내면 아셈타워 아래 강남의 전경이 훤하게 내려다보였다. 정태는 날씨와 상관없이 출근해 있는 시간이면 항상 블라인드를 열어놓고 일했다.

"12시에 리츠 칼튼 호텔 1층 더 가든입니다."

비서가 들어와서 점심 약속 시간과 장소를 알려주었다. 짬을 내서 인터넷 화면을 보고 있던 정태는 비서를 보며 고개를 끄덕였다. 윤 변호사와 둘만의 점심 약속이었다.

비서가 사무실을 나가자 정태는 다시 컴퓨터 모니터로 시선을 돌렸다. 탈북자들을 감시해야 할 북한의 군인들마저도 탈북 행렬에 동참하고 있다는 기사였다. 북한의 동향이 심상치 않았다. 이미 내부에서는 붕괴가 시작되었다는 관측이 나오기도 했다. 이런 식으로 북한이 붕괴하면 북한의 영토와 주민 중 적지 않은 부분이 중국으로 흡수될 가능성도 있다는 기자의 논리가 꽤 설득력 있었다.

정태의 클라이언트들은 기업이었지만 그의 개인적 관심사는 북한과 미국을 비롯한 한반도 주변의 외교적 이슈들이었다. 사실 정태는 얼마 전부터 직업에 회의를 느끼기 시작했다. 입사하고 몇 년 동안은 아무 생각 없이 일만 했다. 정태가 하는 일은 기업의 M&A를 둘러싼 소송에서 강자의 논리를 대변해 그들의 이윤을 확보해주는 일이었다. 회사의 이름과 소송의 성격만 다를 뿐, 요약하면 거의 같은 소송이라 해도 무방했다. 그렇게 7년을 넘게 달려왔다. 문득 돌아보니 철저한 자본의 논리, 그것도 강자의 논리 속에서만 존재하는 자신을 발견했다. 구역질이 났다.

정태는 기사를 다 읽고 컴퓨터 창을 닫았다. 벽시계는 11시를 가리켰다. 아침 일찍부터 매달린 터라 오전 업무는 얼추 마무리가 됐다.

산책이나 좀 하다가 출발하면 시간이 딱 맞겠군.

정태는 옷걸이에 걸린 양복 재킷을 집어들고 사무실을 나왔다. 아셈타워를 빠져나온 그의 발길이 향한 곳은 큰길 건너 사찰 봉은사였다.

오래전 맺은 인연이었다. 군복무 시절 휴가 기간 중에 며칠 동안 혼자 서울을 떠돈 적이 있었다. 그러다 우연히 봉은사에 발을 들여놓았다. 처음 와본 사찰인데도, 불교 신자가 아닌데도, 묘한 끌림을 느꼈다. 뭐랄까, 그의 인생에서 중요한 의미를 가질 장소처럼 느꼈다고 할까. 그러나 또 그곳을 찾지는 않았다.

사법연수원을 졸업하고 법촌에 면접을 보러 왔을 때 다시 봉은사를 만났다. 직장이 될 건물 바로 옆에서. 인연일까?

로펌 생활은 그야말로 먹고 자는 시간만 빼고 하루 종일 업무를 봐야 하는 스케줄이었다. 여유라는 단어는 사치였다. 그래도 일주일에 한 번 정도는 일부러 시간을 내서라도 절을 찾았다. 불심과는 다른 감정이었다. 흙바닥 위를 걷는 느낌, 아련한 향냄새, 오래된 사찰의 평화로운 공기, 절을 할 때마다 뭔가 비워지는 기분이 좋았다.

정태는 20분 정도 사찰을 걷고 대웅전에 들어가 절을 했다. 처음에 절을 할 때는 간절하게 소원을 빌었다. 그러나 몇 년 동안 소원은 이루어지지 않았다. 언젠가부터 마음을 비워내기 위해 절을 했다.

대웅전에서 나왔다. 다시 아셈타워 지하주차장으로 가서 차를 찾았다. 작년에 새로 산 투아렉을 몰고 거리로 나왔다. 점심 시간의 강남대로는 역시 갑갑하게 막혔다. 창문을 반쯤 내리고 라디오를 틀었다.

— 오늘 하늘 정말 끝내주네요. 뭐 우리나라에서 살기 피곤하다는 분들 많지만 가을하늘만큼은 정말 최고라니까요. 시원한 노래 두 곡 이어드릴게요.

디제이의 멘트가 끝나자 스위트 박스의 〈Life Is Cool〉이 흘러나왔다. 정태는 귀에 익숙한 멜로디를 흥얼거리며 핸들을 톡톡 두드렸다. 핸드폰으로 전화가 걸려왔다. 발신자를 확인하지 않고 블루투스로 전화를 받았다.

"네, 박정탭니다."

"나야, 오빠!"

경쾌한 여자 목소리가 흘러나왔다.

"응, 지연아."

"오빠 운전 중이구나?"

"어떻게 그렇게 잘 맞혀?"

"오빤 상황마다 전화 받는 톤이 정해져 있다니까."

2년 동안 사귀어 온 여자친구 지연이었다. 동료 여자 변호사의 소개로 만난 지연은 대한항공 국제선 스튜어디스였다. 열 살이나 어렸지만 처

318

음 만난 날부터 오빠라는 호칭을 쓰며 살갑게 정태를 대했다. 워낙 성격이 밝은 아이였다. 키도 크고 날씬한 체구에 주먹처럼 작은 얼굴은 항상 스마일이었다.

"점심 약속?"

"응, 윤 변호사님이 보자고 하셔서."

"치이, 그럼 됐어. 마침 오빠 사무실 쪽으로 갈 일 있어서 별일 없으면 볼까했지. 점심 맛있게 먹어. 오후에도 바빠?"

"미팅 있어서 다녀와야 돼."

"응. 그렇구나. 잘 다녀와. 아무리 바빠도 항상 내 생각하구. 알았지?"

"그래. 주말에 보자."

"그래, 오빠. 운전 조심하구."

전화가 끊겼다.

지연은 사람을 기분 좋게 하는 에너지를 갖고 있었다. 정태는 낮춰놨던 라디오 볼륨을 올렸다. 경쾌한 팝이 끝나고 댄스 음악의 비트가 터져 나왔다.

— 문자 게시판으로 핸드폰 끝 번호 4644 재영 님이 올려주셨네요. 대학시절 한참 나이트를 다니던 때 듣던 노래가 문득 생각나요, 하셨네요. 크아. 그렇죠. 추억의 명곡! 14년? 15년쯤 전인가요? 이 노래 모르면 간첩이었죠. 쿨입니다. 〈슬퍼지려 하기 전〉에!

신나는 비트가 쿵쿵 차 안을 울렸다. 정태의 얼굴은 차갑게 굳었다.

— 가끔 그대 생각을 할 때마다. 늘 가까운 듯 멀게만 느껴지는데….

노래가 흐르면서 정태의 표정은 엉망으로 헝클어졌다. 정태는 결국 길가에 차를 세웠다.

미용실 '제니스'는 한산했다. 평일 오전치고도 손님이 없는 편이었다. 열 개가 조금 넘는 손님 의자는 대부분 비었다. 중년의 여자 손님 두 명만 머리를 하고 있었다.

"언니 주말에 나랑 2대 2 소개팅 안 나갈래요? 남자들이 꽤 괜찮은 거 같아. 한 명은 무슨 광고회사 다닌대요."

카운터 뒤쪽에 앉은 미용사 정현이었다. 정현은 컴퓨터 자판을 두드리는 속도로 핸드폰의 자판을 눌러 문자를 보내면서 동시에 말을 했다. 정현과 같은 검은색 유니폼을 입은 미용사 혜주는 대답이 없었다.

혜주는 잡지를 보고 있는 중이었다. 별 관심은 없었지만 개봉 영화 리뷰 기사에 시선이 머물렀다.

"언니! 시간 되느냐고요?"

정현이 다그쳐 물었다.

"어? 소개팅? 글쎄."

"주말에 어차피 집에 틀어박혀 영화나 때릴 거면서. 놀면 뭐해요? 뱃살만 늘지. 바람 쐬고 와요."

"그럴까? 몇 살들이라는데?"

"한 명은 언니랑 동갑, 또 한 명은 서른하나."

"됐어."

"뭐가 돼요?"

"내가 가면 참 좋아하겠다."

"왜요?"

"야, 노처녀가 낄 데 안 낄 데 못 가리면 그것도 하자야."

"한 명은 언니랑 동갑이라니까요?"

"그 남잔 스물다섯쯤 기대하고 나올 텐데 뭘."

"그럼 나쁜 놈이죠!"

"어차피 남자 직장부터 확인하는 너랑 다를 것도 없어."

"치이, 괜히 그래. 언니 지금도 20대 중반밖에 안 되어 보여요. 그리고 언니는 기본적으로 비주얼이 쩔잖아요. 레어 아이템이잖아요."

"됐어. 다른 친구랑 가."

"나 언니 아니면 나갈 사람 없는데 어떡하지? 아, 진짜 안 도와주네. 서른 되기 전에 시집가고 싶단 말이에요."

정현은 입을 샐쭉거리며 또 열심히 핸드폰 자판을 눌렀다.

혜주가 제니스 헤어에서 일하게 된 지는 1년이 조금 넘었다. 미용사 보조로 미용실을 전전하다가 틈틈이 기술을 배워 5년 만에 직접 가위를 잡았다. '스타일리스트 구혜주'라는 명찰을 처음 다는 순간 혜주는 울었다. 서울로 온 건 3년 전이었다. 이화여대 앞에 있는 미용실에서 일하다가 그 가게 매니저로 있던 언니가 자기 가게를 내면서 혜주를 스카우트했다. 그곳이 '제니스 헤어'였다.

혜주는 잡지를 덮고 기지개를 켰다. 미용실 안에 틀어놓은 라디오에 귀를 기울였다.

— 문자 게시판으로 핸드폰 끝 번호 4644 재영님이 올려주셨네요. 대학시절 한참 나이트를 다니던 때 듣던 노래가 문득 생각나요, 하셨네요. 크아. 그렇죠. 추억의 명곡! 14년? 15년쯤 전인가요? 이 노래 모르면 간첩이었죠. 쿨입니다. 〈슬퍼지려 하기 전에〉!

혜주는 갑자기 얼음처럼 굳었다. 1절이 끝날 때쯤 자리에서 일어나 가게 밖으로 나왔다. 다리가 후들거렸다. 가슴이 답답했다. 골목에서 나와 대로로 나왔다. 그제야 옥죄는 기분이 조금 나아졌다. 혜주는 길게 심호흡을 하면서 고개를 들었다. 맑은 하늘 아래 당당하게 솟아 있는 아셈타워가 눈에 들어왔다.

아직도 오빠 생각을 해서 미안해요.

뭐라 정체를 설명하기 힘든 강렬한 감정이 정태의 가슴을 치고 올라왔다. 일종의 저항감과 비슷했다. 잘 굴러가던 일상생활에 브레이크를 거는, 그런 종류의 감정. 일단 차를 세워놓고 마음을 진정시키려고 애썼으나 헛수고였다. 도저히 가던 길을 계속 갈 수 없었다.

정태는 전화를 걸었다.

"이, 박 변호사!"

신호가 몇 번 울리기도 전에 윤경제 변호사가 전화를 받았다. 정태는 미안한 기분을 누르고 물었다.

"고문님 지금 오고 계신 길이지요?"

"딱 정시에 도착할 것 같네. 도착했는가?"

"변호사님, 정말 죄송하게 됐습니다."

"죄송?"

"급히 가봐야 할 일이 생겨서 오늘 점심식사를 못하겠습니다."

"그래? 무슨 일이길래?"

"클라이언트 때문은 아니고요, 개인적인 일입니다."

잠시 윤경제 변호사가 뭔가를 생각하는 듯했다.

"목소리부터가 평소 자네답지 않군. 걱정스러운 일인가? 도움이 필요하면 주저 말고 얘기하게."

"아, 그런 건 아닙니다. 정말 죄송하게 됐습니다."

"그럼 어쩔 수 없지. 일 보게나."

"다음에 제가 맛있는 집 찾아내서 모시겠습니다."

감정 상태를 짐작하기 어려운 윤 변호사였다. 하지만 신경 쓸 여력이 없었다. 바로 클라이언트에게 전화를 해서 오후 미팅까지 취소했다. 이번에는 상대편의 화난 기색이 역력했다.

정태는 바로 투아렉의 핸들을 돌렸다. 경부고속도로로 들어섰다. 도로는 한산했다. 가속 페달을 힘주어 밟았다. 한 시간쯤 달렸을까. '평택 22킬로미터'라고 적힌 교통 표지판이 보였다.

기억 속으로

경기도 화성, 용인 그리고 충청남도 천안과 접해 있는 평택시는 산과 구릉이 없는 평탄한 지역이다. 그 평평한 지대만큼이나, 단 한 번도 역사의 주인공이 되어 본 적이 없는 평화로운 곳이다. 용산 미군부대 이전 계획이 발표되기 전까지는.

서울 용산의 미 8군 본부가 평택으로 이전한다는 계획이 발표된 이후 평택시는 첨예한 논쟁의 무대가 되었다. 곧이어 물리적인 충돌로 이어졌다. 철거를 명령하고 집행하는 국가와 살던 곳을 떠날 수 없다는 주민, 그리고 그 사이에 진보·보수 시민단체들이 끼어들면서 폭력의 현장으로 변했다. 2006년 내내 충돌이 이어졌다. 신문과 TV는 대추리를 중심으로 한 평택 곳곳의 '전투' 현장을 생생하게 보도했다.

정태가 평택역 앞을 지날 때도 농성을 벌이고 있었다. 각종 플래카드와 깃발이 바람에 휘날리는 모습이 비장했다. 도로를 따라 길게 늘어선 전경차들도 눈에 들어왔다. 역 앞뿐이 아니었다. 팽성읍 도로를 지나 안정리로 들어선 뒤에도 시위의 흔적은 쉽게 눈에 띄었다.

캠프 험프리스가 점점 가까워지면서 정태의 심장은 빨리 뛰기 시작했다. 속으로 햇수를 꼽아보았다. 12년 만이다.

— Welcome to Camp Humphrey's.

아치형의 정문 게이트가 멀리 보였다. 정태는 천천히 차 속도를 줄였다. 입구에서 그리 멀지 않은 곳에 차를 대고 내렸다.

거리는 전체적으로 크게 달라지진 않았다. 엉뚱하게도 부동산 중개사무실이 여럿 보이는 풍경만 빼면. 천천히 심호흡을 하고 거리를 걸었다. 12년 전 카투사의 신분으로 걷던 거리를.

가장 먼저 도착한 곳은 '파라다이스 클럽'이 있던 자리. 간판이 바뀌었다. 'Black Dog'. 정태는 잠깐 걸음을 멈췄다가 지하로 뻗은 계단을 내려갔다. 오후 2시. 아직 문을 열지 않았다. 다시 거리로 올라왔다.

정태의 발걸음은 좁게 이어지는 골목으로 향했다. 걸을 때마다 항상 가슴이 설레던 골목. 모퉁이만 돌면 혜주의 집이 나타날 터였다. 그런데 걸음을 뗄 수가 없었다. 긴 숨을 내쉬면서 벽에 등을 기댔다. 현기증이 몰려왔다. 눈을 감았다.

혜주의 방. 천장에 매달린 백열전구 하나가 좁은 방 안에 창백한 빛을 흩뿌렸다. 마르끼즈는 침대에 누운 자세로 느긋하게 담배를 피웠다. 샤워를 마친 혜주가 화장실 문을 열고 나왔다. 잠옷 차림으로.

"오, 아이린. 오늘이 마지막 밤이라니 너무 아쉬운데?"

마르끼즈는 혜주를 보고는 몸을 일으켰다. 담배꽁초를 화장대 위에 있는 재떨이에 비벼 끄고는 그녀에게 다가갔다. 혜주는 멈춰 서서 눈을 감았다. 마르끼즈의 손이 잠옷 아래로 들어갔다. 안에 아무것도 입지 않고 있음을 확인한 마르끼즈는 만족스러운 표정을 지으며 말했다.

"준비를 다 하고 나왔군? 좋아."

마르끼즈는 혜주를 번쩍 들어 침대 위에 눕혔다. 혜주는 몸에 힘을 빼고 가만히 있었다.

"이봐, 아이린. 슬프지 않아? 난 이제 미국으로 돌아가는데."

"가서 잘 지내."

"뭐라고? 겨우 할 말이 그것뿐이야? 애원해봐. 제발 데려가달라고. 그러면 널 데리고 가줄 수 있을지도 모르지."

"됐어."

"하긴 넌 금방 다른 지아이 녀석의 페니스를 잡고 늘어지겠지."

마르끼즈는 꼼짝도 하지 않고 누워 있는 혜주를 내려다보며 침대 옆에 서 있었다.

"상관없어. 너 같은 암캐란 원래 그럴 수밖에. 하지만 이제 그 짓도 마지막이야."

"로드리게즈. 무슨 말이 그렇게 많아?"

혜주는 짜증난 얼굴로 마르끼즈를 쳐다보았다. 그는 비릿한 미소를 흘리며 말했다.

"그 짓을 원해? 응? 이 창녀야, 그 짓을 하고 싶지?"

마르끼즈는 혜주의 머리를 쓰다듬었다. 혜주는 그의 손을 치웠다.

"먼저 돈을 보여줘. 그동안 널 사랑했기 때문에 믿어줬잖아. 이제 넌 떠날 테니까 미뤄온 돈은 계산해야지."

"역시 창녀답군. 그럼, 아주 철저하게 계산을 해줘야지."

마르끼즈의 입가에 싸늘한 미소가 번졌다. 혜주는 그의 얼굴을 보고 몸을 일으키려고 했다. 하지만 마르끼즈의 억센 손이 그녀의 가슴을 짓눌렀다.

"더러운 년."

혜주가 고개를 돌릴 새도 없이 마르끼즈는 주먹으로 혜주의 얼굴을 내리쳤다. 퍽, 소리와 함께 혜주의 입가에서 피가 튀어나왔다. 곧이어 다음 주먹이 배 한가운데를 질렀다.

혜주의 몸이 풀썩 들렸다가 떨어졌다. 혜주는 갑작스럽게 찾아든 고통으로 오그라들었다.

"헤이, 이렇게 쉽게 뻗어버리면 내가 서운하지. 안 그래? 이제부터 즐길 시간인데 말이야."

마르끼즈는 입고 있던 트레이닝복 주머니에서 미리 준비한 천조각을 꺼내 혜주의 입을 틀어막았다. 그 순간, 혜주는 정신을 차리고 거세게 요동쳤다. 마르끼즈의 주먹이 혜주의 오른쪽 눈가와 앙가슴에 꽂혔다. 혜주는 다시 힘없이 늘어졌다.

"좋았어. 계속 반항해봐. 살려달라고 애원해!"

마르끼즈는 혜주가 다시 정신을 차릴 때까지 기다렸다. 꽤 오랜 시간이 흐르고 나서 혜주의 눈꺼풀이 열렸다. 혜주의 눈동자는 죽음의 공포에 사로잡혀 있었다.

"하하, 바로 그거야!"

마르끼즈는 주먹 대신 손바닥으로 혜주의 뺨을 때렸다. 그리고는 혜주가 입고 있는 잠옷을 찢어 벗겼다. 혜주의 알몸이 드러나자 마르끼즈는 침을 모아 삼켰다. 마르끼즈는 혜주의 목덜미에 코를 댔다. 혜주만의 독특한 살 냄새가 그를 벅차게 했다.

"꽤 쓸만한 년이었는데. 하지만 살려줄 거라는 기대는 하지 마. 마지막으로 한 번 해주고 싶은 생각도 있지만 이 마르끼즈 님이 잡혀 들어가는 불상사가 생기면 안 돼지. 의사놈들이 니 구멍에서 내 정액을 찾아내면 곤란해질 테니까 말이야. 그렇지?"

마르끼즈는 바지 주머니에서 노끈을 꺼냈다. 혜주는 다시 정신이 들었다. 필사적으로 몸을 움직였다. 마르끼즈는 흡족한 표정으로 혜주의 발악을 구경했다. 혜주가 침대에서 떨어지자 마르끼즈가 깔깔 웃었다. 혜주의 팔이 침대 아래로 들어갔다. 만약을 위해 준비해놓은 칼을 꽉 잡았다. 그리고 망설임 없이 휘둘렀다.

퍽, 둔탁한 마찰음과 함께 칼은 마르끼즈의 배에 깊숙이 꽂혔다. 복부 대동맥이 완전히 절단되었다.

마르끼즈는 쇼크로 인해 입을 열지 못했다. 다만 돼지가 꾹꾹거리는 소리 비슷한 신음만이 기어나왔다. 상처 밖으로 피가 쏟아졌다.

혜주는 그다음엔 뭘 해야 할지 몰랐다. 덜덜 떨리는 손으로 마르끼즈의 배에서 칼을 빼냈다. 놀란 근육이 칼날을 물고 있어서 쉽게 빠지지 않았다. 칼이 뽑히자 더 많은 피가 쏟아졌다. 마르끼즈는 본능적으로 옆구리에 뚫린 상처에 두 손을 가져다 댔다.

무서웠다. 아직도 살아 있는 마르끼즈가 못 견디게 무서웠다. 다시 마르끼즈를 찔렀다. 한 번, 두 번, 세 번. 어디를 어떻게 찔렀는지도 몰랐다.

방문이 벌컥 열렸다. 정태였다. 불안한 마음에 다음날 필드 트레이닝이 있는데도 부대에서 달려나온 참이었다.

방안은 이미 온통 피투성이였다. 마르끼즈의 목에 깊이 박힌 칼도 정태의 눈에 들어왔다. 혜주는 마르끼즈 앞에 서서 덜덜 떨고 있었다. 정태는 숨이 막혔다. 결국 이렇게 됐구나.

정태는 주먹을 꼭 쥐고 심호흡을 했다.

정신 차려 박정태. 어금니 물고! 눈 똑바로 뜨고!

문을 닫고 방 안으로 들어왔다. 마르끼즈의 핏자국을 피해 혜주에게 갔다. 혜주는 정태를 보며 턱을 덜덜 떨기 시작했다.

"오빠. 내가…."

"괜찮아, 혜주야! 이제 괜찮아."

정태는 어느 때보다 더 간절하게 혜주를 끌어안았다.

"내가 이 개새끼를… 내가 죽였어."

혜주는 정신 나간 사람처럼 중얼거렸다. 정태는 일단 혜주를 침대에 앉혔다. 어떤 계획이 머리에 떠올랐다. 정태는 일단 혜주의 방에서 핸드폰을 찾아내 주머니에 넣었다. 핸드폰이 혜주의 소유가 아닌 것이 다행이었다.

자, 그다음은 뭘 해야 하지?

신이 주신 특별한 침착함이 없었더라면 정태는 그날 밤의 일을 마무리하지 못했으리라.

정태는 다리에 힘을 줘서 일어섰다. 2010년 10월의 시원한 바람이 그의 정신을 들게 했다. 그는 고개를 젖히고 푸른 하늘을 맞이했다. 꼭 이렇게 파란 하늘 아래 첫 키스를 했었지.

— 첫 키스를 캠프 근처에서 하긴 싫었어요.

혜주는 그렇게 말했다.

정태는 모퉁이를 돌아 혜주가 세 들어 살던 집 앞에 섰다. 집에는 예전에 없던 철문이 생겼다. 혜주가 살던 2층 방에도 방범창이 달리고 위성 안테나도 매달려 있다.

벨을 눌렀다. 잠시 후 문이 열리고 낡은 등산복 차림의 중년 남자가 모습을 드러냈다. 남자는 '뭐요?'하는 표정으로 정태를 응시했다.

"말씀 좀 묻겠습니다. 혹시 예전에, 12년쯤 전에 여기 살던 여잔데 구혜주라고 혹시 아십니까?"

남자는 황당하다는 표정으로 정태를 훑어봤다.

"12년 전이요? 모르죠."

"실례지만, 혹시 집주인 되시는지요?"

남자는 손사래 치며 대답했다.

"나야 세입자지. 이 동네 집들은 중개업소하고 외지 사람들이 싹 쓸어 갔어요. 미국부대 확장된다고 해서 똥값이던 땅값도 엄청 올랐고."

"그럼 지금 2층에는 누가 살고 있습니까?"

"그 방? 옷가게 하는 아저씨가 세 얻어 있던데. 내가 오기 전부텀."

"선생님은 그럼 언제쯤 이 집으로 오셨습니까?"

"뭐가 이렇게 궁금한 게 많아? 난 여기 산 지 2년쯤 됐지. 그때가 북경 올림픽 끝나고 바로였으니까."

더는 물어볼 건 없었다. 정태는 공손하게 인사를 하고 돌아섰다. 항상 아쉬운 마음을 달래며 돌아가던 골목길을 오랜 세월이 지난 뒤에도 아 쉬운 마음으로 걸었다.

다시 캠프 정문 쪽으로 걸음을 옮겼다. 눈이 아닌 코가 정태의 고개를 돌렸다. 튀김 기름 냄새가 흘러나오는 곳은 '안정리 치킨'이라는 가게였 다. 12년 전에도 낡았던 간판을 그대로 달고 그때처럼 주변으로 고소한 냄새를 흩뿌렸다. 정태는 문을 열고 안으로 들어갔다.

좁은 가게 안에는 손님이 없었다. 주인 여자는 배달 주문이 들어온 프 라이드 치킨을 튀겨내는 중이었다. 그녀는 안정리 거리에서 좀처럼 볼 수 없는 말쑥한 양복 차림의 젊은 남자를 쳐다보았다. 정태가 물었다.

"닭 되나요?"

"그럼요. 닭집인데."

정태는 인상 좋은 주인아줌마의 얼굴이 기억나는 것 같기도 했다. 닭과 맥주를 주문하고, 혜주와 함께 앉아 이야기를 나누던 테이블에 앉았다. 정태는 천천히 닭을 먹으면서 시간을 보냈다.

노을이 지는 늦은 오후, 정태는 치킨집을 나와 클럽 파라다이스가 있던 곳으로 향했다. 클럽 블랙독. 아까는 닫혀 있던 문이 열려 있었다.

영업 준비를 하는 중이었다. 아직 조명도 음악도 본격적으로 나오지 않았다. 손님은 아무도 없었다. 출입문을 열고 들어온 정태를 보자마자 지배인이 다가왔다.

"아저씨. 여기 들어오면 안 돼요. 내국인 출입 금지 지역인 거 몰라요? 술 먹고 싶으면 다른 가게 가서 먹으라고요."

정태는 지배인의 반응에 잠시 당황했다.

"몇 가지 여쭤볼 게 있어서요."

정태가 지갑을 꺼내자 지배인의 표정이 달라졌다. 정태는 지갑에서 10만 원 수표 한 장을 꺼내 지배인에게 건네줬다.

"여기 원래 파라다이스라는 클럽 아니었나요?"

지배인은 한층 누그러진 톤으로 대답했다.

"아유, 모르겠는데? 파라다이스? 옛날 얘긴가 보네. 재작년에 내가 이태원에서 일루 오면서 가겔 바꿨는데 그때도 그 이름은 아니었어."

"구혜주라는 종업원 혹시 아십니까?"

"구혜주? 글쎄?"

"클럽에선 아이린이라고 불렀는데."

"아, 아이린? 진작 그렇게 말해야지. 헤이 아이린! 컴 히어!"

지배인은 손짓으로 누군가를 불렀다. 순간 정태의 양팔에 소름이 돋았다.

홀 구석에서 동료 종업원과 이야기를 하던 미니스커트 차림의 여자가 돌아봤다. 그녀는 한 손에 담배를 들고 다가왔다. 혜주와는 전혀 다르게 생긴 필리핀 여자였다. 스무 살이 갓 넘어 보이는 귀엽게 생긴 얼굴이었다. 지배인은 손목시계를 슬쩍 보고는 정태에게 말했다.

"뭐 아직 MP들 단속할 시간 멀었으니까 아이린하고 맥주 한잔 하던지. 그런데, 얘는 어떻게 알고 왔어?"

아이린이 손을 들어 '하이!' 하는 입모양으로 정태에게 인사를 건넸다. 정태는 돌아서려는 지배인의 팔을 잡았다.

"제가 아는 아이린은 한국 사람인데요. 백인 혼혈이에요. 구혜주라고, 정말 모르십니까?"

"요즘 한국사람 쓰는 클럽 별로 없어. 필리핀이나 러시아 애들이 많지. 얘네들이 말도 더 잘 듣고 화끈해! 그렇지? 아이린?"

지배인은 아이린의 엉덩이를 툭 쳤다. 아이린은 실없는 웃음을 흘리며 정태의 팔짱을 꼈다. 정태는 양해를 구하고 클럽을 나왔다.

정태는 다시 차로 돌아왔다. 시동을 걸고 차창을 내렸다. 정태가 아는 아이린의 목소리가 들렸다.

— 오빠를 위해 기도해줄게요. 좋은 일만 생기라고. 끔찍한 일들은 다

잊어요. 아이린도 구혜주도 다 잊으라고 기도해줄게요.

차 옆으로 백인 지아이들이 떠들며 지나갔다.

"오늘은 어디로 갈 건데? 블랙독은 지겹지 않아?"

"어차피 이 거리가 온통 지겨운데 뭘."

"헤이, 가이즈! 마룬 파이브 새 앨범 들어봤어? 아주 제대로던데?"

정태는 창문을 올리고 안전벨트를 맸다.

"혜주야, 잘 지내지?"

혼잣말로 혜주의 이름을 불러봤다.

정태는 심호흡을 하면서 기어를 바꿨다. 브레이크에서 발을 뗐다.

옛사랑

— 남들도 모르게 서성이다 울었지. 지나온 일들이 가슴에 사무쳐. 텅 빈 하늘밑 불빛들 켜져가면 옛사랑 그 이름 아껴 불러보네.

낮은 소리로 틀어놓은 라디오에서 이문세의 노래 〈옛사랑〉이 흘러나왔다. 혜주의 집이었다. 같은 미용실에서 일하는 정현과 함께 세 들어 있는 투 룸. 혜주는 부엌 식탁에서 라디오를 들으며 책을 읽고 있었다.

"언니는 유재석하고 강호동하고 둘 중 한 명하고 결혼하라면 누구랑 하고 싶어요?"

거실에서 케이블로 예능 프로그램 재방송을 보던 정현이 중얼거리듯 물었다. 혜주는 책장을 넘기면서 중얼거렸다.

"둘 다 결혼했잖아."

"안했다고 치면!"

혜주는 수다를 떨고 싶지 않았다. 하지만 정현의 성격상 차라리 빨리 대답을 해주는 게 대화를 더 쉽게 끝내는 방법이었다. 혜주는 별로 생각해보지 않고 대답했다.

"유재석."

"왜요?"

"착할 거 같아."

"난 강호동이요."

혜주는 건성으로 고개를 끄덕였다.

"유재석은 왠지 좀 귀찮은 스타일 같아요. 그래도 뭐 나쁘진 않지. 근데 방송 말고 평상시에도 그렇게 웃겨주려나? 난 유머러스한 남자가 좋은데."

혜주는 정현의 말이 들리지 않았다. 커튼을 걷어놓은 거실 창밖으로 눈이 쏟아지고 있었다.

그러고 보니 어느새 12월이었다. 혜주는 반사적으로 의자에서 일어나 창가로 다가갔다.

"어, 눈 오네!"

정현도 자리에서 일어났다. 둘은 창밖을 보며 함박눈을 구경했다. 라디오에서 이문세가 계속 노래했다.

— 이제 그리운 것은 그리운 대로 내 맘에 둘 거야. 그대 생각이 나면 생각난 대로 내버려두듯이.

첫눈처럼 녹아드는 멜로디에 혜주는 가슴이 먹먹해졌다.

정현이 불쑥 제안했다.

"언니, 가게 가는 길에 잠깐 봉은사 들러서 걷다 가요."

"봉은사?"

"언니 모르는구나. 거기 눈 내리면 얼마나 예쁜데요. 가게 바로 옆이 잖아요. 아직 출근 시간도 여유 있고, 우리 사진 찍어요!"

"여자들끼리 가서 뭐하려고?"

괜찮은 아이디어였다.

"첫눈이잖아요. 애인은 없어도 분위기는 낼 수 있다고!"

정현은 아이처럼 신이 났다. 벌써 목도리를 두르고 나설 채비를 끝냈다. 방에 들어온 혜주는 화장대에서 립글로스를 챙기다가 문득 액세서리 함에 손이 갔다. 세 단짜리 플라스틱 서랍장. 제일 위 칸에는 목걸이, 둘째 칸에는 귀걸이들을 넣어두는 함이었다. 혜주는 좀처럼 열지 않는 세 번째 서랍을 문득 열었다.

KA 96 7607 4648 박정태.

혜주는 정태의 군번줄을 꺼내 쥐어보았다. 희고 가느다란 손가락이 파르르 떨렸다.

"언니 뭐해요? 빨리 나가요."

혜주는 정현의 목소리에 정신을 차렸다. 서랍을 닫고 방을 나왔다.

눈 내리는 사찰을 구경하기 위해 온 사람은 둘뿐이 아니었다. 근처를 지나던 사람이 여러 명 들어와 산책을 하고 사진을 찍었다. 정현이 그 틈에 서서 혜주를 불렀다.

"언니! 사진 좀 찍어줘요."

혜주는 앙증맞은 포즈를 취하는 정현을 카메라에 담아주었다. 셀카 삼매경에 빠진 정현을 놔두고 천천히 걸었다.

처음 와보는 절이라 어디에 뭐가 있는지 몰랐다. 그런데도 혜주는 부지런히 걸음을 옮겼다. 미지의 힘이 인도하는 기분이었다. 마치 그녀의 방문이 오래전부터 예정된 운명인 것처럼.

눈은 함박눈으로 펑펑 쏟아졌다. 뺨 위로 부서지는 눈송이의 느낌이 포근했다. 괜히 가슴이 두근거렸다.

혜주는 걸음을 멈추고 고개를 들었다. 집에서 들은 노래 가사가 떠올랐다. 멀지 않은 곳에서 〈옛사랑〉의 멜로디를 흥얼거리는 소리가 들렸다. 혜주는 주위를 둘러보았다. 하얀 눈이 사방에 가득했다. 환청인가 싶었지만, 소리는 끊기지 않았다. 혜주는 조용히 노래를 따라 불렀다. 기도하는 마음으로.

〈끝〉

작가의 글

수많은 감상이 교차하네요. 개인적인 경험이 녹아들어 있기 때문이겠지요. 2010년에 발표했던 장편소설 ≪압구정 소년들≫에서 제 고등학교 학창시절을 투영했던 것처럼, 이 작품에서는 군인 신분이었을 때 제가 겪은 일들을 밑그림처럼 그려놓았습니다.

소설의 배경이 되는 '캠프 험프리스(Camp Humphreys)'는 실제로 제가 카투사로 군복무를 했던 미군기지입니다. 우리 소설의 인물들이 몸담고 있던 23지원단이라는 부대도 실제로 제가 근무했던 부대명이고 주인공인 정태와 복무 기간도 일치합니다. 카투사와 미군 캐릭터들도 함께 생활했던 실제 인물들을 고스란히 옮기려고 노력했습니다. 에피소드들은 물론이고요.

카투사라는 제도는 아주 오래전부터 존재했습니다. 6.25 전쟁 이후 한국에 주둔하는 미군의 전력을 보충한다는 근거로 만들어진 특수한 부대입니다. 소설의 배경이 되는 1990년대 중반에는 대학생들이 가장 선호하는 군복무 형태이기도 했습니다. 지원자가 많다보니 대학입시를 보듯 여러 과목으로 이뤄진 시험을 따로 치러야 했고 소위 명문대생들도 종종 떨어지곤 했습니다.

예상했던 대로 카투사로 군복무를 하는 내내 몸은 아주 편했습니다. 내무반 생활 대신 2인 1실 깔끔한 개인 막사 생활을 했고 고참들의 갈굼이나 엄격한 상하관계도 없었습니다. 매주 금요일 저녁에 나와서 집에서 지내다가 일요일 밤까지만 부대로 복귀하면 OK. 미군과 함께 근무하고 생활하면서 어학연수 하듯 영어도 배울 수 있었지요. 1석 3조랄까요.

그런데 마음이 불편했습니다. 나는 먹물 대학생으로 편하게 군 생활을 했지만 기지 밖, 기지촌이라고 불리는 공간에서는 미군을 대상으로 처절하게 생계를 꾸리는 삶이 진행 중이었습니다.

기지촌 사람들. 그들은 미군의 폭력과 멸시의 대상이었습니다. 지금도 미군기지 주변의 불미스러운 사건들이 가끔 사회면에 오르내리지만 그 시절에는 살인과 강간, 폭행사건들이 끊이지 않았습니다. 그런데도 미군에 대한 처벌은 미미했지요. 한국 정부와 미군 사이에 맺은 SOFA 규정이 문제였습니다.

소파 규정을 우리말로 간단히 풀이하면, 한국 내에서 주한미군의 법적인 지위를 규정한 협정입니다. 한국뿐만 아니라 미군이 주둔하는 세계 80여 개 나라는 모두 미군과 이런 협정을 맺고 있는데 주둔군의 성격이나 당사국 간의 관계 등에 따라 그 내용이 약간씩 다릅니다. 우리나라의 소파 규정은 불평등하기 짝이 없는, 그야말로 사대주의 협정이었습니다. 소파의 부당한 비호 아래 수많은 미군범죄가 정당한 처벌 없이 넘어갔지요. 이 소설의 시작인 '윤금이 사건'도 그때 일어난 사건들 중 하나였습니다.

군복무를 하는 내내 빚을 진 기분이었습니다. 제가 미군 주둔의 달콤한 열매를 따먹는 동안 수많은 윤금이, 가난해서 무지해서 기지촌에 흘러들어온 그녀들은 무방비로 다치고 죽어나갔으니까요. 제대를 하고 오랜 시간이 지난 뒤에도 그 채무감을 지우지 못했습니다.

소설 속에서나마 그녀를 구하고 싶었는지 모릅니다. 그렇게 간절한 심정으로 그 남자와 그 여자의 사랑을 그려봤습니다. 이제 조금 그 빚을 갚은 기분입니다.

아, 당장 미군 철수를 주장하는 게 아닙니다. 한국에 주둔하는 미군들을 싸잡아 매도하고 싶지도 않습니다. 나는 그들 중에서도 천사를 보았고 친구도 사귀었습니다. 헤이 코트니, 잘 지내고 있니?

다만 최소한의 정의에 대해 생각해보자는 겁니다. 안보라는 거대 명제 앞에서 우리는 너무 쉽게 정의로움을 포기한 것이 아닌가 반성해보자는 겁니다. 이 소설을 계기로 우리나라와 미군과의 관계가 조금 더 정의롭게 조정되었으면 좋겠습니다. 벌이 합당해야 죄도 줄어들고 그 죄로 고통 받는 이들도 줄어들겠지요.

천안함 사건, 연평도 사건에 이어 북한의 동향이 불안하기 짝이 없는 요즘 이런 이야기가 시기적절하지 않다고 여기시나요? 아닙니다. 북한의 폭격에 다치나 미군들의 주먹질에 다치나 피 흘리는 건 똑같습니다. '미군들한테 당하는 사람들이 몇이나 된다고 그래?' 하는 사람은 포털 사이트에서 '미군범죄'라고 쳐보세요.

담력이 좋은 분들은 '윤금이' 세 글자를 검색해보십시오. 묘사하기조차 손 떨리는 그녀의 사진이 아직도 인터넷을 떠돌고 있으니까요. 살아생전 환하게 웃고 있는 스물두 살 그녀의 모습도 우리를 눈물겹게 합니다. 재미삼아 그녀를 죽였던 미군 케네스 마클 이병은 겨우 10년이 조금 넘는 형기만 채우고 가석방되어 미국으로 돌아갔습니다. 그러고 보니 이 땅의 소녀 두 명이 전차 바퀴에 깔려죽는 참혹한 사고가 일어났음에도 결국 책임자 미군 두 명은 무죄로 풀려났군요.

〈작가의 글〉이 심각하게 흘러갔지만, 이 소설은 어디까지나 사랑이야기입니다.

간절히 기도합니다.

첫눈 내리는 사찰 마당에서 정태와 아이린이 재회했기를 바랍니다. 다시 연인으로 맺어지든 옛사랑의 기억을 간직한 친구로 남든, 그들이 같은 하늘 아래 살아가기를 바랍니다.

그렇게 기도하면서 이제 그만 그녀를 보내주려 합니다.

잘 있어, 아이린.

— 2011년 여름 밤에

이재익.

※ 이 소설은 2001년에 출간된 〈노란 잠수함〉의 전면개정판입니다.

아이린

1판 1쇄 인쇄 2011년 6월 15일
1판 1쇄 발행 2011년 6월 22일

지은이   이재익
발행인   허윤형
마케팅   박태규
편 집   공영아
펴낸 곳   황소북스
주소   서울 마포구 동교동 LG팰리스빌딩 1424호
전화   02)334 - 0173 팩스 02)334 - 0174
홈페이지   www.hwangsobooks.co.kr
블로그   blog.naver.com/hwangsobooks
트위터   @hwangsobooks
등록   2009년 3월 20일(신고번호 제 313 - 2009 - 56호)

ISBN 978 - 89 - 963287 - 9 - 7(03810)
ⓒ 2011 이재익